Junge Stiere

Ich danke der Kunststiftung NRW,
die mir durch ein Stipendium
die Fertigstellung dieses Romans
ermöglicht hat.

GEV (Grenz-Echo Verlag), 2015
www.gev.be
buchverlag@grenzecho.be

ISBN 978-3-86712-100-2
D/3071/2015/2

Lektorat: René Zey, Frechen
Satz: Königsdorfer Medienhaus, Frechen

Printed in Belgium

Hermann-Josef Schüren

Junge Stiere

Roman

GEV

Rundblick

Ochsen haben Ohren
schlürfen das Wasser und kauen.
Ochsen schauen
mit übergroßen Augen und kauen.
Die Ohren hören viel
während sie weiterkauen
die Ochsen und das Wasser schlürfen.
Der Kühe Euter hängen
tief und schön
fest nur in der Jugend
im Alter schützend wie Pudelmützen.
Und einmal jährlich kommt einer
hilft beschwängern
und sorgt für glückliches Gebären.
Das Heu wird älter
knorrig, saftig, nahrhaft und gut.
Der Bauer sieht sich
im großen Auge des Ochsen
und die jungen Stiere
gehen mit dampfendem Fell
aufeinander los.
Die Euter der Kühe
reichen bis an den Boden.
Und der Bauer denkt
an seine Frau
die älter wird.
Und Ochsen haben Ohren
schlürfen das Wasser und kauen
die Augen rund vor Vergnügen.

DER PIMMELBRUDER

Aus Angst, wir würden uns zu Hause die Köpfe einschlagen, wenn niemand achtgab, hatte Vater mich zum Pflügen mit aufs Feld genommen. Ich saß auf dem Notsitz des Lanz, einen Kartoffelsack unter dem Hintern, wurde von den Stößen der Motorkolben durchgeschüttelt und klammerte mich an die Haltestange, um nicht abzurutschen. Die Pflugschare begruben die stoppeligen Weizenhaare in der fetten Erde, und über dem frisch gepflügten Ackerstück kreisten Möwen.

Vater sprach die ganze Zeit kein Wort, hielt das Vorderrad in der Spur und schaute stur geradeaus, als würde er in der Ferne etwas sehen, das für niemanden sonst erkennbar war. Vor ein paar Tagen war sein Freund Horst bei uns gewesen, und sie hatten den ganzen Abend in der guten Stube gesessen, geredet und getrunken, wie jedes Jahr.

Die Möwen schrien, als Vater am Ende der Furche anhielt und den Pflug abspannte. Er nahm sich nicht die Zeit, zur Ausfahrt zurückzusetzen, sondern steuerte den Lanz durch den Graben zur Landstraße hinauf. Der Traktor spuckte dunkle Wolken in die Herbstluft und die Bäume am Straßenrand reckten ihre nackten Äste in den Himmel.

Vater musste zu Mama. Sie lag seit zwei Tagen im Krankenhaus. Am Ortseingang hielt er an, stieg vom Traktor und ging zum Haus von Tante Erika und Onkel Rainer. Den Motor ließ er vorsichtshalber laufen, weil der Lanz manchmal nicht anspringen wollte. Ich kletterte auf den Fahrersitz, wollte einen Gang einlegen, Gas geben und davonfahren, aber meine blöden Beine waren zu kurz. Als Vater zurückkam, hatte er Hände und Stiefel gewaschen. Die Blumen, die aus Onkel Rainers Gewächshaus stammten, legte er auf meinen Oberschenkeln ab und wir fuhren weiter.

Mama schlief, als wir das Krankenzimmer betraten. Ihr Hals war lang, ihr Gesicht fahl und ihre Nase spitzer als sonst. Im Nachbarbett lag eine Frau mit aufgeblähtem Bauch und langen, verschwitzten Grauhaaren. Man hatte ihr ein paar Kopfkissen hinter den Rücken geklemmt, damit sie aufrecht sitzen konnte. Sie strich immer wieder mit den Händen über ihren Bauch und stöhnte bei jedem Atemzug. Dann verdrehte sie die Augen und schrie, als wäre sie allein auf der Welt.

Davon wurde Mama wach. Sie drehte ihren Kopf in unsere Richtung und schaute uns an. Sie versuchte zu lächeln mit ihren aufgesprungenen Lippen und dem blutroten Zahnfleisch. Ich trat an ihr Bett und gab ihr die rechte Hand, um ihr eine Freude zu machen. Mamas Händedruck war kalt und kraftlos und ich konnte mir nicht vorstellen, dass diese Hand mich noch vor ein paar Tagen geohrfeigt hatte. Da hatte Mama auch einen dicken Bauch gehabt, aber gestöhnt und geschrien, wie die Frau im Nebenbett, hatte sie nicht. Was inzwischen mit Mamas Bauch passiert war, konnte ich nicht sehen, weil ein dickes Oberbett ihn verdeckte.

Ich verkrümelte mich in die hinterste Ecke des Krankenzimmers, wo sich eine Waschgelegenheit befand. Auf der Ablage lagen drei Packungen Watte. Eine Packung war aufgerissen und das weiße Zeug hing heraus wie Gedärm. Ich ekelte mich vor Watte. Die alten Männer im Dorf stopften sie sich in die Ohren und die Frauen brauchten sie für irgendetwas.

Vater wusste nicht recht, was er mit den Blumen anfangen sollte. Für Augenblicke stand er ratlos und verlegen da. Letztendlich war es seine Schuld, dass Mama im Krankenhaus lag, so blass war und einen blutigen Mund hatte. Er legte den Blumenstrauß vorsichtig auf dem weißen Plastiktischchen ab und gab Mama die Hand, wie ich es getan hatte. Wir machten das immer so. Umarmungen, Küsse oder andere Fisimatenten waren in unserer Familie nicht üblich.

„Un? Wie is et?“, fragte Vater.

„Na ja. Et mot!"

„Hauptsache, du bist überm Berg und gesund! Hat das Kind getrunken?"

Mama gelang ein müdes Nicken.

„Dann wird es nicht so schlimm wie damals bei Jakopp."

„Ach Pap", sagte Mama leise und schaute verstohlen zu mir herüber. Natürlich hatte ich Vaters versteckten Vorwurf gehört, aber ich ließ mir nichts anmerken.

„Was haste denn?"

„ Es tut mir ja so leid!"

„Was denn?"

Mama gab keine Antwort. Mit Daumen und Zeigefinger rieb sie sich die Augen.

„Wo hässe dat Blach dan verstoppt?", fragte Vater, der sich ins Plattdeutsche flüchtete, wenn es mulmig wurde.

„Dat wörd jrad versörcht. Fragt Schwester Margret."

Vater gab mir ein Zeichen und ich folgte ihm auf den Flur. Er war ziemlich lang und endete an einer Wand, wo der liebe Gott hing. Eigentlich war es nicht der ganze Gott, sondern nur sein Sohn, den man ans Kreuz genagelt hatte. Außerdem gehörte noch der Heilige Geist dazu. Das alles nannte sich *Heilige Dreifaltigkeit.* Vater, Sohn und Heiliger Geist waren irgendwie eins und sahen alles, was auf Erden geschah, weil sie sich beim Beobachten abwechseln konnten. Sie sahen mich also und deshalb musste ich mich zusammenreißen.

Margret war nur im Krankenhaus eine Schwester. Normalerweise hieß sie Griet und lebte mit ihrem kranken Vater im kleinsten Haus des Dorfes. Sie hatte so gewaltige Brüste, dass sie die Kaffeetasse zwischen ihnen einklemmen und damit herumlaufen konnte, ohne einen Tropfen zu verschütten. Das behauptete jedenfalls mein ältester Bruder.

In ihrem Kittel mit dem Namensschild und den weißen Sandalen sah sie streng und unnahbar aus, beinahe zum Fürchten, aber sie kämmte mit den Fingern meine Haare, als ich vor ihr stand.

„Na, du Räuber", sagte sie. Ihre Hände waren warm. „Ihr seid sicher gekommen, um das Baby zu begutachten. Na, dann kommt mal mit."

Schwester Margret ging vor uns her zu einer Tür mit einem kleinen, runden Fenster. Sie drückte den Zeigefinger an die Lippen und wir schlüpften in das geheimnisvolle Zimmer. Es war größer als das Krankenzimmer, in dem Mama lag. An der Wand reihten sich kleine weiße Betten, mit Gitterstäben wie bei Hundezwingern. Hinter den Gittern lagen die Neugeborenen. Sie waren vom Hals bis zu den Füßen in Tücher gewickelt, hatten gelbliche, verrunzelte Gesichter, schmatzten und sabberten um die Wette.

Schwester Margret bückte sich über eines der Gitterbettchen und nahm ein Baby heraus. Sie brachte es zu einem Tisch und fummelte an den Tüchern herum. Über dem Tisch hing eine Wärmelampe, die ein bläuliches Licht verbreitete. Ganz ähnliche Lampen hingen bei uns im Schweinestall über den frisch geworfenen Ferkeln.

„Da ist es", flüsterte Margret. „Wie der Herrgott es geschaffen hat."

Vater trat näher an den Wickeltisch heran. Er tat das sehr vorsichtig, mit kleinen Schritten, als würde er sich, den erhobenen Spaten in der Hand, einem stoßenden Maulwurf nähern. Dann warf er einen ersten scheuen Blick auf das Neugeborene. Er stellte sich dabei auf die Zehenspitzen, obwohl das in Gummistiefeln gar nicht so einfach war.

Für Augenblicke schien er zu wachsen, immer größer zu werden und zu schweben, doch dann schrumpfte er. Es ging sehr schnell. Irgendetwas musste mit dem Kind nicht in Ordnung sein, denn Vater wurde immer kleiner und wich zurück.

Vater, der es mit jedem aufnahm, mein Vater, dem nichts und niemand etwas anhaben konnte, der den schweren Amboss des Dorfschmieds wie ein Kind in den Armen schaukeln konnte, schien Angst zu haben vor dem, was auf dem Tisch lag. Er wandte sich zu mir um und ich sah, dass er feuchte Augen hatte. Mein steinharter, unbesiegbarer Vater war den Tränen nahe.

Ich hatte nur einen einzigen Gedanken in diesem Augenblick: Abhauen, verschwinden, mich aus dem Staub machen. Wenn Vater schon schwach wurde, wie würde es erst mir ergehen? Wahrscheinlich würde ich auf der Stelle in Ohnmacht fallen und nie wieder aufwachen.

Schwester Margret schien meine Fluchtgedanken zu ahnen, denn ehe ich mich umdrehen und zur Tür rennen konnte, hatte sie mich am Schlafittchen. Sie hob mich hoch. Ich strampelte wild mit den Füßen und traf sie am Bauch, aber sie ließ mich nicht los. Sie presste mich so fest an sich, dass mir die Luft wegblieb.

Ich konnte sie riechen, während mein Kopf zwischen ihren großen Brüsten eingeklemmt war. Jetzt war sie wieder Griet. Sie fühlte sich weich und gut an, und ich beschloss, mich nicht zu rühren und eine Kaffeetasse zu sein. Langsam trat Griet näher an den unheimlichen Tisch heran. Ich wollte nicht sehen, was Vater zum Heulen gebracht hatte und kniff die Augen zusammen.

Lieber Gott, flehte ich. Du weißt doch alles. Du siehst also auch, was da auf dem Tisch liegt. Bitte mach es weg. Vollbringe in deiner Dreifaltigkeit ein Wunder, damit Papa nicht weinen und ich nicht sterben muss.

„Ist es nicht ein wundervolles Baby, Jakob? Schau es dir doch mal richtig an. So winzig und doch schon alles dran. So klein, und doch ein echter Schoepmanns."

Sie lachte und ich wünschte mir, blind zu sein.

„Habt ihr euch schon einen Namen für den neuen Erdenbürger überlegt?", wandte sie sich an Vater.

„Das kommt alles ein bisschen überraschend. Wir haben ja mit was anderem gerechnet. Die Kleine sollte eigentlich Johanna heißen." Er schaute auf seine Stiefel. „Aber der liebe Gott wird schon wissen, was er mit uns vorhat."

„Johannes", sagte Griet. „Das ist doch der mit der Apokalypse. Ein schöner Name. Sicher wird er später ‚Jan' gerufen."

Ich lag in Griets Himmelbett, umrahmt von den duftenden Kopfkissen ihrer Brüste. Ich wollte dämmern, schlafen, mich wegträumen, aber das ging nicht. ‚Johannes', das war eindeutig ein Jungenname. Dabei war mir hoch und heilig eine Schwester versprochen worden. Mamas Doktor hatte es prophezeit und alle hatten seinen prophetischen Worten geglaubt.

Mit einem neuartigen Gerät, das durch die Haut gucken konnte, hatte er es herausgefunden. So ein Gerät machte alles sichtbar, sogar das Herz und die Lunge, und konnte sich deshalb nicht irren. Hatte der Doktor nicht richtig hingeschaut? Oder hatte Mama mich belogen, weil sie wusste, wie sehr ich mir eine Schwester wünschte?

Langsam, ganz allmählich, öffnete ich die Augen. Ich hatte keine Ahnung, was mich beim Anblick eines weiblichen Wesens genau erwartete. Ich hatte nicht den geringsten Schimmer von nackten Mädchen. Ich wusste nicht einmal, wie menschliche Neugeborene aussahen.

Und dann erblickte ich meinen kleinen Bruder zum ersten Mal. Er sah aus wie Vater, nur dass er verrunzelt war, als wäre Vaters Gesicht geschrumpft und gealtert. Der Kleine war nackt, streckte seine krummen Beinchen in die Luft und strampelte. Es war furchtbar. Ich konnte seinen faltigen Hintern sehen. Die Furche war weiß gepudert. Aber am schlimmsten war der Anblick seines Pipimanns. Er war unübersehbar groß, geradezu riesig, verglichen mit dem Rest des Körpers. Und weil der kleine Scheißer es anscheinend in vollen Zügen genoss, begafft, betatscht und gepudert zu werden, stand sein Ding in die Höhe.

Wieso hat mein kleiner Bruder einen so großen Pimmel?, fragte ich mich. Will er mir seine männliche Überlegenheit schon bei unserer ersten Begegnung beweisen? Will er mir bereits jetzt zeigen, wo in Zukunft der Hammer hängt? Ist er ein Monster oder werden alle männlichen Wesen mit großen Pimmeln geboren, die im Laufe der Zeit zu schrumpfen beginnen?

Zum Glück stellte Griet mich auf den Boden und bedeckte die erschreckende Blöße meines Pimmelbruders mit einer Windel. Vater hatte sich auf den einzig verfügbaren Stuhl gesetzt und starrte auf das graue Linoleum. Ich ging zu ihm und kletterte auf seinen Schoß, was ich lange nicht mehr getan hatte. Und so saß ich da, stierte wie benommen auf die weiß lackierten, babygefüllten Hundezwinger und wusste nicht, was ich denken oder tun sollte, bis mein kleiner Bruder sich bemerkbar machte. Es war ein Krächzen, ein Schreien, etwas Unverständliches, geradezu Unmenschliches. Er hatte einen großen Pimmel und seine Art sich zu äußern, verhieß ebenfalls nichts Gutes.

Griet wollte meinem Vater das verschnürte Baby überreichen, aber den Platz auf Vaters Schoß hatte ich besetzt und mein krakeelender Bruder wurde zurück in seinen Hundezwinger gelegt. Ich verließ mit Vater den Babyraum. Als er die Tür schloss, entfuhr ihm ein tiefer Seufzer.

Wir schauten noch einmal bei Mama vorbei. Die Blumen aus Onkel Rainers Treibhaus standen in einer Vase auf der Fensterbank und brachten ein wenig Farbe in das kalkweiße Zimmer. Die Frau, die vorhin laut gestöhnt und geschrien hatte, war mitsamt ihrem Bett verschwunden. Mama schlief. Ihr Mund stand ein wenig offen und sie schnarchte leise.

Ich schlich mit Vater auf den Flur zurück und wir verließen das Krankenhaus, glücklich und unglücklich zugleich.

Der Lanz wollte nicht anspringen. Vater dachte an seine Kühe, die mit prallvollen Eutern auf ihn warteten. Er drehte wie ein Verrückter am Schwungrad, um den Motor wieder in Gang zu bringen, während ich, stolz wie ein Feldherr, auf dem Gaspedal stand und mich am Lenkrad festhielt, um nicht umzufallen.

Die Zeit ohne Mama war weit schlimmer als mein erstes Zusammentreffen mit meinem Pimmelbruder. Ihn hatte ich nur kurz gesehen und schnell wieder vergessen. Bei Mama funktionierte das nicht. Sie war die Seele des Hauses und fehlte an allen Ecken und Enden. Ich hatte Angst, alles könnte über uns zusammenbrechen, und die Gemeinheiten meiner Brüder bestärkten mich in dem Gefühl, dass der Hof und seine Bewohner ohne Mama verloren waren. Die Wände, Mauern und Gesichter kamen mir bleich und tot vor, wie die abgenagten Schweineknochen im Hühnerstall.

Es lag nicht daran, dass es jeden Mittag nur Konserven zum Essen gab, nachdem wir den großen, gusseisernen Topf mit Erbsensuppe geleert hatten, den Mama am Tag vor ihrer Fahrt ins Krankenhaus gekocht hatte. Es fehlte ihre Anwesenheit, ihr Körper, die selbstsicheren, zielgerichteten Verrichtungen in der Küche, und es fehlten vor allem ihre Hände, die stets in Bewegung waren, sodass die Dinge ringsum aus ihrer Starrheit erwachten. Ja, Mamas Hände fehlten mir so sehr, dass ich stündliche Ohrfeigen dem Mangel vorgezogen hätte, der uns umgab.

Die Trostlosigkeit der Umgebung, die allmähliche Verwandlung unserer Behausung in einen Stall, zeigte sich vor allem auf dem Klo. Erst jetzt wurde offenbar, dass anscheinend keiner von uns wusste, wie man eine Klobürste benutzte. Die Spuren, die unsere Geschäfte hinterließen, waren unübersehbar. Mama hatte immer für uns sauber gemacht, ganz nebenbei, ohne ein Wort darüber zu verlieren, sodass es niemandem aufgefallen war.

Jetzt, nach ein paar Tagen ohne sie, war das Klo so verdreckt, dass ich es vorzog, mich neben den Misthaufen zu hocken. Nur wenn ich nachts musste, betrat ich den stillen Ort der Schande.

Vater bemerkte von all dem nichts. Er hatte den Überblick verloren und sprach nur noch Platt, eine Sprache ohne *Liebe,* deren Mangel auf ihn abfärbte. Er kümmerte sich nicht einmal mehr richtig um seine Brieftauben, obwohl er sie über alles liebte. Er schleppte sich die Treppe zu ihren Schlägen hinauf, öffnete die Türen, griff in seine Futterdose und warf seinen Lieblingen die Körner hin, als wären es Hühner. Er nahm den Spachtel in die Hand, um die Zellen und Höckerchen zu säubern. Dann legte er ihn wieder beiseite, stapfte die Treppe hinunter und schuftete weiter wie ein Berserker.

Vater war nie sehr gesprächig gewesen, aber jetzt sagte er kaum noch ein Wort. Er brauchte die Atemluft, um seine Muskeln mit Sauerstoff zu versorgen und weigerte sich, sie an Worte zu verschwenden. Mit giftigen Blicken und harschen Gesten gab er uns zu verstehen, was er von uns erwartete. Seine ganze Energie floss in die Arbeit – wie bei einer Maschine, die unentwegt vor sich hin tuckert, bis der Sprit alle ist oder der Zündschlüssel gedreht wird und sie endlich Ruhe gibt. Nach dem Essen legte er sich auf die Küchenbank und schlief augenblicklich ein. Die Maschine atmete ein paar Minuten im Leerlauf, bis sie plötzlich wieder auf Touren kam, er aufsprang und in den Stall rannte, um die verschlafene Zeit aufzuholen. Er zog weder seine Stiefel noch die schmierigen Melksachen aus, wenn er ins Haus kam, und es sah ganz so aus, als würde er sie auch im Bett anbehalten.

Bald war das Wohnhaus kaum noch von den Stallungen zu unterscheiden. Die Katzen, die Mama immer vertrieben hatte, schlichen sich in die Küche und machten sich über die Reste her. Halbleere Dosen lagen auf dem Boden und Katzenhaare klebten auf den dreckverkrusteten Herdplatten. Die Katzen wurden die heimlichen Herrscher im Haus. Auf ihren weichen Pfoten wanderten sie umher, markierten ihr Revier und suchten sich irgendwo einen Schlafplatz.

Wir achteten auf nichts mehr. Selbst in der guten Stube stank es wie im Schweinestall und auf den Fußböden zogen sich unsere Dreckspuren nicht nur von Zimmer zu Zimmer, sondern auch die Treppe zu den Schlafräumen hinauf, als wäre eine Horde junger Stiere mit hochgereckten Schwänzen scheißend durch das Haus gestürmt.

Vater verlor kein Wort über die Zustände. Er schlug mittags und abends wütend ein Dutzend Eier in die Pfanne und schickte uns mit einer schroffen Handbewegung in den Keller, damit wir Konserven oder Eingemachtes holten. Wir griffen wahllos zu, rissen die Gummis von den Einmachgläsern und stopften uns die eingelegten Früchte in die Mäuler. Die Konserven mussten nur aufgewärmt werden. Aber selbst das gelang Vater nicht, weil ihm zwischendurch einfiel, dass er noch dies oder das erledigen musste und fluchtartig die Küche verließ, sodass das Zeug regelmäßig anbrannte.

Abends verkroch ich mich hinter die Scheune, wo ich mir aus alten Brettern einen Schlupfwinkel zurechtgezimmert hatte. Ich setzte mich auf den von Hühnerblut verkrusteten Holzklotz und glotzte.

Die Pappeln hatten beinahe alle Blätter verloren. Nur hier und da klammerten sich noch einige an die Zweige, als könnten sie nicht loslassen, obwohl sie alt und grau waren. Der Wind hatte sie ausgetrocknet und wenn man sie berührte, fühlten sie sich an wie dünnes, hart gewordenes Leder. Irgendwann würden auch sie abgerissen und in entfernte Ecken geweht, wo sonst keine Blätter lagen.

Hinter der Pappelreihe begannen die Wiesen, über die sich allmählich die Dunkelheit legte. Das Gras hatte sich klein gemacht, als hätte es Angst vor dem Winter. Die Weidepfähle sahen gespenstisch aus, wie verwundete Wachsoldaten, die nicht wagten, ihren Posten zu verlassen. Sie standen schon längst nicht mehr in Reih und Glied, sondern verrichteten krumm und schief ihren Dienst, obwohl die Wiesen leer waren. Sie hatten keine Kraft mehr, etwas anderes zu wollen, als stumm dazustehen und die Nacht zu erwarten. Unbekannte Soldaten, die ihre Einsamkeit verteidigten. Die Drähte, durch die sie früher miteinander verbunden gewesen waren, lagen zerrissen am Boden und das Tackern des Elektrogeräts war verstummt.

Ich riss die Augen weit auf und versuchte, möglichst lange nicht mit den Wimpern zu zucken. Die Bilder verschwammen in meinen Augen, alles wurde undeutlich, und schließlich bestand die Welt nur noch aus unterschiedlich hellen Lichtpunkten.

Fünf Tage nach meinem ersten Besuch bei Mama fuhren wir alle zu ihr, damit auch die anderen den fünften Sprössling der Familie Schoepmanns begutachten konnten. Unterwegs stritten wir uns, weil jeder vorne sitzen wollte, und einer meiner Brüder stieß mir bei der Rangelei den Ellenbogen ins Gesicht. Es tat nicht besonders weh, aber meine empfindliche Nase blutete. Schreiend verschmierte ich das Blut im Gesicht, um die Bösartigkeit der Attacke zu unterstreichen. Vater schaute in den Rückspiegel, runzelte die Stirn und schnauzte, dass wir endlich Ruhe geben sollten.

„Ich blute aber!", schrie ich.

„Davon stirbt man nicht. Wenn du nicht sofort Ruhe gibst, schmeiß ich dich raus!"

Als ich leise weiterjammerte, meinte er, ich sollte mich nicht so anstellen, wir wären auf dem Weg ins Krankenhaus und dort gäbe es Leute genug, die mich verarzten könnten.

Dann standen wir um Mamas Bett herum, wie Hirtenjungen um die Krippe mit dem Jesuskind. Das Blut hatte ich auf der Toilette abgewaschen, um Mama nicht zu erschrecken. Nacheinander gaben wir ihr die Hand. Das Baby, mein kleiner Pimmelbruder, Vaters fünfter Sohn, war inzwischen aus dem Raum mit den Hundezwingern entlassen worden und lag bei Mama im Bett. Offensichtlich hatte er sich gerade an ihren milchschweren Brüsten betrunken, denn der kleine Schmarotzer lag wie erschlagen da.

Vater machte ein besorgtes Gesicht.

„Wann kömmste na Huus?", fragte er.

„Der Doktor sagt, ich soll noch hier bleiben und mich erholen."

„Du musst bald kommen. Wir brauchen dich."

„Ich weiß", sagte Mama und versuchte ein Lächeln. Ihre Zähne sahen zum Glück wieder normal aus. „Es war eine Totaloperation. So was braucht Zeit."

Vater schaute aus dem Fenster, obwohl es draußen nichts zu sehen gab.

„Außerdem braucht mich der Kleine doch auch."

Sie streckte ihre Hand aus und tastete sich zu Vaters schwieliger Flosse vor. Ihre Hände umschlossen sich und ließen sich lange nicht los. Das waren schwierige Augenblicke für mich und meine Brüder. Wir wussten nicht recht, wo wir hinschauen oder was wir machen sollten. Wir ahnten, dass unsere Eltern sich liebten, aber wir waren es nicht gewohnt, dass sie es uns zeigten.

Es stand noch ein anderes Bett im Zimmer, das nicht belegt war. Die weißen, unschuldigen Laken strahlten uns an. Sie luden uns ein, unter ihnen ein unverhofftes Fest der Verbundenheit zu feiern. Tatsächlich hätten wir uns am liebsten unter das große, weiße Bettzeug verkrochen und mucksmäuschenstill, in unerwarteter Bruderliebe vereint, gewartet, bis die Sache zwischen Mama und Vater vorbei war.

Endlich ließ Mama Vaters Hand los. Sie drehte ihren Kopf zur Seite und schaute das Kind an. Ihre Augen glänzten und sie legte ihre Hand auf das Köpfchen.

„Wir kommen ohne dich nicht klar", sagte Vater. „Ek wiet ni, wat ek maken soll. Do fähls an alle Äcke on Kante."

„Lass es doch einfach laufen", sagte Mama, ohne die Augen von unserem kleinen Bruder zu lassen. „Es gibt Wichtigeres als den Alltagskram. Ihr braucht nicht zu putzen und zu schrubben. Lass es dreckig sein, wie es will, das macht alles nichts. Und verhungern werdet ihr so schnell auch nicht. Ich hab mit den Nachbarinnen gesprochen. Die kochen für euch, wenn es nötig ist."

Mamas Idee wäre unsere Rettung gewesen, aber Vater lehnte es ab, Hilfe von Nachbarn anzunehmen. Stur wie er war, meinte er, alles selbst machen zu müssen. Vielleicht schämte er sich, jemanden in das verwahrloste Haus zu lassen. Es war aber auch denkbar, dass er von niemand anderem als Mama bekocht werden wollte.

Und so lebten wir weiter in Dreck und Speck, in einem maßlosen Mangel, mit Spiegeleiern, Konserven und einer furchtbaren Sehnsucht nach Mama.

An dem Tag, als sie endlich zu uns zurückkehren sollte, war das Klosett verstopft. Ich warf einen Blick in den kleinen, weiß gekachelten Raum und wollte die Tür schnell wieder schließen und die Sache vergessen. Aber ich musste an Mama denken, wie sie mit dem Kind in dem sauberen, schneeweißen Bett gelegen hatte. Ein verstopftes Klosett wollte ich ihr nicht zumuten, obwohl es ungerecht war, dass gerade ich mich verpflichtet fühlte, die Sache in Ordnung zu bringen. Seit Tagen hatte ich jeden Kontakt mit der Kloschüssel vermieden und es vorgezogen, meine Haufen neben der Kuh- und Schweinescheiße zu platzieren.

Ich ging auf die Tenne und zog meine Stiefel an. Dann nahm ich einen Holzlöffel aus der Besteckschublade und stapfte zu dem vermaledeiten Örtchen. Ich beugte mich über die Schüssel, deren Keramikweiß kaum noch zu erkennen war. Ich kniete in Pisslachen und Rotzflecken. Eine Rolle Klopapier lag auf dem Boden, feucht und formlos. Ich holte tief Luft und stocherte mit dem Holzlöffel in der Kloschüssel herum. Aber so tief ich mich auch vorarbeitete, ich konnte nichts finden, das den Weg versperrte. Da fiel mein Blick auf die ekelige Klopapierrolle, mein Magen krampfte sich zusammen und ich musste mich übergeben. Ich zitterte und der Schweiß brach mir aus. Da kam Vater dazu.

„Wat is?", fragte er. „Du siehst krank aus. Beste malad?"

Ich schüttelte den Kopf.

„Wat hässe dan?"

„Ich wollte sauber machen, weil Mama doch heute zurückkommt."

Vater warf einen kurzen Blick in die Schüssel.

„Das hat keinen Zweck. Bestimmt ist der Jauchekeller voll. Ich pumpe ein Fass ab, dann geht es wieder."

Er fuhr den Jauchekarren unter das Rohr mit dem verschimmelten Spritzlappen und schaltete die Pumpe an. Ich hörte das erlösende Gurgeln in den Fallrohren. Ich holte Eimer, Schrubber und Aufnehmer, kippte eine halbe Flasche Essig auf den Boden und machte mich an die Arbeit.

Mama war nicht mehr Mama, als sie aus dem Krankenhaus zurückkam, den Pimmelbruder fest in ihren Armen haltend, als müsste sie ihn vor uns in Schutz nehmen. Sie ignorierte das Chaos in der Küche, beachtete die Dreckspuren auf der Treppe nicht und verschwendete keinen Blick an das saubere Klo. Sie zog nicht einmal den Mantel aus, sondern stapfte mit dem Baby schnurstracks die Treppe hinauf ins Elternschlafzimmer.

Sie bezog die Betten neu und warf das schmutzige Bettzeug einfach auf den Flur. Dann schloss sie die Tür von innen ab, was sie noch nie getan hatte.

Es dauerte Stunden, bis sie wieder herunterkam, Stunden, die ich und meine Brüder hoffend und bangend in der Küche verbrachten, wobei wir uns zum ersten Mal seit Jahren nicht stritten. Wir machten gar nichts. Wir warteten schweigend, bis jeder von uns begann, aufzuräumen oder irgendwelchen Dreck zu beseitigen.

Endlich, endlich hörten wir das erlösende Knarren der Treppenstufen. Wir erstarrten zu Wachsfiguren. Dann ging die Tür auf und Mama betrat die Küche. Sie hatte den aus Weiden geflochtenen Wäschekorb unter dem Arm, der mit Decken ausgepolstert war, damit das Kind es gemütlich hatte. Obenauf lag ein Kopfkissen aus dem Ehebett, das sie kurzerhand zum Plumeau umfunktioniert hatte. Sie stellte den Korb auf der Tiefkühltruhe ab, ein eckiges Monstrum, von dessen Plattform wir gewöhnlich tollkühne Sprünge in die Untiefen der Küche machten. Eine Zeit lang stand sie da und ihre Hände krochen wie fünfbeinige Tiere über das Plumeau, als müsste sie alle Falten beseitigen.

Ich sah den Wäschekorb dort stehen und wünschte mir insgeheim, dass er in den Untiefen der eisigen Truhe versank oder von einer imaginären Strömung erfasst wurde, die ihn und den Pimmelbruder wegspülte, ganz weit weg. Von mir aus konnte er irgendwo an Land getrieben werden, nur nicht bei uns. Ich hatte auch nichts dagegen, wenn das Körbchen gefunden, das Kind in letzter Sekunde gerettet und von gütigen, fremden Menschen aufgezogen würde, wie ich es aus Märchen kannte. Ich gönnte meinem Brüderchen sogar, von einer wunderschönen Königstochter entdeckt zu werden, fortan in Saus und Braus zu leben und am glücklichen Ende die Prinzessin zu heiraten und den Königsthron zu besteigen. Das alles gönnte ich ihm von Herzen, wenn er nur wieder aus unserer Küche verschwand und den Platz auf der Kühltruhe räumte.

In den nächsten Tagen kochte Mama zwar wieder, aber sie war nicht richtig bei der Sache oder hatte jedes Gespür für Garzeiten, Gewürze und die richtigen Zusammenstellungen verloren. Sie selbst aß nur Nüsse und Obst, holte haufenweise verschrumpelte Äpfel vom Speicher, schälte sie sorgsam, schnitt sie in vier Teile und schob sich die Viertel geistesabwesend in den Mund. Sie kaute unendlich lange an den Apfelstücken und Kernen herum. Dazu trank sie die Biestmilch der Kuh, die frisch gekalbt hatte. Vater durfte diese Milch nicht an die Molkerei liefern und gewöhnlich wurde sie an die Schweine verfüttert. Es war eine Fettmilch, die rötlich schimmerte, weil sie mit Blut vermischt war. Mama trank dieses ekelige Zeug literweise, ohne es anzuwärmen, damit die wertvollen Nährstoffe nicht abgetötet wurden.

Was Mama für uns kochte, schmeckte nur nach Wärme. Tapfer saßen wir am Tisch, stopften die Mampfe in uns hinein, sagten kein Wort und hofften auf bessere Zeiten. Nur Vater hob manchmal den Blick und sah Mama an, als wäre er ein Naturforscher, der ein seltenes Tier beobachtet, von dem er nicht weiß, ob es gefährlich ist.

Einmal ließ er den Suppenlöffel im Mund und legte die Hände auf der Tischplatte ab. Er schaute zur Decke auf, wo die klebrigen Fliegenstreifen hingen. Es sah aus, als wäre er gerade beim Zahnarzt gewesen, der blöderweise irgendein Gerät in seinem Mund vergessen hatte. Dann öffnete er den Mund, der Löffel fiel heraus und traf den Rand des Tellers. Der weiße Teller zerbrach und die fade Suppe mit den getrockneten Brotstückchen breitete sich wie Erbrochenes auf der Wachstuchdecke aus. Vater stemmte die Hände auf den Tisch, stand auf und verließ wortlos die Küche.

Er war inzwischen aus dem Elternschlafzimmer verbannt worden, angeblich, weil sein Geschnarche das Baby weckte oder ihm böse Träume bescherte. Der kleine Scheißer hatte es mit Mamas Unterstützung tatsächlich geschafft, seinen Erzeuger aus dem Schlafgemach zu vertreiben. Er besetzte Vaters Bettseite, während dieser mit dem Sofa in der guten Stube Vorlieb nehmen musste.

Wir sahen Mama nur selten. Früher war sie immer da gewesen. Jetzt schloss sie sich stundenlang im Schlafzimmer ein und keiner von uns hatte eine Ahnung, was sie dort oben die ganze Zeit machte. Sie hatte sich ein Elektroöfchen besorgt, das Tag und Nacht in Betrieb war, damit unser Pimmelbruder es mollig warm hatte, wenn Mama ihn auf Vaters Bettseite eincremte und wickelte.

Irgendwann wurde es Vater zu viel. Kurz vor der Melkzeit polterte er die Treppe hinauf, natürlich in Stiefeln, klopfte an die Tür und trat sie ein, als Mama nicht sofort öffnete.

Die warme Luft, die ihm entgegenschlug, nahm ihm beinahe den Atem. Mama saß am Rand des großen, zweiteiligen Ehebetts, tief versunken in den Anblick ihres Kindes, das sich wie ein ungekrönter Bauernkönig in Vaters Kopfkissen räkelte. Der kleine Ödipus war sich des Triumphs über seinen Erzeuger so sicher, dass er mitleidig zu lächeln schien, als Vater wie ein Rachegott auf ihn zuging. Mama rührte sich derweil nicht vom Fleck und starrte ihren Mann an, als wäre er ein Gespenst.

„Was machst du den ganzen Tag hier oben?", fragte Vater.

„Ich pass auf das Kind auf."

„Warum? Das Kindchen trinkt doch. Das ist die Hauptsache. Es bekommt alles, was es braucht und du musst es nicht den ganzen Tag verwöhnen."

„Doch. Das muss ich. Ich habe eine Totaloperation hinter mir und werde nie wieder ein Kind bekommen. Die Tochter, die ich mir so sehr gewünscht habe, werde ich nie haben. Der liebe Gott hat es anders gewollt. Aber diesmal will ich unbedingt alles richtig machen."

„Du musst hier oben sitzen, das Zimmer heizen wie eine Sauna und den ganzen Tag das Kind umsorgen? Das gibt es nicht! Das ist nicht normal! Du hast auch noch andere Blagen. Und einen Mann. Du musst damit aufhören, hörst du? Wir brauchen dich. Du fehlst unten. Im Stall und in der Küche."

„Das alles hat Zeit."

„Pass mal auf." Vater senkte die Stimme. „Der Kleine ist schuld, dass ich Nacht für Nacht in der Stube auf dem Sofa schlafen muss. Ein paar Tage hätte ich das ja mitgemacht. Aber das geht schon zu lange so und es sieht nicht so aus, als ob du bald mit dem Quatsch aufhören würdest. Warum tust du das? Bei den vier anderen hast du das doch auch nicht gemacht."

„Das war ein Fehler. Kinder brauchen Wärme. Sie müssen ihre Mutter spüren. Sie müssen merken, dass man sie lieb hat und immer für sie da ist."

„Die wissen das doch später gar nicht mehr. Die vergessen doch alles. Wenn du die später, wenn sie endlich denken und sprechen können, danach fragst, können sie sich garantiert nicht mehr erinnern, ob man da war oder nicht."

„Doch, das tun sie", sagte Mama leise. „Sie können es nicht sagen, aber sie wissen es trotzdem. Die haben das dann in sich, ganz tief in sich drinnen. Im Unterbewusstsein. So nennt man das."

„Wo hast du diesen Unsinn her?"

„Das hat mir eine Frau im Krankenhaus erzählt."

„Und das glaubst du?"

„Ja. Das glaube ich. Guck dir doch unsere Söhne an. Um Jakopp konnte ich mich nicht kümmern, weil ich krank geworden bin bei seiner Geburt. Aber auch die andern haben es nicht gut gehabt. Wir haben sie hier oben eingesperrt, als sie klein waren, und die Tür zugemacht, damit wir ihr Geschrei nicht hören mussten. Und was ist aus ihnen geworden? Streithähne sind sie, die sich gegenseitig die Köpfe einschlagen, wenn man nicht aufpasst. Die haben sich nicht lieb. Die wissen gar nicht, was Liebe ist."

„On do?", fragte Vater. „Weißt du es?"

„Wat dan?"

Vater suchte verzweifelt nach einem Wort. Es war das Wort *Liebe*, aber er konnte es nicht finden. Das Wort war im Plattdeutschen nicht vorgesehen.

„Wat dan?", fragte Mama noch einmal.

„Du weißt doch, was die Frau einem Mann zu sein hat. Das steht schon in der Bibel. Aber du kümmerst dich überhaupt nicht mehr um mich! Du hast nur noch das Kind im Kopf!", zischte Vater. „Sag, wann ist dieser Spuk endlich vorbei? Wann wirst du mir wieder eine richtige Frau sein?"

Als Mama keine Antwort gab, verließ Vater wutentbrannt das Schlafzimmer, polterte die Treppe hinunter und flüchtete an die warmen, tröstlichen Euter seiner Kühe.

Wochenlang änderte sich nichts. Vater schlief weiterhin auf dem Sofa in der Stube und wurde immer grimmiger und verstockter. Wir Kinder hatten uns allmählich daran gewöhnt, dass das Essen nicht schmeckte, Vater eine brummende Maschine war und Mama wie ein körperloser Geist irgendwie da war und gleichzeitig nicht. Wir stritten uns kaum noch, denn es machte keinen Sinn mehr, weil Mama nicht dazwischen fuhr. Nichts machte mehr Sinn. Wir waren ein verschworener Haufen, ein versprengter Trupp tapferer Lebenssoldaten, die ihre Kommandeure verloren hatten und nicht mehr wussten, wofür sie kämpfen sollten. Wir benutzten die Klobürste und räumten unseren Dreck weg. Wir fegten zweimal täglich den Boden in der Küche, wortkarge Stubenfeger, dankbar irgendwelche Drecksarbeiten verrichten zu dürfen.

Vater pumpte noch ein paar Fässer Jauche ab, damit das Klo nicht mehr überlaufen konnte, und das Leben ging seinen lahmen, schleppenden Gang. Es passierte eigentlich nichts. Die Zeit schrumpelte zu einem stinkenden Klumpen zusammen, wie Plastik, das man ins Feuer wirft. Ich beklagte mich nicht. Ich begann mich damit abzufinden und zu glauben, dass dies der Gang der Dinge war, als sich doch noch alles zum Guten wendete.

Mamas Brüste gaben von einem Tag auf den anderen keine Milch mehr. Wahrscheinlich lag es daran, dass sie hauptsächlich Nüsse, verschrumpelte Äpfel und blutige Biestmilch zu sich genommen hatte. Sie ging zum Arzt. Den kleinen Jan nahm sie natürlich mit. Weil sie nicht mehr stillte und nie mehr schwanger werden konnte, verschrieb ihr der Hausarzt ein Mittel, das sie aufmuntern und schon bald wieder zu der Mama machen sollte, die wir kannten.

Es funktionierte tatsächlich. Mama nahm jeden Morgen eine Glückspille und unser kleiner Pimmelbruder schrie vergeblich nach der Mutterbrust. Er schlief zwar noch im Elternschlafzimmer, aber den Platz an Mamas Seite hatte er räumen müssen. Er war in ein Kinderbett abgeschoben worden und über Tag, wenn Mama unten in der Küche war, wurde er in einen vergitterten Laufstall gesperrt. Der Wäschekorb war zu klein für ihn geworden. Er hatte inzwischen lernen müssen, aus der Flasche zu trinken, normale Kuhmilch, mit ein paar Vitaminen und Zuckerzeug angereichert.

Manchmal musste ich ihm die Flasche geben, hielt ihm die ausgelutschte Plastikzitze vor das gierige Mäulchen und sah zu, wie er trank. Dabei lächelte er mich an, jedenfalls sah es so aus. Wenn er satt war, streckte er alle Viere von sich und schlief ein. Im Schlaf bewegte er die Lippen und ballte seine Händchen zu Fäusten. Seine männliche Existenz konnte ich inzwischen akzeptieren, obwohl ich mir so sehr eine Schwester gewünscht hatte. Mama hatte den kleinen Racker auf den Küchentisch gewickelt und ich hatte gesehen, dass sein Pipimann zu einem unansehnlichen Schwänzchen geschrumpft war. Mein kleiner Bruder schien auf dem besten Weg zu sein, ein einigermaßen normaler Mensch zu werden.

SCHWEINE UND KANINCHEN

Die Wirtschaftsgebäude bildeten zusammen mit dem Wohnhaus ein geschlossenes Rechteck, eine Art Festung, die Vater mit allen Mitteln zu verteidigen suchte. Jeden Abend schloss er das Hoftor, schob den schweren Sicherungsbalken in die Halterung und verrammelte das Nadelöhr. Er fürchtete, Besuch von den Beratern der Landwirtschaftskammer zu bekommen, die eine Aufklärungskampagne gestartet hatte. Die Bauern sollten in Gesprächen auf Umstrukturierungsmaßnahmen vorbereitet werden. Nach Ansicht der Experten hatten die Betriebe in Zukunft nur dann eine Überlebenschance, wenn sie sich spezialisierten, aber Vater wollte von alldem nichts wissen.

„Erst sind es nur Worte, die sich so oder so verstehen lassen", schimpfte er. „Aber den Worten folgen immer Taten. Diese Leute mit ihren neuen Ideen wollen nur verdienen und machen am Ende alles kaputt. Wenn es nach ihnen geht, wächst hier irgendwann nur noch Mais. Aber von Mais allein kann man doch nicht leben! Ein Bauer braucht eine gesunde Mischkultur! Er sollte nicht nur Schweine halten oder Kühe. Das ist ungesund. Ein Betrieb braucht Vielfalt. Das war schon immer so."

Bei uns herrschte Vielfalt. Wir hatten Milchkühe, Kälber, Rinder und einen Stier. Auf unserem Hof gab es Mastschweine, Sauen, Hühner, Gänse, Tauben und Kaninchen. Und auf den Äckern wuchsen Kartoffeln, Rüben und Getreide.

Das alles machte eine Menge Arbeit und die ganze Familie wurde eingespannt, um sie zu bewältigen. Jeder hatte seine speziellen Aufgaben. Ich war unter anderem für das Einstreuen der Schweineställe verantwortlich. Es war eine schöne Arbeit und ich freute mich, wenn die Schweine das frische Stroh durchschnüffelten.

„Was willst du?", fragte ich das Schwein, das mich mit seinen kleinen, blassen Augen ansah.

„Raus", grunzte es.

„Und dann? Was dann?"

„Raus."

„Wirst schon sehen, was du davon hast!"

Ich schob den Riegel zurück, öffnete das Gatter und das Schwein stakste auf den Hofplatz. Neugierig untersuchte es die Erde zwischen den Pflastersteinen, bis Vater in der Kuhstalltür erschien.

„Wat wellst do met dat Pok?", rief er.

„Es wollte raus."

„Woher weißt du das? Kann et schprääke?"

„Ja."

„Was sagst du?"

„Es hat mich so flehentlich angeguckt."

„Do schpenns! Treib es sofort wieder in den Stall. Vom Herumrennen wird es nicht fett!"

Vater hatte zwar das Sagen, aber keine Ahnung von Schweinen. Er wusste nichts von ihnen. Nur ihr Gewicht interessierte ihn. Wenn er ihren Stall betrat, verzog er angeekelt das Gesicht. Er liebte die Kühe, weil die ihm nicht nur ihr Fleisch schenkten, sondern auch noch Milch gaben. Wenn sie kalbten, stand er mitten in der Nacht auf, band den Kälbchen Geburtsstricke um die biegsamen Vorderbeine, zog sie aus der Kuh und rieb sie sorgsam mit Stroh ab, damit sie nicht froren. Ferkelte eine Sau, blieb er im Bett. Für die Sauen war Mama zuständig.

Einmal auf den Geschmack gekommen, machte das Schwein andauernd Ausflüge. Es hatte gelernt, den Riegel mit dem Rüssel zu öffnen. Ich nannte es Rosé, nach dem Wein, der nicht rot und nicht weiß ist. Wenn es von seinen

Ausflügen zurückkam, roch es nach Herbst, Erde und warmem Regen.

„Dein dummes Schwein ist wieder mal unterwegs", schimpfte Vater. „Sieh zu, dass du es wieder in den Stall schaffst. Und zwar möglichst schnell."

Vater sagte *dein dummes Schwein,* aber in Wirklichkeit war Rosé nicht mein Schwein. Es gehörte Vater. Ich liebte es zwar, aber das änderte nichts an den Besitzverhältnissen.

„Du musst es öfter streicheln", sagte Bauer Henges und griemelte.

Alle anderen Nachbarn nannte ich Onkel und Tanten, nur bei ihm weigerte ich mich. Er war unser Leichennachbar und musste den Sarg tragen, wenn jemand aus unserer Familie starb. Ich betete, dass er früher starb als einer von uns. Möglichst bald sollte der Henges sterben.

Er hatte sich überreden lassen und seinen Hof in einen riesigen Schweinestall verwandelt. Es gab nur noch Schweine und den bissigen Hofhund, sonst nichts. Henges hatte die Fenster seiner Ställe zumauern lassen und Lüftungen eingebaut, die den Gestank zu uns hinüberbliesen. Auch wenn es keine Fenster gab, wusste ich, wie es hinter den Mauern aussah. Seine Tiere kannten kein Stroh und mussten auf Spaltenböden leben. Sie hatten verstümmelte Füße, wegen der Spalten. Meist lagen sie reglos da, als würden sie gegrillt.

„Schweine nehmen nur Reißaus, wenn sie sich nicht geliebt fühlen", sagte Henges.

Ich meinte, das grässliche Stöhnen in seinen Ställen zu hören, hielt die Luft an, um ihn nicht riechen zu müssen und rannte durch das Hoftor auf die Dorfstraße. Der bissigeHund rannte mir nach, bis die eiserne Kette ihn zu würgen begann.

„Ach Jaköppsche, du bist mir vielleicht einer. Ist deine Rosa wieder unterwegs?"

Tante Hannah, die Nachbarin zur Linken, stand in ihrem Garten, wo nur noch Wintergemüse wuchs. Porree, Rosenkohl und ein paar Reihen Möhren. Sie hatte ein gutes Händchen für Pflanzen und lächelte, wie die Sonnenblumen, die an ihrem Gartenzaun standen. Sie waren sehr groß und leuchteten, bis sie ihre schweren Köpfe irgendwann nicht mehr halten konnten.

„Sie heißt Rosé, nicht Rosa!"

„Du hast das Schwein richtig lieb, was?"

Ich schaute auf die Steinchen des Gartenwegs. Jeder hatte eine andere Form und doch glichen sie sich.

„Mensch Jakopp, du müsstest doch wissen, wie das bei uns auf dem Land ist. Schließlich bist du ein Schoepmanns. Ein Bauernjunge! Oder willst du später Schweinehirt werden, mit deiner eigenen Herde? Dann bist du zwar arm, aber du kannst jeden Tag mit ihnen durch die Gegend ziehen. Wenn es kalt wird, machst du dich auf in den Süden. Da wird es niemals Winter."

Tante Hannah lächelte und strich ihre erdigen Fingern an der Schürze ab. Sie bückte sich und zog eine Möhre aus der Reihe, machte sie sauber und gab sie mir.

„Ich will dir was sagen, Jakopp. Menschen sollten Tiere nicht lieben. In der Stadt vielleicht. Da leben die Menschen aus Freude mit Tieren zusammen. Aber hier bei uns auf dem Dorf ist das anders. Hunde müssen bellen, Katzen Mäuse fangen und Schweine fett werden, sonst taugen sie nichts."

Als ich in die Möhre biss, explodierte sie in meinem Mund.

„Du kannst nichts retten. Alles auf der Welt muss sterben. Deine Rose hat sicher Angst vor dem Tod. Sie lebt gern und das hat sie dir zu verdanken. Sie will nicht, dass der Metzger Wurst und Schinken aus ihr macht. Und du willst es noch weniger. Deine Rose ist ja schon ganz erblüht, ein ziemlich großes Schwein. Sie ahnt vielleicht, dass es bald so weit ist. Du kannst sie nicht retten, Jakopp, hörst du? Auch wenn du es dir noch so sehr wünschst."

„Du wünschst dir doch auch eine schönere Welt!"

„Eine schönere Welt? Wie soll die denn aussehen?"

„So wie dein Garten. Mit Futterplätzen für die Vögel, damit sie im Winter was zu fressen finden. Du vertreibst ja nicht einmal die Spatzen. Überall sonst werden sie verjagt oder erschossen. Außerdem wächst in deinem Garten jede Menge Buntes, das man nicht essen kann. Und dann sind da noch die Sonnenblumen am Zaun."

„Gefallen sie dir?"

„Wenn ich hier vorbeikomme, meine ich immer, sie würden mich anlächeln."

„Das sind ‚Gelbe Wunder'. So heißt die Sorte. Wenn du möchtest, sammele ich die Samen für dich. Dann kannst du sie überall im Dorf aussäen. Vielleicht steckt ihr sonniges Lächeln die Menschen ja an."

Die Bäume waren kahl und die Schwalben weggeflogen. Alles wurde starr und kalt. Nur im Schweinestall, bei Rosé, war es immer warm. Rosé war ursprünglich ein kleiner Eber gewesen, quicklebendig und stolz, ein Geschlecht zu haben. Zwei Wochen nach der Geburt hatte man ihm die Hoden herausgeschnitten, ohne Betäubung. Und mit einer Zange war auch noch das Ringelschwänzchen entfernt worden, damit die anderen Schweine nicht daran herumkauten und zu Kannibalen wurden. Jetzt war Rosé im Grunde nur noch ein Stück Fleisch, das man leben ließ, damit es mehr wurde.

Vater sorgte zwar dafür, dass seine Tiere ein Dach über dem Kopf hatten und genug zu fressen bekamen. Aber er bestimmte, wann ihre Lebensuhr abgelaufen war. Er hatte einen Vertrag mit dem Metzger geschlossen, aber nicht mit den Tieren. Er fragte sie nicht, ob sie einverstanden waren. Und er versorgte sein Vieh nur deshalb so gut, weil es dann schneller fett wurde.

Beim Füttern der Hühner, Schweine und Kühe dachte er nicht an ihren Hunger, sondern daran, dass sie möglichst rasch schlachtreif wurden, mehr Eier legten, viel Milch gaben und sich ihr Fleisch in Koteletts, Wurst oder Geld verwandelte.

Für mich war es ein schmutziges Geschäft, auch wenn alle anderen sagten, es wäre der natürliche Gang der Dinge. Unseren alten Hofhund fand ich eines Tages auf dem Misthaufen wieder, schlecht vergraben. Die jungen Katzen waren von einem Tag auf den anderen spurlos verschwunden und Vater behauptete, die Katzenmutter hätte sie verschleppt. Die Mutterkatze war noch da, aber ihre Jungen tauchten nie wieder auf.

Überall geschah Ähnliches und niemand sagte, was wirklich passierte. Alle logen sich ein besseres Leben zusammen und verschwiegen den Tod. Dabei war alles nur auf Abruf da, verlor irgendwann seinen Wert und landete am Ende beim Metzger oder auf dem Misthaufen.

Der Viehhändler wendete seinen Transporter auf dem Hofplatz, fuhr rückwärts an die Schweinestalltür heran und ließ die Klappe herunter. Er stellte die Barrieren auf und richtete den Wiegekäfig ein. Die Schweine rochen das Blut und den Angstschweiß, der sich in die Bretter des Transporters gefressen hatte. Selbst die kleinen Ferkel, die nichts zu befürchten hatten, spielten verrückt. Die schlachtreifen Schweine waren gefüttert worden. Ein Täuschungsmanöver, das sie ruhig stellen sollte. Dennoch spürten sie, dass etwas nicht stimmte, hoben die Köpfe und durchschnüffelten mit ihren feuchten Schnauzen die unheilvolle Luft. Nach und nach wurden sie aus dem Stall geholt. Der Viehhändler schob sie mit seinen dicken Oberschenkeln in den Wiegekäfig. Wenn sie zu störrisch waren, benutzte er den Viehtreiber. Es gab für die Schweine kein Zurück, kein Entkommen, keine Hoffnung.

Als Rosé an der Reihe war, lief es vor dem Viehhändler her. Im Wiegekäfig sah es mich an. Ich konnte nichts tun, nur zusehen, wie Vater und der Viehhändler gebannt auf die Skala der Waage schauten und das Gewicht notierten. Rosé wog einen halben Zentner weniger als der Rest, aber das änderte nichts an der Tatsache, dass es verladen wurde.

Der Viehhändler baute die Gatter und den Wiegekäfig ab. Dann ging er mit Vater ins Haus, um einen Schnaps zu trinken und abzurechnen. Ich strich um den Wagen herum und meinte, Rosé grunzen zu hören. Ich grunzte zurück, während ich die Riegel der Wagenklappe öffnete. Rosé erwartete mich. Die anderen Schweine quetschten sich angstvoll in die Ecken, während Rosé vom Wagen sprang und Richtung Süden rannte, der Freiheit entgegen.

Normalerweise warfen Vaters Tiere im Frühjahr. Herbstgeburten waren schwierig, und wenn die Nachtfröste einsetzten, hatten Neugeborene kaum eine Überlebenschance. In diesem Jahr war einiges schief gelaufen. Eine Kuh hatte spät gekalbt und eines der Kaninchen war trächtig. Und dann ferkelte auch noch eine Sau. Ich hatte das noch nie erlebt, aber Mama hatte versprochen, mich zu wecken, wenn es so weit war. Sie stand im Nachthemd vor meinem Bett und rüttelte mich wach.

„Jakopp, es wird Zeit. Willst du mitkommen oder lieber weiterschlafen?“

Ich sprang auf und stolperte schlaftrunken mit Mama die Treppe hinunter. Sie gähnte, reichte mir eine Decke und warf sich selbst auch eine um. Sie öffnete die Tür zum Kuhstall und ich zog meine Stiefel an, während Mama in die großen Stiefel meines ältesten Bruders schlüpfte.

Wir gingen über den Hofplatz. Es war unheimlich still. Der Mond stand fahl am Himmel und die Pflastersteine glänzten, als würden sie von innen erleuchtet. Vorsichtig öffnete Mama die Stalltür, um die schlafenden Schweine nicht aufzuschrecken. Sie machte kein Licht. Es war warm im Stall und ich hörte das friedliche Schnarchen der Schweine. Sofort musste ich an Rosé denken. Ihretwegen hatte ich mich wecken lassen.

Der Sauenstall war durch eine Wand vom Rest des Schweinestalls getrennt. Hier war es nicht mehr ganz so warm und die Luft roch anders. Die ferkelnde Sau lag auf der Seite. Ihr

Bauch war aufgebläht, wie bei der Frau im Krankenhaus. Sie hatte Schaum vor dem Maul und es sah so aus, als hätte sie lange Barthaare, denn ein paar Strohhalme ragten aus dem klebrigen, weißen Schaum.

Mama lehnte sich an die Mauer und beobachtete die Sau. Sie hatte keinen Blick mehr für mich, nur die ferkelnde Sau war jetzt wichtig. Die Decke um die Schulter geschlungen, sah Mama aus wie eine auf der Lauer liegende Indianerin. Ich stand neben ihr und starrte auf die Wärmelampe, die über der Sau hing und ein blaues Licht verströmte. Das Stroh, der Stall, die Sau, alles, was in diesem Augenblick von der Welt übrig geblieben war, schimmerte bläulich.

Mama faltete ihre Decke zusammen und drückte sie mir in die Hand. Sie kletterte über die Brüstung in den Stall, ging einmal um die Sau herum und befühlte deren Bauch von allen Seiten. Dann kniete sie sich hinter die Sau und schob Daumen und Zeigefinger in die Geburtsöffnung. Sie strich etwas von der schleimigen Feuchtigkeit ab, hielt sich die Finger an die Nase und roch daran. Danach bewegte sie Daumen und Zeigefinger, um die Geschmeidigkeit des Schleims zu prüfen. Alles, was sie tat, machte sie mit großer Selbstverständlichkeit. Ich hörte sie flüstern, unverständliche Worte, die aus einer anderen Welt zu kommen schienen.

Plötzlich verstummte sie, umkreiste die Sau ein letztes Mal und kroch an ihr Rücken. Sie legte sich neben das Tier auf das Stroh und umschlang mit einem Arm den massigen Leib. Auch ein Bein legte sie auf den Körper der Sau. Mama, nur mit einem dünnen Nachthemd bekleidet, schmiegte sich an die ferkelnde Sau und begann, ihr etwas in das große, lappige Ohr zu flüstern. Ich konnte nichts verstehen. Es waren vielleicht auch gar keine Worte, sondern die unverständlichen und unbegreiflichen Töne eines Zauberspruchs, den sie von irgendwoher kannte.

Das alles kam mir so unbegreiflich vor, dass ich vor Scham zu zittern begann. Mir wurde schwindelig beim Anblick der Zärtlichkeiten, die Mama der Sau zukommen ließ. Sie lag neben ihr, kuschelte sich an deren Rücken und massierte den Bauch. Irgendwie kam es mir vor, als würden ihre Zärtlichkeiten mir gelten.

Mama wusste, wie sehr ich unter den ungeschriebenen Gesetzen des Landlebens litt und jetzt versuchte sie, mich zu trösten. Sie wusste um den unbegreiflichen Kreislauf von Leben und Sterben, Geburt und Tod. Die Ferkel, die mit ihrer Hilfe zur Welt kamen, würden ein halbes Jahr später dem Metzger ans Messer geliefert.

Mama wusste es, ich wusste es, aber die Sau wusste es nicht. Meine halbnackte Mama umklammerte das Tier und presste sich immer enger an den Schweinekörper. Sie machte Bewegungen, die beim Gebären helfen sollten. Es war ein rhythmisches Wiegen, eine Art stummer Gesang der Körper. Mamas Hand strich jetzt schneller und heftiger über den Bauch der Sau, bei der inzwischen die Milch eingeschossen war, sodass die prallen Euter violett strahlten. Die Hacke von Mamas rechtem Fuß grub sich in die borstige Haut, um die Wehen zu unterstützen, die von einem wahnsinnigen Stöhnen der Sau begleitet wurden.

Fassungslos sah ich, wie meine Mutter unter der Wärmelampe neben der Sau lag. Niemals zuvor hatte ich meine Liebe zu ihr deutlicher gespürt als in diesem Augenblick. Sie war eine Zauberin. Sie lud mich mit ihrer Energie auf, sodass mich eine große innere Kraft erfüllte, die stärker war als meine Wehmut. Mir brach der Schweiß aus, so warm wurde mir. Wenig später kamen die Ferkel heraus, kleine Wunderwesen, in durchsichtige Hüllen eingepackt. Mama riss die Hautsäckchen auf, wenn es nötig war und trug die Kleinen der Sau vor das Maul. Die Muttersau leckte ihre Kinder ab und verteilte den Schaum, der ihr noch immer vor dem Maul stand, auf ihre Nachkommenschaft. Wenig später liefen die Ferkel schon durch den Stall, scharten sich um die Zitzen der Muttersau und begannen zu trinken.

Mama gab der Sau einen aufmunternden Klaps auf den Rücken und kletterte über die Brüstung. Sie stellte sich neben mich. Ihr Nachthemd klebte an ihrem Körper und sie hatte den süßlichen Geruch der Schweine angenommen. Sie atmete tief ein und aus. Mein kleiner Bruder war inzwischen ein Jahr alt und seit seiner Geburt war ich Mama nie mehr so nah gewesen. Sie nahm mir die Decke aus der Hand und schlang sie um uns beide. Wir waren eine Einheit, abgeschottet vom Rest der Welt. Ich konnte spüren, wie ihr Herz klopfte und der Geruch von Schwein und Mutter, Gegenwart und Herkunft, Unfassbarkeit und Vergessen, benebelte mich. Eine Zeit lang standen wir reglos da und schauten schweigend in den Stall, in dem die Ferkel sich um die besten Plätze an die Zitzen stritten.

„Jakopp", flüsterte Mama irgendwann. „Was bin ich froh, dass es dich gibt."

Wenn die Arbeit getan und das Tor verrammelt war, das Nachtfutter bereitlag, die Kühe ihre weichen Mäuler in die Tränken tauchten und das durstige Schlürfen einsetzte, hockte Vater gern auf dem Rand des Futtertrogs. Den Taubenkittel übergestreift, zögerte er den Gang zu seinen Lieblingen hinaus und genoss den Augenblick des Nichtstuns. Wenn man etwas von ihm wollte, war dies der richtige Zeitpunkt, es zu erbitten.

„Kann ich Kaninchen haben?"

„Wir haben doch Kniin. Ihr Stall steht im Garten, oder hast du das vergessen? Wäre übrigens schön, wenn ihr euch mehr darum kümmern würdet."

„Die Kaninchen gehören allen. Jeder kann sie füttern."

„Und warum vergesst ihr es dann? Warum werden die Ställe wochenlang nicht gemistet?"

„Weil die Kaninchen allen gehören! Außerdem stimmt das nicht."

„Was stimmt nicht?"

„Dass die Kaninchen allen gehören. Eigentlich sind es deine Kaninchen."

„Wie kommst du denn darauf?"

„Weil du bestimmst, was mit ihnen geschieht. Du bringst sie zum Bock, wenn du meinst, dass es an der Zeit ist. Du schlägst ihnen mit der Handkante ins Genick, wenn du glaubst, dass sie schlachtreif sind. Du fragst niemanden. Alle Tiere gehören dir."

Vater sah mich an. Für Augenblicke spürte ich seine Verunsicherung. Seine Augen wurden zu Spiegeln. Ich sah mich in ihnen. Sie nahmen mir nichts, aber sie gaben mir auch nichts.

„Du willst Kniin?"

„Ja."

„Weißt du, was das heißt? Du bist ganz allein verantwortlich für sie. Sie sind auf dich angewiesen. Sie haben nur dich und sonst niemanden."

„Ich weiß."

„Und du meinst, du schaffst das?"

„Ja."

„Kannst du Böcke von Weibchen unterscheiden?"

„Du hast es mir mal gezeigt."

„Kannst du es?"

„Ja."

„Gut. Dann sollst du deine Kniin haben."

„Auch einen eigenen Stall, den ich abschließen kann?"

„Ja. Mit einem dicken Vorhängeschloss, für das nur du den Schlüssel hast."

Eine Woche später hatte ich meinen Kaninchenstall. Er befand sich in dem kleinen Anbau hinter dem Milchzimmer. Es war ein dumpfes Viereck, in das früher die Dämpfkartoffeln für die Schweine eingelagert worden waren. Wenn der Regen auf das Eternitdach prasselte, hörte es sich an, als würden Bleikugeln vom Himmel fallen. Der Raum war nicht groß. Vorn war Platz für das Futter, links für zwei junge Kaninchen, rechts für das Muttertier, das bald werfen würde.

„Die Jungtiere wachsen schnell", sagte Vater. „Sind noch nicht kastriert. Wenn ein Bock dabei ist, darf er nicht zum

Muttertier. Sonst wird es nachgedeckt und es gibt Inzucht. Du musst unbedingt kontrollieren, ob ein Bock dabei ist."

Ich besorgte Näpfe und formte aus Draht Krippen für das Heu. Ich schleppte Futterrüben, Stroh und Heuballen in den Stall. Das Muttertier rupfte mit den Vorderläufen an seiner Bauchwolle, um das Nest auszupolstern. Ich schloss die schwere Holztür und versenkte den Schlüssel tief in meiner Hosentasche.

Wenn ich mit dem Rad unterwegs war, schnitt ich das müde Herbstgras und grub die Wurzeln des Löwenzahns aus. In der Warenzentrale, wo Vater seine Sämereien und Kunstdünger kaufte, besorgte ich einen Sack Kraftfutter. Stolz bezahlte ich mit meinem Ersparten.

„Na Kaninchenkönig. Heute schon Köttel gefressen?"

Die Lästereien meiner Brüder überhörte ich. Und eines Morgens fand ich sieben nackte Kaninchen im Nest. Ich nahm eines in die Hand. Es fühlte sich warm und weich an. Das Muttertier beäugte mich und trommelte so Furcht einflößend mit den Hinterläufen, dass ich ihr Junges schnell wieder ins Nest legte. Die beiden großen Kaninchen beachtete ich nicht. Sie zerkratzten mir den Unterarm, als ich ihr Geschlecht bestimmen wollte. Dabei hatte ich nicht die geringste Ahnung, wie man das machte.

Mindestens einmal in der Woche tauchte der dicke Maihart bei uns auf. Er kam stets zur Melkzeit, weil er wusste, dass er Vater dann im Stall antraf. Gleichzeitig hoffte er, mich oder einen meiner Brüder zu sehen, denn abends mussten wir Vater beim Melken helfen, weil Vater eine Vorliebe für Kühe mit großen Eutern hatte. Ihre Zitzen standen so weit auseinander, dass wir die Stutzen der Melkmaschine festhalten mussten. Wir saßen dann links und rechts unter der Kuh, pressten unsere Köpfe in die Beinmulde, und während ich das regelmäßige Zischen der Maschine hörte, wartete ich darauf, dass die Stalltür sich öffnete und der dicke Maihart erschien.

Er war Lohnunternehmer, handelte aber gleichzeitig mit allem, was sich zu Geld machen ließ. Die Bauern konnten bei ihm Getreide, Futter, Düngemittel, Autos und angeblich auch verbotene Arzneimittel für die Tiere kaufen. Er trug knallbunte Hemden und darüber meist eine lederne Weste. Seine Hosen, die an dicken Trägern hingen, waren so weit geschnitten, dass er bequem die Hand hineinschieben und sich am Hintern kratzen konnte. Am auffälligsten waren seine Cowboystiefel, die vorn so spitz waren, dass kaum Platz für den dicken Zeh blieb.

Mama konnte den Dicken auf den Tod nicht ausstehen. Sie hasste sein Getue, seine bunten Hemden und die Cowboystiefel. Sobald er auf den Hofplatz gefahren kam, flüchtete sie ins Haus, als hätte sie Angst, ihm zu nah zu kommen. Wenn er da gewesen war, fragte sie uns aus. Wir spielten die Unschuldslämmer und taten, als wüssten wir von nichts.

„Der Maihart ist ein Schweinepriester", schimpfte Mama beim Abendessen. „Ein gottlos Biest is der und obendrein ein Schmärlapp. Der kümmert sich um nichts und niemanden. Was will dieser Kerl andauernd bei uns?"

„Der klappert alle Bauern ab, mit denen er zu tun hat", sagte Vater.

„Wer sich mit dem einlässt, versündigt sich."

„Seit wann ist Geschäftemachen eine Sünde?"

„Warum nimmst du keinen anderen Lohnunternehmer?"

„Weil Maihart der billigste ist. Wenn er unsere Zuckerrüben zur Fabrik fährt, bleibt am meisten übrig."

„Und die Kinder? Hast du mal an die Kinder gedacht?"

„Was haben onsere Jonges damit zu tun?"

„Er mustert sie heimlich."

„Blödsinn!"

„Außerdem kriegen die sein dummes Geschwätz mit. Die haben jedes Mal rote Ohren, wenn er da war."

„So kriegen die mal mit, wie es in der Welt zugeht."

„Und du meinst, das wäre gut für sie?"

„Es schadet jedenfalls nichts!"

„Da bin ich ganz anderer Meinung. Und eins sag ich dir: Ins Haus kommt mir der fiese Kerl jedenfalls nicht!“

Mama war so ziemlich die Einzige im Dorf, die den Maihart nicht leiden konnte. Alle anderen zog er in seinen Bann, auch wenn er fett, hässlich, ein gottloser Schweinepriester und Schmierlappen war, der bunte Hemden, weite Hosen und Cowboystiefel trug. Die Geschichten, die über ihn im Dorf erzählt wurden, erhoben ihn in den Rang eines Halbgottes. So hieß es, ein Teil seiner Hallen wäre mit Hehlerware und Diebesgut gefüllt, deshalb könnte man unter der Hand so gut wie alles bei ihm bekommen. Es hatte anonyme Anzeigen gegeben und die Polizei war mehrfach bei ihm gewesen, aber angeblich hatte er die Beamten mit geladener Schrotflinte von seinem Anwesen gejagt.

Er bewohnte einen halb verfallenen Aussiedlerhof am Fuß des bewaldeten Höhenzugs, der ein Überbleibsel der Eiszeit war. Um den Hof herum standen riesige Maschinen, die aus der Ferne wie Kriegsgeräte aussahen: Mähdrescher, Erntemaschinen für Kartoffeln und Rüben, Bagger, Raupen, Förderbänder, eine ganze Armee. Man munkelte, der dicke Maihart hätte keine einzige dieser Maschinen bezahlt und doch kamen immer neue hinzu. Niemand wusste, wie er das machte.

Er war ein Riese, rothaarig, rotwangig, rotäugig. Er tauschte den Cowboyhut gegen geschmacklose Schlägerkappen, die für irgendwelche landwirtschaftlichen Produkte warben, wenn er den Kuhstall betrat. Er kam nie allein, denn sobald er seinen Angeberschlitten auf den Hofplatz steuerte, liefen die Katzen zusammen. Sie ließen sich normalerweise den ganzen Tag nicht blicken, aber wenn der Maihart aufkreuzte, waren sie plötzlich da, als hätten sie auf ihn gewartet. Sie strichen ihm schmeichelnd um die fetten Waden, während er ihnen frische Milch in einen Napf schüttete. Niemand sonst durfte die Katzen füttern, weil sie Mäuse fangen sollten, aber beim dicken Maihart sagte Vater nichts.

„Bald kannst du billig an Dünger kommen", sagte der Dicke, steckte seine Hand in die Hose und kratzte sich den Hintern. „Erstklassige Ware. Kommt direkt von den Galapagos."

„Wo ist das denn?"

„Übersee. Eine Inselgruppe. Die wurde jahrhundertelang von Vögeln zugeschissen. Und jetzt wird das Zeug abgebaut. Alles, was damit gedüngt wird, wächst wie der Teufel."

„Vogelscheiße?", fragte Vater irritiert. „Da habe ich schlechte Erfahrungen mit gemacht. Hühnerkacke verbrennt jedenfalls alles, so scharf ist die."

„Das Zeug von den Galapagos ist abgelagert. In Amerika ist es jedenfalls der Renner. Da prügeln sich die Farmer drum. Hab ihnen eine Schiffsladung abgeluchst. Schwimmt gerade über den großen Teich. Wenn das Zeug heil in Duisburg ankommt, wird aus Scheiße Geld gemacht. Dann bin ich ein gemachter Mann."

„Und wenn nicht? Wenn das Schiff unterwegs untergeht?"

„Das wäre noch besser. Dann zahlt die Versicherung. Ich muss das Zeug nicht an den Mann bringen und kriege trotzdem mein Geld."

„Und die Seeleute?"

„Die Seeleute? Die haben Rettungsboote. Meistens jedenfalls. Die Kerle sind natürlich nicht versichert! Das wäre viel zu teuer."

Der dicke Maihart lachte aus vollem Hals, aber Vater lachte nicht mit, weil er Angst hatte, von Mama gehört zu werden. Er brachte nur ein schiefes Grinsen zustande. Heimlich bewunderte er diesen Mann, der sich in unverhohlener Dreistigkeit Dinge herausnahm, die Vater sich niemals getraut hätte. Für Maihart war die Welt ein Selbstbedienungsladen, in dem man sich nehmen konnte, was man wollte. Er war ein Spielertyp, wogegen Vater jedes Risiko scheute. Vater war fleißig, er schuftete wie verrückt und dachte, das müsste reichen. Er war ein Gewohnheitstier, das auf jedes Pferd im Rennen setzte, um ja nicht zu verlieren.

Natürlich ließ sich auf diese Weise nichts gewinnen. Vater hatte schon mehrfach einen Kredit bei der Bank aufnehmen müssen. Dennoch wollte er nicht einsehen, dass die alten Bauernregeln nicht mehr galten und das Segnen des Viehs und der Maschinen genauso wenig half wie das Palmstecken zu Ostern oder das Abbrennen geweihter Kerzen. Wenn die Schweinepreise fielen, tröstete er sich mit der Milchrechnung und wenn es eine schlechte Rübenernte geworden war, verwies er auf den Haufen Kartoffeln, der im Schuppen lag.

Die jungen Kaninchen wurden immer raubeiniger. Und dann sah ich, wie eines der großen Karnickel das Muttertier deckte. Der Bock besprang seine Mutter, rammelte sie und fiel Augenblicke später wie vom Blitz getroffen zur Seite. Ich ekelte mich inzwischen vor den Kaninchen und fuhr immer seltener los, um Futter zu holen. Der Löwenzahn war verschwunden und das Gras roch vermodert. Ich warf Heu in die Ställe, ohne es aufzuschütteln, gab Rüben dazu und schüttete so viel Kraftfutter in die Näpfe, dass ich für ein paar Tag Ruhe hatte. Statt zu misten, streute ich nur noch ein. Das fest getrampelte, mit Kötteln übersäte und bepisste Stroh türmte sich immer höher. Ich sah tatenlos zu, wie der Mistberg wuchs, ahnte das Unglück und tat nichts. Sobald ich an meine Kaninchen dachte, überkam mich die Scham. Es war wie eine Lähmung. Am liebsten hätte ich die Tür verrammelt und den Schlüssel weggeworfen.

Die Jungkuh hatte gekalbt und wollte sich nicht melken lassen. Sobald Vater mit der Maschine neben ihr auftauchte, sprang sie wie eine Ziege in die Höhe und schlug nach allen Seiten aus. Zweimal hatte sie ihn schon am Oberschenkel erwischt. Er war wütend und wusste nicht mehr, was er machen sollte. Wurde die Jungkuh nicht gemolken, bekam sie eine Euterentzündung und der Tierarzt musste kommen.

Da tauchte der dicke Maihart auf. Er merkte sofort, was los war, verscheuchte die Katzen und schob seinen massigen

Bauch zwischen die Kuhleiber. Ohne ein Wort zu verlieren, packte er die Jungkuh an den Hörnern, bog ihren Kopf zur Seite und steckte ihr Daumen und Zeigefinger in die Nüstern.

Ich stand neben der Rübenmühle und hatte das seltsame Gefühl, dass der Maihart mit seinen fetten Fingern nicht nur in den Nüstern der Kuh, sondern auch in meinen Nasenlöchern war. Ich war wie benommen, während die junge Kuh vor Schreck die Augen verdrehte, sodass nur noch das Weiße zu sehen war. Maihart drückte so stark zu, dass mir der Rotz aus der Nase schoss. Die Jungkuh stöhnte, der Maihart starrte mich an und seine Blicke nagelten mich fest, während ein Prickeln meine Haut überzog und das dunkle Blut der Kuh auf das Futter tropfte.

„Jetzt kannst du rangehen", sagte der Dicke zu Vater, ohne mich aus den Augen zu lassen. „Die rührt sich garantiert nicht mehr."

Ich konnte mich tatsächlich nicht bewegen, während Vater mit der Melkmaschine unter die Jungkuh kroch. Der dicke Maihart drückte noch einmal zu, während Vater die Zitzen reinigte, die Maschine anhängte und die Biestmilch stoßweise in den Eimer gepumpt wurde.

„Do bes en Biest", sagte er anerkennend.

„Ich bin der Gott der Tiere", erwiderte der dicke Maihart und zwinkerte mir zu. „Und der Gott der Kinder."

Als das Euter leer gemolken war, ließ er die Jungkuh frei, stapfte auf den Mistgang, öffnete die Hose und pisste in die Jaucherinne. Es hörte sich an, als würde ein Stier Wasser lassen; das Geräusch schnürte mir die Kehle zu.

Ich strich um den Misthaufen herum, sah, wie die Dämpfe aufstiegen und wusste, dass ich meine Kaninchenschande nicht mehr lange verbergen konnte. Der erste Schnee war gefallen. Eine dünne Schicht, die scheinbar alles überdeckte, in Wirklichkeit aber nur ein löchriges, weißes Tuch war. Wenn ich durch die Wiese lief und meine Fußabdrücke betrachtete, konnte ich grünliche Flecken erkennen. Das Gras war noch da, aber es hatte keine Kraft mehr. Ich schlich zu meinem Kaninchenstall. Ich wählte den Weg durch den Schweinestall, um nicht gesehen zu werden. Die Kisten mit Pflanzkartoffeln standen auf Balken über den Schweineställen wie kleine Särge.

Vor der Stalltür hielt ich den Atem an und lauschte. Nichts, absolut nichts war zu hören. Die tödliche Stille machte mich nervös. Ich fischte den Schlüssel aus der Tasche und steckte ihn in das Schloss, wagte aber nicht, die Tür zu öffnen. Dahinter erwartete mich bestimmt etwas Schreckliches. Den Kaninchen waren inzwischen sicher möhrengroße Zähne gewachsen. Vielleicht hatten auch Ratten Einzug gehalten. Und der Bock stand in meiner Vorstellung hoch oben auf dem Mistberg. Ein irrer Feldherr mit zerzaustem Fell, der verächtlich auf seine Mutter herabblickte, die er gerade gerammelt hatte.

Ich hörte, wie Vater im Milchzimmer die gefüllten Kannen zum Abholen bereitstellte. Die Tragebügel schepperten gegen die blechernen Bäuche. Dann reinigte er die Maschinen und spritzte die glatten Wände ab. Er summte zufrieden vor sich hin und ich rannte weg. Ich verkroch mich in der Scheune, atmete die schwere, abgestandene Sommerluft ein und stopfte mir Stroh in den Mund. Ich hielt das Gefühl der Schuld nicht länger aus. Ich wollte verschwinden und gleichzeitig sollte auch alles andere mit mir untergehen: der Hof, das Dorf, die ganze Welt und der Himmel auch.

Ich packte einen Ballen Stroh und schleppte ihn zum Misthaufen. Wenn ich das Stroh dort in Brand steckte, würde niemand Verdacht schöpfen. Die Flammen würden sich durch die Scheune fressen, durch den Schweinestall und erst ganz zum Schluss den Kaninchenstall erreichen. Ich verstreute das Stroh und zündete es an. Die trockenen Halme fingen sofort Feuer, aber bevor die Flammen hochschlagen konnten, warf ich mich auf sie. Ich vergrub meine Hände im feuchten Mist und deckte das qualmende Stroh damit zu. Ich heulte und schrie und konnte nicht aufhören, im Mist zu wühlen, als wäre dort das Vergessen begraben. Vor Angst und Verzweiflung machte ich mir die Hose voll.

Eine halbe Stunde später saß ich in der Wanne. Aus dem Stall waren die dumpfen Geräusche der Kühe zu hören. Ich hatte den Riegel vorgeschoben, obwohl Mama das verboten hatte. Ich war allein mit meinem nackten, hilflosen Körper. Meine Panik war einer eigentümlichen Ruhe gewichen. Der Boiler brummte und ich ließ heißes Wasser nachlaufen. Dampfschwaden zogen durch den Raum. Der Spiegel war beschlagen und die Gegenstände um mich herum hatten ihre Konturen verloren. Ich träumte vom Süden, von Rosé und meinen Kaninchen, die sich ebenfalls auf den Weg gemacht hatten.

„Jakopp!“ Es war Mama. Sie rüttelte heftig an der verschlossenen Tür. „Was machst du da drinnen?“

Ich hielt den Atem an und rührte mich nicht, in der unsinnigen Hoffnung, dass sie mich in Ruhe lassen würde.

„Mach sofort auf, sonst hol ich Vater!“

Ich stieg aus der Wanne, riss das Fenster auf, ging zur Tür und schob den Riegel zurück. Meine feuchten Fußabdrücke zeichneten sich auf dem gefliesten Boden ab.

„Das ist ja wie in der Sauna hier!“, schimpfte Mama und schaltete den Boiler ab. „Was soll das? Warum badest du allein? Das ist Wasserverschwendung! Außerdem weißt du ganz genau, dass ihr nicht abschließen sollt! Und warum hast du keine Unterhose an?“

Sie musterte mich von oben bis unten. Ihrem forschenden Blick entging nichts. Sie wusste alles, da war ich mir sicher. Sie vermochte auf den Grund meiner Seele zu schauen, wo es keine Worte gab, mit denen sich lügen ließ.

„Und warum ist das Fenster offen? Willst du dir den Tod holen?“ Sie warf mir ein Handtuch zu. Dann entdeckte sie meine schmutzige Unterhose, die vor der Wanne lag. „Jakob, das darf doch nicht wahr sein!“

Ich klapperte mit den Zähnen, um sie abzulenken. Sie atmete tief durch, trat vor mich hin und rubbelte mein Haar trocken. Sofort wurde mir warm und ich musste daran denken, wie sie der ferkelnden Sau beigestanden hatte.

„Was ist mit dir los?", fragte sie und drückte mich an sich. „Du bist doch kein Baby mehr."

„Rosé", sagte ich und fing an zu weinen. „Rosé ist fort und die Kaninchen ..."

„Gut, dass du endlich mit der Sprache herausrückst. Wir haben schon länger darauf gewartet."

„Worauf?"

„Dass du deinen Fehler eingestehst. Papa hat die Sache vor ein paar Tagen in Ordnung gebracht. Du musst dir keine Sorgen um deine Kaninchen machen. Was überlebt hat, wurde geschlachtet."

„Wie ist er denn in den Stall gekommen?"

„Er hatte natürlich einen Zweitschlüssel. Zur Sicherheit."

„Dann hat er mich belogen! Warum lügt ihr alle?"

„Und warum vernachlässigst du deine Kaninchen?"

„Weil alles so verlogen ist."

„Red keinen Unsinn!"

Mama wickelte mich in mein Lieblingsbadetuch, das mit einem Bild vom weiten Meer und Schiffen mit weißen Segeln bestickt war. Sie hielt mich in den Armen und schaute mich an. „Mensch Junge! Was denkst du dir nur? Wie soll das bloß mit dir weitergehen?" Sie schüttelte mich sanft. „Manchmal weiß ich wirklich nicht, was ich mit dir machen soll." Sie deutete auf die schmutzige Unterhose. „Oder hast du vielleicht wieder Würmer?"

Ich war im Elternschlafzimmer, lag bäuchlings auf Mamas Bettseite und atmete ihren Duft ein, der sich im Kopfkissen eingenistet hatte. Noch hatte ich das brennende Gefühl der Verzweiflung im Gesicht, aber jetzt war es weich und tröstlich. Ich horchte, um Mamas Schritte auf der Treppe nicht zu überhören und fieberte ihrem Kommen entgegen.

Gleich wird sie das Schlafzimmer betreten, die Tür schließen, Öl und Taschentücher aus der Kommode nehmen und sich auf den Rand des Bettes setzen, dachte ich. Sie wird sich über meinen nackten Hintern beugen, mich anfassen und nach weißen Würmchen suchen.

Ich zitterte in Erinnerung an die erregendsten Momente meiner Kindheit.

FALSCHONKEL RAINER

Damit wir uns voneinander erholen konnten und unsere Eltern zwischendurch ihre Ruhe hatten, wurden wir während der Sommerferien in die Verbannung geschickt. Mein ältester Bruder besuchte in diesem Jahr ein Jugendcamp, wo angeblich schon jede Menge scharfer Weiber auf ihn warteten. Der Rest wurde auf die engere Verwandtschaft verteilt. Das kostete nichts und Mama meinte, dass es uns nicht schaden könnte, wenn wir hautnah erlebten, wie es anderswo zuging. Nur der kleine Jan durfte zu Hause bleiben.

„Vielleicht merkt ihr bei der Gelegenheit mal, wie gut ihr es zu Hause habt!“, sagte Mama und stellte die Schüssel mit Kartoffeln auf den Mittagstisch.

Nach dem Essen klärte sie die letzten Einzelheiten der diesjährigen Kinderverschickung am Telefon. Es stand im Flur. Ich fürchtete, dass ich wieder zu Tante Erika und Onkel Rainer musste und verkroch mich unter dem Tisch, als Mama in die Küche kam.

„Jakopp?“

Ich machte keinen Mucks.

„Jakopp!“

Mama schob ihren Kopf unter die Tischplatte. Ihre Nase hatte große Löcher, aus denen ihr Atem strömte. Er war so warm, dass ich Angst hatte, mich an ihm zu verbrennen.

„Komm sofort da raus.“

Ich robbte auf die andere Tischseite, möglichst weit weg von Mama, und setzte mich auf die Küchenbank.

„Ich habe gerade mit Tante Erika gesprochen. Sie hat dieses Jahr eine besondere Überraschung für dich, aber ich darf nichts verraten.“

„Ich geh da nicht hin!"
„Und wieso nicht?"
„Die sind komisch. Vor allem Onkel Rainer."
„Sie sind nicht komisch, sondern anders. Onkel Rainer hat ein paar Probleme, aber auf jeden Fall weiß er, wie man sich bei Tisch und in Gesellschaft benimmt. Davon könntest du dir getrost ein paar Scheiben abschneiden."
„Und was ist mit seiner Pistole? Ich habe Angst, dass er mich erschießt!"
„Hör auf zu spinnen, Jakob! In unserer Familie wird sich nicht erschossen. Außerdem ist ja noch Tante Erika da. Die wird schon auf dich aufpassen."
„Ich möchte aber lieber zu Onkel Ludwig! Der ist schließlich mein Patenonkel."
„Damit noch mal was passiert, du mit dem Trecker in das Scheunentor fährst und wir wieder Ärger mit der Versicherung haben? Mein Gott, was da alles hätte passieren können! Ich will, dass du nach den Ferien gesund zurückkommst. Und deshalb gehst du zu Tante Erika und Onkel Rainer."
„Und Oma Gertrudis?", spielte ich meinen letzten Trumpf aus.
„Meine Mutter ist ein Pflegefall. Die kann sich nicht mehr um dich kümmern."
„Na und? Dann kümmere ich mich eben um sie."
„Das kannst du nicht."
„Kann ich doch!"
„Da ist aber noch mein Bruder."
„Der *Trockene Theo?*"
„Für dich heißt der immr noch Onkel Theo!"
„Und was ist mit ihm?"
„Er ist krank und ich will nicht, dass du dich ansteckst."
„Was hat er denn?"
„Eine schlimme Erwachsenenkrankheit."
„Wenn es eine Erwachsenenkrankheit ist, kann ich mich ja nicht anstecken."

„Jakopp! Ich will jetzt keine Widerworte mehr hören! Du machst Ferien bei Onkel Rainer und Tante Erika. Und damit basta!"

„Geschieht dir recht, dass du wieder zu den Korinthenkackern musst", stichelte mein ältester Bruder. „Am besten, du bleibst gleich für immer da!"

„Lass mich in Ruhe!"

„Weißt du eigentlich, warum Mama dich immer da hinschickt?"

„Keine Ahnung."

„Dann verrat ich es dir: Weil Mama dich nicht lieb hat."

„Das stimmt nicht!"

„Doch, das stimmt."

Mein Bruder war ein halbes Leben älter als ich und kannte Geschichten, an die ich mich nicht erinnern konnte. Wenn er davon erzählte, kam ich mir wie ein Schlafwandler vor, der nachts Unsinn getrieben und den man nicht geweckt hatte, damit man ihm am nächsten Morgen seine Missetaten brühwarm unter die Nase reiben konnte.

„Du hast keine Ahnung, aber die Wahrheit ist, dass Mama bei deiner Geburt beinahe gestorben wäre. Du kleiner Arsch hättest sie um ein Haar umgebracht. Meinst du, das hätte sie vergessen? Glaubst du, so etwas kann ein Mensch jemals vergessen?"

Ich sagte nichts, merkte aber, dass meine Atemzüge schneller wurden.

„Sie hat es dir nie verziehen, da wette ich für. Und sie wird es dir nie verzeihen! Du trägst das Kainsmal auf der Stirn, Junge! Du bist mit einer doppelten Erbsünde belastet. Und deshalb musst du morgen wieder zu den Korinthenkackern. Das ist Mamas Rache."

Mein ältester Bruder war hochbegabt. Das war offiziell festgestellt worden, nachdem er in der Grundschule eine Klasse übersprungen hatte und auf dem Gymnasium auch. Allerdings nutzte er seine herausragende Intelligenz vornehmlich, um anderen Menschen zu zeigen, wie beschränkt sie waren. Ich wusste, dass er eine Giftspinne war, aber es gelang ihm immer wieder, mich in das klebrige Netz seiner Gemeinheiten zu locken.

„Mama lag damals wochenlang im Krankenhaus. Es ging ihr schlecht. Papa hatte Angst, dass sie nicht überleben würde. Dann hat sie sich allmählich erholt und konnte entlassen werden. Aber richtig gut ging es ihr nicht. Sie musste jeden Tag zum Arzt. Der hat ihr Blut abgezapft und sie untersucht. Jeden Tag.

Papa konnte Mama natürlich nicht immer hinfahren, weil er sich um das Vieh und die Felder kümmern musste. Deshalb war sie gezwungen, hin und wieder den Bus zu nehmen. Und einmal, als sie an der Haltestelle wartete, hat ein Typ angehalten und sie ins Auto gezerrt. Mama konnte nichts machen. Sie war ja noch nicht wieder ganz bei Kräften. Sie ist entführt und von einem wildfremden Mann vergewaltigt worden! Deinetwegen!"

Mama würdigte mich während des Abendessens keines Blickes. Entweder war sie böse, weil ich nicht zu Tante Erika und Onkel Rainer wollte, oder es war wegen der Vergewaltigung. Ich wusste nicht genau, was das war, aber bestimmt hatte Mama durch meine Schuld etwas Furchtbares mitmachen müssen. Jetzt lag ich im Bett und mein Atem fraß die Luft.

Ich spürte die dumpfe Schwermut der Nacht und hörte das Gerenne der Mäuse, die direkt über meinem Kopf Walnüsse über den Speicherboden rollten, als würden sie kegeln. Vielleicht war Vollmond, denn alle Tiere waren unruhig. Die Tauben gurrten aufgeregt und flogen trotz der Dunkelheit hin und her. Der Stier scheuerte an seiner Kette, als hätte er die Krätze. Die Schweine bissen sich und die Rinder stießen mit ihren verkrüppelten Hörnern vor die Gatter. Katzen schrien wie kleine Kinder und der Hofhund kläffte sich heiser.

Ich wollte nicht einschlafen, denn ich wusste, dass es ein böses Erwachen geben würde, wenn ich einschlief. Dann war die Nacht mit einem Schlag vorbei und ein neuer Tag würde beginnen. Der Tag, an dem ich wieder zu Tante Erika und Onkel Rainer gebracht würde, wo ich die schlimmsten Wochen meines Lebens erlebt hatte.

Tante Erika war Vaters ältere Schwester. Er verehrte sie, weil sie ihn im Gefangenenlager mit dem Nötigsten versorgt hatte und sie liebte ihn. Am liebsten wäre sie ihr ganzes Leben mit ihm zusammen geblieben, aber nachdem Vater geheiratet hatte, musste Tante Erika ausziehen und sich notgedrungen einen anderen Mann suchen. Sie fand ihn schließlich über eine Anzeige in der Zeitung und bald darauf heiratete sie ihn. Es war keine Liebesheirat, aber darüber wurde in der Familie nicht geredet.

Inzwischen waren viele Jahre vergangen. Tante Erika war eine dickliche Frau geworden, mit gutmütigen, müden Augen. Sie trug eine goldrandige Lesebrille, die an einem Band befestigt war und wie eine kleine Wünschelrute vor ihren Brüsten baumelte. Bei Familienfesten machte sie sich gern in der Küche nützlich, um ihre Unsicherheit und Verlegenheit zu überspielen. Sie sprach kaum ein Wort, wenn sie neben ihrem Mann saß, aus Angst, er könnte sie bloßstellen oder ihr über den Mund fahren.

Dabei war in Wirklichkeit Onkel Rainer der schwächere. Er hatte irgendetwas Technisches studiert, arbeitete bei einem großen Pharmazieunternehmen, verdiente ziemlich gut und war in allem äußerst korrekt. Er redete so lange, bis ihm niemand mehr zuhörte, und aß unglaublich langsam. Manchmal wurden seine Pupillen so groß, dass ich Angst hatte, er könnte mich hypnotisieren. Wollte er besonders lässig wirken, zog er die Anzugjacke aus und hängte sie sich über die Schulter, sodass die leeren Ärmel herunterhingen wie bei einem Mann ohne Arme.

Die beiden waren kinderlos und kamen mir wie Pflanzen vor, die mehr und mehr vertrockneten. Sie bewohnten das

Einfamilienhaus, das Onkel Rainer von seinen Eltern geerbt hatte. Das Haus lag etwa drei Kilometer von unserem Hof entfernt. Andauernd standen Autos vor der Tür, Fahrzeuge von Handwerkern oder Gartenbaufirmen. Das Haus und der Garten kamen nie zur Ruhe, weil ständig renoviert oder umgebaut wurde.

Ich ahne nichts Böses, als ich zum ersten Mal in den Ferien zu ihnen gebracht werde. Ich trage die kurze Lederhose. Mama hat sie mit der Drahtbürste bearbeitet und eingefettet, damit sie glänzt und unser Stallgeruch übertüncht wird. Die Hose macht mich stark und schwach zugleich. Meistens bin ich stolz auf meine Lederhose, aber es kann auch passieren, dass ich mich plötzlich ihretwegen schäme.

Ich habe eine Tasche mit der Zahnbürste und ein paar Sachen dabei, als ich über den Kiesweg zur Haustür gehe. Ich höre unser Auto wegfahren und gleichzeitig das Knirschen der Steinchen unter meinen Sohlen. Ich habe ein ungutes Gefühl, ohne zu wissen, warum.

Eigentlich kenne ich Tante Erika und Onkel Rainer gar nicht. Sie sind Fremde für mich, Verwandte, die manchmal zu Besuch kommen und mit denen ich noch nie richtig gesprochen habe. Wenn sie da sind, kommen sie mir wie Möbelstücke vor, die vom Speicher geholt wurden. Wenn sie etwas sagen, dann sagen sie, was alle sagen, die nicht wissen, was sie sagen sollen.

Über ihrer Haustür hängen Girlanden und in der Mitte ein Schild, wie beim Schützenfest für den König. *Herzlich willkommen!* steht darauf, wie Tante Erika mir erklärt. Ich finde das lächerlich. Ich bin kein Schützenkönig, sondern ein einfacher Bauernjunge, den man in die Verbannung geschickt hat.

Ich passe auf, dass ich Tante Erika die richtige Hand gebe. Sie zieht mich an sich und umarmt mich, was mir ziemlich unangenehm ist. Ich sehe dabei Onkel Rainer an. Er trägt Anzug und Krawatte, wie es sich seiner Meinung nach am

Sonntag gehört. Als ich auch ihm die Hand reiche, mustert er mich von Kopf bis Fuß und lässt meine Hand nicht los.

„Komm mal mit", sagt er und zieht mich wie einen jungen Esel hinter sich her ins Wohnzimmer. Es ist sehr aufgeräumt und riecht nach Putzmitteln. Auf einem niedrigen Glastisch steht eine Vase mit Blumen, genau in der Mitte. Dann liegen da noch eine Zeitschrift und ein aufgeschlagenes Buch mit Bildern von exotischen Gärten, so ordentlich, als hätte es seit Jahren niemand berührt.

Auf einem Sessel liegen Anziehsachen, sorgsam gefaltet. Sie sind neu, und ich ahne, dass sie für mich sein sollen. Es ist ein Matrosenanzug mit Mütze, den ich sofort anprobieren soll. Ich will ins Bad gehen.

„Du kannst dich ruhig hier umziehen", sagt Tante Erika. „Oder schämst du dich etwa vor uns?"

Ich ziehe mich vor ihren Augen bis auf die Unterwäsche aus und den blöden Matrosenanzug an. Als ich fertig bin, klatscht Tante Erika entzückt in die Hände.

„Mensch Jakob. Der Anzug sitzt ja wie angegossen! Ich wusste, dass er dir passen würde. Jetzt siehst du richtig schnass aus!"

Ich muss ein paar Mal hin und her gehen, wie ein Stück Vieh auf der Versteigerung. Danach zeigt mir Onkel Rainer den Garten, der von einer dichten Hecke aus Friedhofsbäumen umstellt ist. Ein Weg wird gerade erneuert, sodass wir über den Rasen stiefeln müssen, der sich anfühlt, als wäre er aus Plastik.

Wir gehen zu dem Glashaus, in dem der Onkel Bonsaibäumchen und exotische Blumen züchtet. Er lässt mich einen Blick in das Innere werfen, dann zeigt er mir das Becken, das sich hinter dem Glashaus befindet. Ich denke, dass es ein ziemlich schmales Schwimmbecken ist, aber Onkel Rainer erklärt mir, dass man darin nicht schwimmt, sondern in dem eiskalten Wasser nur hin und her läuft, wobei man sich an der Stange festhält, damit man vor Schreck nicht umfällt.

„Kneipen nennt man das. Mache ich jeden Morgen. Ist gut für die Durchblutung. Hält einen auf Trab und bessert die Laune. Solltest du auch mal probieren."

Im Haus muss ich Hausschuhe tragen, filzige Dinger, mit denen man leicht ausrutscht. Onkel Rainer zeigt mir noch den Weinkeller. Es riecht wie in einer Gruft, und die staubigen Flaschen sehen aus wie Urnen. An jeder Urne hängt ein Zettel mit den Lebensdaten der Verstorbenen.

„Je älter sie sind, umso wertvoller werden sie", sagt Onkel Rainer.

Schließlich zeigt er mir noch das frisch gestrichene Gästezimmer, das jetzt mein Zimmer sein wird. Zum Schluss geht er mit mir auf den Speicher. Er öffnet einen Schrank, in dem er die Eisenbahn aufbewahrt, die er von seinen Eltern vor vielen Jahren zu Weihnachten bekommen hat. Jedes einzelne Teil ist sorgsam verpackt. Onkel Rainer öffnet den Karton, in dem sich die Lok befindet und reicht sie mir mit verschwörerischem Blick. Sie ist schwer wie ein Backstein und es gehört ein Kohlewagen dazu.

„Die Eisenbahn können wir irgendwann aufbauen, wenn du willst", sagt Onkel Rainer. „Sie war schon lange nicht mehr in Betrieb, aber wir werden sie schon in Gang bringen! Es gibt auch noch eine Landschaft dazu, mit Hügeln, Bäumen, Häusern und Menschen. Das zeige ich dir später alles. Aber eines musst du dir merken: Du darfst niemals allein hier hoch, um mit den Sachen zu spielen. Die sind einmalig und sehr wichtig für mich. Die Sachen darfst du nur anfassen, wenn ich dabei bin und es dir erlaube!"

Ich gehe mit der Lok und dem Kohlewagen zum Dachfenster und schaue in die Ferne. Ich kann unseren Hof sehen, und meine Finger schmerzen, so fest umklammere ich die Lok. Vom Misthaufen steigt Dunst auf, und ich würde in diesem Moment alles dafür geben, mit nackten Füßen auf diesem Misthaufen herumtrampeln zu dürfen.

„Dein Zuhause. So nah und doch so weit weg", sagt Onkel Rainer, der sich neben mich gestellt hat. „Euer Hof macht eine Menge Arbeit, bringt aber leider nicht viel ein. Deine Eltern können einem wirklich leid tun. Sie schuften und schuften, und es hört nie auf. Ihr Kinder müsst natürlich auch mit anpacken, habe ich recht? Eine elende Plackerei ist das, nicht wahr? Aber hier bei uns hast du erst einmal deine Ruhe. Hier kannst du endlich entspannen und zu dir selbst kommen."

Er nimmt mir die Lok und den Kohlewagen aus der Hand und legt sie vorsichtig in die Kartons zurück. Ich achte nicht weiter auf ihn, sehe immer noch aus dem Fenster, möchte nach Hause, den Geruch des Misthaufens einatmen, das hungrige Geschrei der Schweine hören und das Klappern der Milchkannen. Ich will Vater auf der Tenne sitzen sehen und Mamas Stimme hören, wenn sie zum Essen ruft. Könnte ich fliegen, ich wäre längst zu Hause.

Drei Teller stehen übereinander auf dem Esstisch. Ein flacher unten, darüber ein tiefer und in ihm ein kleiner. Ich weiß nicht, wozu drei Teller gut sein sollen. Bei uns wird alles aus einem Teller gegessen. Onkel Rainer faltet die Stoffserviette auseinander und legt sie sich auf die Knie. Tante Erika klemmt sich das Ding in den Ausschnitt. Ich lasse sie neben dem Teller liegen. Tante Erika schenkt die Suppe aus. Onkel Rainer bläst mit spitzen Lippen in seinen gefüllten Löffel und tupft andauernd seinen Mund ab. Dann werden die tiefen Teller abgeräumt und das Hauptgericht wird aufgetragen.

Es gibt Fleisch, Salat und Kartoffeln, klein wie Taubeneier. Ich habe Hunger, wage aber nicht, richtig zuzulangen. Ich muss immer wieder Onkel Rainer anschauen, der stocksteif dasitzt und sich über seinen Teller beugt wie eine Marionette. Er schneidet das Fleisch in winzige Würfel, spießt einen auf, schiebt ihn sich in den Mund und kaut darauf herum, als wäre es ein ganzes Kotelett. Er scheint bei jedem Bissen seine Kaubewegungen zu zählen. Wenn er eine bestimmte Zahl erreicht hat, macht er eine Pause, nippt an seinem Wasserglas und erzählt, wo er das Fleisch gekauft hat und wie es richtig zubereitet wird.

„Soll ich es dir klein schneiden?", fragt er.

Ich schüttele den Kopf und greife zum Messer.

„Regel Nummer eins: Das Messer gehört in die rechte Hand."

„Ich kann doch nichts dafür, dass ich Linkshänder bin."

„Das musst du ändern, sonst fällst du überall auf. Außerdem gibt es Länder, in denen es als Beleidigung gilt, die linke Hand zu reichen. Du willst doch irgendwann sicher mal die Welt kennenlernen, oder?"

So geht es die ganze Zeit bis zum Nachtisch, den Onkel Rainer höchstpersönlich holt. Ich bekomme drei Kugeln Eis. Eine rote Soße ist darauf verteilt und oben steckt eine herzförmige Waffel drin. Als Onkel Rainer das Eis vor mir abstellt, sieht er mich an, als würde er darauf warten, dass ich vor Begeisterung zu schreien anfange. Aber ich habe ihn längst durchschaut. Ich glaube nichts von dem, was er tut. Er macht alles nur, um etwas zu verstecken. Er ist ein Falschonkel, der gerade seine Angel nach mir auswirft. Das Eis ist ein Köder. Darin ist ein Haken versteckt, in den ich beißen soll, damit der Onkel mich in sein falsches Leben hineinziehen kann. Ich lasse das Eis vorsichtig auf der Zunge zergehen, damit ich nicht aus Versehen den Haken verschlucke.

„Du lernst schnell", sagt Onkel Rainer anerkennend.

Ich trage einen bunten Schlafanzug, den Tante Erika natürlich auch für mich gekauft hat, wasche mir mit einem Waschlappen das Gesicht und putze mir die Zähne mit einer neuen Zahnbürste. Ich schleiche in das Gästezimmer und krieche unter das kindgerechte Bettzeug. Tante Erika zieht die Vorhänge zu und öffnet das Fenster, weil frische Luft gut sein soll. Dann setzt sie sich auf die Bettkante und sagt, dass sie glücklich ist.

„Endlich bist du wieder bei uns."

„Wieso wieder? Ich bin doch zum ersten Mal hier!"

„Das denkst du“, sagt sie lächelnd.

Ich verstehe nichts. Sie spricht ein Gebet und möchte, dass ich laut mitbete. Sie bittet den lieben Gott um schöne Ferien für mich und dass ich mich nicht fürchte in der Nacht, gut schlafe und nichts Böses träume.

„Amen“, sage ich.

Tante Erika ist für Augenblicke still. Dann sagt sie leise: „Du weißt es nicht, aber als du noch ein ganz kleiner Junge warst, ein Baby, da warst du schon einmal hier. Damals hat es dir hier ziemlich gut gefallen und wir wollten dich adoptieren. Das würden wir heute noch gern.“

„Adoptieren? Was heißt das?“

„An Kindes statt annehmen“, sagt Tante Erika und lächelt. Sie drückt mir einen Kuss auf die Stirn und geht auf Zehenspitzen zur Tür. „Wenn irgendetwas sein sollte, komm einfach in unser Schlafzimmer“, sagt sie, löscht das Licht und schließt die Tür.

Ich verstehe nicht, warum Tante Erika so etwas sagen und mir gleichzeitig einen Kuss auf die Stirn geben kann. Ich presse mein Gesicht in die Kopfkissen. Tante Erika und Onkel Rainer wollen mich also in die Kinderstadt abgeben! Aber das dürfen sie doch nicht! Sie müssen doch meine Eltern fragen! Oder ist das mit Mama abgesprochen?

Ich vergrabe meinen Kopf tief unter den Kissen und heule. Noch nie habe ich mich so einsam und verlassen gefühlt. Meine Eltern haben mich verstoßen und ich soll in die Kinderstadt abgegeben werden. Ich bin für sie nichts weiter als ein Stück Vieh, ein kleiner Stier, den man verkauft, bevor ihm Hörner wachsen. Mir ergeht es nicht anders als allen Tieren auf dem Hof, für die Mama mitten in der Nacht aufsteht, die zuerst gehätschelt und gefüttert werden, bis man sie dem Metzger ans Messer liefert oder selbst schlachtet, ihnen die Köpfe abreißt, wie den Tauben, oder ihre Köpfe gegen die Wand schlägt, wie Vater es bei den Hühnern macht, damit ihre Hälse auf dem Hauklotz nicht zucken.

Irgendwann rutsche ich auf der Tränenstraße in den Schlaf, sinke unter die Erde, in die Kinderstadt, wo niemals die Sonne scheint und kein Laut nach oben dringt. Überall hängen Lampen und Strahler unter den hohen Gewölben und beleuchten eine Unzahl von Kindern, die schmal wie Schatten sind und sich wie Geister bewegen. Sie müssen den ganzen Tag arbeiten und schlafen vor Erschöpfung im Stehen ein.

Eine Stimme ruft meinen Namen und befiehlt mir, in einen engen Gang zu kriechen. Mir wird eine Kinderschaufel in die Hand gedrückt, mit der ich einen Wagen mit Kohle beladen muss. Ich krieche in den Gang und stoße am Ende auf eine schwarze Schicht. Sie ist ganz anders als die Kohle, die ich kenne, riecht nach Moos und Wald und ist weich wie Pudding. Ich beginne mit der Arbeit und die Stimme ist dabei die ganze Zeit hinter mir, wie ein rollendes Echo. Sie sagt, dass ich nie wieder das Sonnenlicht erblicken werde und man mich prügeln wird, wenn ich den Wagen nicht schnell genug fülle.

Ich arbeite wie besessen. Mein Gesicht ist schmutzig von der schwarzen Schmierkohle und ich zittere am ganzen Körper. Dann drängen sich andere Kinder in den Gang. Sie haben riesige, hungrige Augen. Sie kommen immer näher, strecken mir ihre knochigen Hände entgegen und verstopfen den Gang, sodass ich kaum noch Luft bekomme. Ich hebe die Schaufel über meinen Kopf, um mich zu verteidigen. Die Kindermünder öffnen sich, und ich höre sie laut lachen, merke, wie die Luft immer dünner wird, atme, keuche, japse und wache schließlich schreiend auf.

Ich muss pinkeln und weiß nicht mehr, wo die Toilette ist. Ich schiebe den Vorhang zurück, schaue in den Garten, sehe den Rasen, die Beete und steige durch das Fenster nach draußen. Mein Strahl trifft Salatblätter, Kräuter und einen Blumenkohl.

„Jakob!" Es ist die Stimme aus dem Bergwerk, die Stimme von Falschonkel Rainer. Er ist irgendwo im oberen Stockwerk. „Was machst du denn da? Das gehört sich nicht! Das kannst du zu Hause auf dem Misthaufen machen, aber nicht bei uns!"

Er knallt das Fenster zu, ich ziehe die Schlafanzughose hoch und klettere wieder in mein Zimmer zurück. Meine Füße sind kalt und ich reibe den Gartendreck in das Plumeau.

Nach ein paar Tagen weiß ich nicht mehr, was sich gehört und wo das Gehören aufhört. Jede Bewegung wird kontrolliert und ich weiß nicht, wo ich mich verstecken kann. Onkel Rainer scheint überall gleichzeitig zu sein, taucht plötzlich hinter einer Ecke auf und lächelt mich schief an. Seine Stimme klingt unterirdisch, auch wenn er nichts an mir auszusetzen hat. Er hat einen Ordnungsfimmel und ordnet sogar die Zahnbürsten in den Bechern. Auch Tante Erika muss sich nach ihm richten, sonst bekommt er große, glasige Augen. Ich versuche, keine Fehler zu machen und tue, was der Falschonkel sagt, damit ich nicht in die Kinderstadt abgegeben werde. Er will aus mir einen folgsamen Jungen machen, der weiß, was sich gehört und auf den man stolz sein kann. Meinetwegen hat er zwei Wochen seines Jahresurlaubs geopfert und nun will er dafür belohnt werden. Abends heule ich die Kopfkissen nass.

„Du läufst so gebückt", sagt er. „Sei doch stolz auf das, was du bist."

„Was bin ich denn?"

„Ein Junge, der das Leben noch vor sich hat. Du bist noch nicht viel, aber du kannst alles werden, wenn dir jemand hilft und du dir Mühe gibst."

„Und du?"

„Ich? Ich bin in deinen Augen sicher schon ein alter Mann."

„Und in deinen eigenen Augen?"

„Das Leben geht schneller vorbei, als man denkt, Jakob. Plötzlich steht man da und ist alt. Weißt du, ich habe für alle Fälle eine Pistole."

„Lässt du mich mal damit schießen?“
„Nein. Das kommt nicht infrage.“
„Wofür ist sie denn dann?“
„Für mich.“
Er sieht mich an, als hätte ihn die Sprache verraten. Seine Augenlider zucken und er verschwindet schnell in seinem Glashaus, um die Bonsaibäumchen zu beschneiden.

An einem Samstag machen sie sich mit mir auf den Weg in die Stadt und wundern sich, dass ich mich nicht freue. Falschonkel Rainer hat sich rasiert und Tante Erika trägt ein Kleid und eine lange Halskette aus kleinen weißen Perlen, die aussehen wie Reiskörner. Ich sitze hinten im Auto und mache mich klein.

Falschonkel Rainer parkt das Auto und ich muss aussteigen. Ich kann nichts machen, sie nehmen mich bei den Händen, Tante Erika links und Falschonkel Rainer rechts. Wenn ich nicht weitergehen will, tun sie so, als sei es ein Spiel, heben mich in die Luft und schleudern mich lachend ein Stück weiter meinem Unglück entgegen.

Sie gehen mit mir in ein Spielzeuggeschäft. Es hat mehrere Etagen und Rolltreppen. Wir fahren hinauf. Ich setze mich auf den Boden und habe keine Lust, mir die Spielzeuge und unechten Kuscheltiere anzusehen. Tante Erika beugt sich zu mir hinab. Sie hat einen faltigen Hals und die Kette mit den Reiskörnern baumelt wie ein Strick vor meiner Nase.

„Du kannst dir was aussuchen“, piepst sie. „Was du willst. Du hast freie Auswahl.“

Ich sage nichts. Um mich herum sind Hunderte von Plüschtieren, die mich mit ihren großen, traurigen Augen anstarren.

„Nun komm schon Jakob“, drängt Falschonkel Rainer. Er fasst meine Hand an und zieht mich vom Boden hoch.

„Sag schon, was du willst.“

„Nach Hause“, flüstere ich.

Falschonkel Rainer hat mich nicht verstanden. Er bückt sich zu mir herunter und hält mir sein Ohr, in dem ein paar graue Haare stehen wie Speere, direkt vor den Mund.

„Was willst du?", fragt er noch einmal.

„Nach Hause", sage ich wieder, und im selben Augenblick schließt sich seine Hand ganz fest und böse um meine. Er schleppt mich zu einer Rutsche. Ich stehe vor dem dunklen Eingangsloch und bin mir plötzlich sicher, dass diese Rutsche in die Kinderstadt führt.

„Nun mach schon", drängelt der Falschonkel. „Das macht dir bestimmt Spaß!"

„Ich will aber nicht!" Ich klammere mich an den Rand der Röhre für den Fall, dass er mir einen Schubs geben sollte.

„Stell dich nicht so an", sagt er drohend. „Du bist doch schon ein großer Junge!"

Andere Kinder stehen um mich herum. Sie trippeln aufgeregt, schauen mich an und lächeln mitleidig. Sie wissen nicht, was sie erwartet. Ihre Eltern tragen ein falsches Gesicht zur Schau. Ich darf nicht zulassen, dass eines der Kinder ins Verderben rutscht und versperre den Eingang der Rutsche.

„Wenn du nicht rutschen willst, dann mach wenigstens Platz für die anderen", sagt Falschonkel Rainer. Er streckt die Hand nach mir aus und ich schreie, schreie so laut ich kann, und die anderen Kinder weichen erschrocken zurück.

„Komm Barbara", sagt eine Mutter. „Ich glaube es ist besser, du rutschst ein andermal."

„Tu es nicht!", rufe ich. „Komm nie wieder hierher, sonst geschieht ein Unglück!"

„Jetzt ist aber Schluss mit dem Theater!"

Falschonkel Rainer packt meine Hand und zieht mich von der Rutsche weg. Wir verlassen den Laden. Onkel Rainer geht so schnell, dass ich kaum mitkomme. Manchmal lässt er plötzlich meine Hand los, und ich falle auf den Bürgersteig. Dann fragt der Onkel scheinheilig, ob ich mir wehgetan habe, nimmt wieder meine Hand und zieht mich weiter.

„Sag mal, was ist eigentlich los mit dir?“, fragt er, als wir beim Auto sind. „Du führst dich ja auf wie ein Verrückter. Wir geben uns alle Mühe, dir einen schönen Tag zu machen, und du machst alles kaputt!“

„Lass den Jungen“, beschwichtigt Tante Erika. „Ich glaube, er hat Heimweh.“

Später höre ich, wie Tante Erika mit Mama telefoniert. Mamas Stimme kann ich nicht hören, nur die der Tante.

„Ich mache mir ernsthaft Sorgen um euren Jakob. Wir waren heute Morgen mit ihm in der Stadt. Wart ihr denn noch nie mit ihm in der Stadt? – Das solltet ihr aber. Ihr könnt doch nicht wollen, dass eure Kinder denken, das Dorf sei die Welt. – Bist du dir da sicher?“

Tante Erika wickelt die Telefonschnur um ihren Zeigefinger.

„Ja. Das habe ich auch gedacht. Aber er hat sich seltsam aufgeführt – laut geschrien. Es war nicht zum Aushalten. – Vielleicht solltet ihr mit ihm mal zum Arzt. – Ja, klar. Vielleicht muss er sich erst an die neue Umgebung gewöhnen.“

Ich stehe mit meinem bunten Schlafanzug an der offenen Verandatür und beobachte Falschonkel Rainer. Es ist noch früh, ich höre den schrillen Gesang der Morgenvögel und habe den schlechten Geschmack von Schuld im Mund. In der Nacht bin ich heimlich aus dem Fenster gestiegen, habe eine Sprudelwasserflasche zerschlagen und die Scherben in das Tretbecken geworfen.

Der Onkel steht in seinem schneeweißen Bademantel vor dem Tretbecken, ein Bein angehoben wie ein Storch. Nach einer Weile sinkt das Bein langsam zu Boden und das andere hebt sich. So geht es eine Weile, als könnte er sich nicht entscheiden, auf welchem Bein er stehen soll. Dann hebt der Onkel die Arme, streckt sie über dem Kopf weit in den Himmel und lässt sie langsam wieder sinken. Er macht das alles unendlich langsam, als würde jede Bewegung etwas bedeuten. Sein Gesicht ist starr.

Als die Übung zu Ende ist, faltet er seinen Bademantel zusammen und legt ihn auf dem glänzenden Geländer des Tretbeckens ab. Jetzt ist er nackt und ich kann sein Geschlecht sehen, das wie ein schlaffer Klingelbeutel zwischen seinen dünnen Beinen hängt. Vorsichtig steigt er die Stufen hinab, wobei er sich wie ein kleines Kind am Geländer festhält. Dann stolziert er auf seinen dünnen Storchenbeinen hin und her.

Ich muss an die Scherben denken. Plötzlich schaut der Onkel zu mir herüber. Es ist zu spät, mich zu verstecken. Sofort verändert sich sein Gesicht. Er dreht sich um, geht mit staksigen Schritten und zusammengekniffenen Arschbacken zu seinem Bademantel. Er zieht den Gürtel mit einem Ruck zusammen, schlüpft in die blauen Badelatschen und kommt auf mich zu. An seinen Füßen klebt kein Blut.

„Was hast du hier zu suchen um diese Zeit?"

Ich schaue auf seine Storchenschenkel. An seinen grauen Beinhaaren kleben Wassertropfen.

„Was machst du hier, kannst du mir das sagen?"

„Nichts."

„Nichts? Na gut. Dann komm mal her!"

Ich rühre mich nicht vom Fleck. Tante Erika schläft noch, und sonst ist niemand da, der mir helfen könnte.

„Hierher, hab ich gesagt!", zischt der Onkel und weist mit seinem dünnen Zeigefinger auf die Terrassenplatte vor seinen Füßen. „Auf der Stelle hierher!"

Es hört sich an, als würde er einen Hund dressieren. Er hat jetzt wieder die Stimme, die ich aus dem Stollen kenne, deshalb wage ich nicht zu widersprechen. Ich schleiche zu ihm, den Kopf gesenkt wie ein alter Gaul, der zu müde ist, sich zu wehren.

„Sieh meine Füße an!"

Er hebt sie nacheinander hoch.

„Verstehst du endlich. Mich kann nichts und niemand kaputt machen!", schreit er. „Mir kann nichts passieren! Ich bin gebenedeit!"

Ich starre auf seine Füße, weil ich Angst habe, ihm ins Gesicht zu schauen.

„Mach, dass du wegkommst!", schreit er. „Du hast ja nichts verstanden."

Wann immer es möglich ist und ich mich unbeobachtet fühle, schleiche ich die Speichertreppe hinauf, öffne das Fenster und schaue zu unserem Hof hinüber. Eigentlich ist es mir verboten, auf den Speicher zu gehen, und ich darf mich schon gar nicht in das offene Dachfenster setzen – die Füße auf den Dachpfannen –, aber von hier oben kann ich das Dach unserer Scheune sehen. Ich kann sogar die Kuh erkennen, die als Wetterfahne dient, die Pappeln neben dem Misthaufen, die wie Ausrufezeichen dastehen, und den großen Nussbaum, der bald gefällt werden soll. Vaters Tauben umfliegen die Dächer in kleinen Schwärmen. Ganz selten schert eine einzelne Taube aus und fliegt ein Stück allein. Schnell kehrt sie in den schützenden Schwarm zurück.

Falschonkel Rainer ist im Garten beschäftigt. Am Morgen sind neue Steine für den Gehweg angeliefert worden. Der Onkel möchte, dass sie auf eine Weise daliegen, die nur er kennt. Ich habe versucht, ihm zu helfen, aber ich mache alles falsch. Plötzlich lässt der Onkel den Stein fallen, den er in der Hand hat. Er geht hinter das Glashaus. Seine magere, dunkle Gestalt ist kaum auszumachen. Ich sehe nur seinen Schatten, der immer wieder die rechte Hand an die Schläfe führt, wie ein Soldat. Und dann sehe ich, dass dieser Schatten die Pistole in der Hand hat und die Mündung an seine Schläfe hält. Gebannt warte ich auf das schreckliche Geräusch des Schusses und schaue zu unseren Kühen hinüber, die sich vor dem Wiesengatter drängen und darauf warten, zum Melken in den Stall getrieben zu werden. Jeden Augenblick muss Vater auftauchen, das Gatter öffnen und die lahmenden Kühe mit dem Stock antreiben. Bestimmt versorgt er gerade noch seine Tauben, rappelt mit der emaillierten Futterdose und pfeift, um seine Lieblinge in den Schlag zu locken.

Die wissen, wo sie hingehören, denke ich. Vater wartet auf sie, und mich hat er vergessen.

Je länger ich hinüberstarre, umso stärker wird meine Sehnsucht. Ich habe ein Gefühl, als würden die Gebäude von mir wegrücken und Falschonkel Rainer mit seiner Pistole näher kommen. Und plötzlich weiß ich, dass ich mich sofort auf den Weg machen muss, weil es sonst zu spät ist, mein Zuhause verschwindet und ich es nie wiedersehe.

Ich mache das Speicherfenster zu und schleiche die Treppe hinunter. Falschonkel Rainer ist im Keller und Tante Erika in der Küche beschäftigt. Ich schnappe meine Schuhe und laufe auf Socken in den Garten. Hinter dem Gewächshaus gibt es eine Stelle, wo man durch die Hecke auf die angrenzende Obstwiese schlüpfen kann.

Ich höre Gebell und renne über die Wiese mit den Apfelbäumen. Sie ist von einem Stacheldrahtzaun umgeben. Als ich hinüberklettere, reiße ich mir die Hose auf. Ich marschiere querfeldein auf unseren Hof zu. Die Gebäude kommen mit jedem Schritt näher. Die Scheune, das Vorderhaus, an dessen Front wilder Wein wächst, der Lanz mit dem Futterwagen, das offen stehende Hoftor, dem sich das Auto vom dicken Maihart nähert. Alles ist zum Greifen nah.

Und dann sehe ich Vater. Er ist auf dem Weg zur Weide, den Treibstock geschultert. Er spannt die Kordel mit dem roten Lappen über den Weg, damit die Viecher wissen, wo es langgeht. Dann treibt er den Schimmel vor sich her, der ein so großes Euter hat, dass er kaum noch laufen kann. Bei jedem Schritt senkt sich der große Kopf des Tieres und die spitzen Knochen scheinen sich durch das Fell zu bohren. Würde Vater nichts tun, der Schimmel würde einfach stehen bleiben und auf den Tod warten.

Ich bin nur noch ein Stück von Vater entfernt. Ich schleiche mich an, um ihn zu überraschen. Da dreht er sich um und sieht mich. „Wat mäkst do dan hier?“

„Nach Hause“, sage ich so leise, dass er es unmöglich hören kann.

„Wat wellst do?“
„Ich bin wieder da“, sage ich lauter.
„Wissen Onkel Rainer und Tante Erika davon?“
„Wovon?“
„Dass du abgehauen bist?“
„Die würden mich doch nie gehen lassen. Onkel Rainer hat eine Pistole und will sich umbringen!“
„Hör auf zu spinnen!“
„Außerdem wollen sie mich in die Kinderstadt abgeben!“
„Jakopp! Was redest du denn da? Du machst auf der Stelle kehrt und gehst zurück!“
„Aber Papa ...“
„Mach, dass du wegkommst!“, schreit er. „Ek well dich hier ni länger sien!“
Ich sehe seine bösen Augen und den ausgestreckten Arm mit dem Treibstock. Ich fühle mich wie ein Stück Vieh, das aus der Herde ausgesondert wird. Ich würde gern mit der lahmen Kuh tauschen, die Vater vor sich her treibt, will in meinen Stall zurück, aber er lässt mich nicht. Für ihn bin ich ein streunender Hund, ein hergelaufener Köter, den man totschlägt, wenn er aufmuckt. Ich weiche zurück. Jetzt bin ich mir sicher, dass er mich nicht liebt. Als ich ein Stück gegangen bin, drehe ich mich noch einmal um. Vater treibt den Schimmel in den Kuhstall. Der Maihart und die blöden Kühe sind ihm wichtiger als ich. Ihm ist es egal, wenn ich in die Kinderstadt abgegeben werde. Hauptsache, er hat seine Ruhe und kann sich an den großen Eutern seiner Kühe wärmen.
„Du siehst mich nie wieder!“, schreie ich in Richtung des Hofes, nachdem Vater längst verschwunden ist. Ich stapfe durch die Felder und heule, obwohl ich es nicht will. Die Tränen laufen mir einfach so aus den Augen und ich sehe alles verschwommen. Ich reibe mir den Rotz am Hemdsärmel ab und stapfe weiter, bis ich zu einer Feldscheune komme. Sie ist unverschlossen, denn da sind nur ausgediente Maschinen, ein alter Heuwender, eine Pferdekarre und eine

angerostete Walze. Hinter den Maschinen türmt sich altes, halb verfaultes Stroh.

Ich setze mich auf einen Grubber mit krummen, verrosteten Scharen. Die Metallstangen bohren sich in meinen Hintern, spitz und kalt, wie die Worte meines Vaters. Ich will sie vergessen und denke an Mama. Sie weiß sicher von nichts, hört im Bügelzimmer Musik vom zarten Mo und denkt genauso stark an mich, wie ich an sie.

Der zarte Mo heißt in Wirklichkeit nicht so, aber Mama meint, der umgedrehte Name würde besser zu seiner Musik passen. Er soll ein Wunderkind gewesen sein. Ich möchte kein Wunderkind sein, sondern ein ganz normaler Junge, der von seinen Eltern geliebt wird. Ich sitze da und starre vor mich hin. Ich warte auf nichts mehr. Bis ich meine, die Musik vom zarten Mo zu hören. Sie ist so wunderbar und tröstlich, dass ich mich aufraffe und zu Tante Erika und Falschonkel Rainer zurückkehre.

Das alles ist vor zwei Jahren passiert. Inzwischen habe ich zwar keine Angst mehr, in die Kinderstadt abgegeben zu werden, aber zu Tante Erika und Onkel Rainer wollte ich trotzdem nicht. Onkel Rainer war für mich ein Falschonkel geblieben. Ich musste nur an das Tretbecken, das Glashaus, den Weinkeller und die Pistole denken, dann wurde mir übel.

Während des Hochamtes betete ich, dass Gott ein Wunder tat und mich im letzten Augenblick rettete. Gott war meine letzte Chance, denn nach der Messe und dem gemeinsamen Besuch des Familiengrabes sollte ich weggebracht werden.

Wenig später war mir klar, dass auf Gott kein Verlass war. Vater verstaute meine Reisetasche im Kofferraum. „Mach uns diesmal keinen Kummer", sagte er. Dann fuhr er mich zu den Verwandten. Ich hörte, wie die Wagentür ins Schloss fiel. Ich drehte mich nicht um und trottete mit gesenktem Kopf auf Tante Erika zu, wie ein zum Tode Verurteilter. Tante Erika lächelte vielsagend. Ich erwartete, dass Falschonkel Rainer wie ein Gespenst in ihrem Rücken erschien, aber Gottes Ratschlüsse sind unergründbar.

Onkel Rainer war psychisch erkrankt und musste in einer Spezialklinik behandelt werden. Mit Tante Erika verbrachte ich wunderbare Ferien. Wir alberten den ganzen Tag herum, sahen stundenlang fern, benutzten beim Essen nur einen Teller und aßen all die ungesunden Sachen, die bei Onkel Rainer strengstens verboten waren.

DER KNECHT

Gewöhnlich fuhr Vater ins Sandloch und holte Russki, wenn ihm die Arbeit über den Kopf zu wachsen drohte. Russki hauste dort in einer winzigen Hütte ohne Strom und fließendes Wasser. Niemand wusste, wie er sich durchschlug, wo er herkam und ob er tatsächlich ein Russe war. Aber das kümmerte keinen. Wenn das Dorf jemandem einmal einen sprechenden Namen gegeben hatte, dann wurde das seine Bestimmung und er wurde ihn nie wieder los.

Einmal war ich mit Vater bei Russki gewesen. Seine Hütte hatte nur ein kleines vergittertes Fenster durch das kaum Licht fiel, sodass man drinnen nicht wusste, ob es Tag oder Nacht war. Russki lag auf dem Bett. Sein schmales Gesicht wurde von einer flackernden Friedhofskerze beleuchtet. Er hatte nur die Unterhose an, und der Anblick seines dünnen, knochigen Körpers irritierte mich. Er kam mir unfassbar sauber vor, ganz strahlend und weiß. Dabei herrschte in der Hütte ein ziemliches Durcheinander und es roch nach verbranntem Holz und altem Schmierfett. In einer Ecke stapelten sich Zeitungen und an der Wand hing ein uralter, vergilbter Kalender. Eigentlich war es unheimlich in der Hütte, aber seltsamerweise hatte ich überhaupt keine Angst.

Das lag daran, dass ich den Russki wirklich mochte. Ich blieb möglichst in seiner Nähe, wenn er bei uns war. Ihn umgab eine eigentümliche Ruhe, die ich sonst nur von zufriedenen Schweinen kannte. Außerdem benutzte er Wörter, die kein Mensch im Dorf über die Lippen brachte. Die Kühe nannte er *Milchgöttinnen*, das Stroh *Halmsommer* und den Hund *Bell-Etage.* Er konnte mit seinen Worten Bilder in meinem Kopf erzeugen. Das faszinierte mich.

„Ja-Kopp", sagte er. „Gegenteilig zu Nein-Bauch."

Er lächelte und es kam mir vor, als wüsste er mehr als die anderen, mehr, als man normalerweise sagen konnte. Seine Hände redeten immer mit. Sie waren schmal und die Finger sehr lang. Mit ihnen streichelte er das Holz, bevor er die Säge oder den Hobel ansetzte, und wenn er zum Akkordeon griff, stellten die Kühe ihre Ohren auf.

Auch Mama freute sich, wenn Russki bei uns war. Sie hatte ihm sogar angeboten, ein Zimmer bei uns zu beziehen, aber Russki wollte lieber seine Freiheit behalten. Mama schenkte ihm ausgediente Anziehsachen, die noch in Ordnung waren und kochte Sachen, die ihm schmeckten. Er war ein stiller Genießer, konnte aber längst nicht so viel essen wie wir, weil sein Magen nicht an richtige Mahlzeiten gewöhnt war. Wenn Mama ihn länger nicht gesehen hatte, fuhr sie mit dem Rad ins Sandloch und stellte eine Tüte mit Lebensmitteln vor seiner Hüttentür ab.

„Was soll ich machen? Ich war schon dreimal vergeblich im Sandloch. Er macht einfach nicht auf", sagte Vater. „Ich weiß, dass er da ist, aber er rührt sich nicht und ich kann doch nicht die Tür aufbrechen."

„Und wenn er tot ist?", fragte Mama.

„Er ist nicht tot. Ich habe sein Husten gehört."

„Dann ist er vielleicht krank."

„Natürlich ist er krank. Wer freiwillig in so einer Hütte lebt, muss krank sein."

„Vielleicht verträgt er die Nähe anderer Menschen einfach nicht."

„Weißt du, was ich glaube", sagte Vater. „Der Kerl will nicht arbeiten. Und zwingen kann ich ihn ja nicht."

„Dann musst du dir eben einen Knecht besorgen. Einen, auf den Verlass ist."

„Und wo soll der wohnen?"

„Oben in der früheren Futterkammer, neben den Taubenschlägen."

„Bei den Tauben? Ich weiß nicht. Da lass ich nur ungern Fremde rauf."

„Wir könnten den Raum streichen und ihn ein bisschen schön machen. Ein Waschbecken ist auch da. Den Luxus haben andere Knechte nicht."

Es gab bereits drei Knechte im Dorf – verlorene Gestalten, die nichts zu sagen hatten und einem Angst einjagten, wenn sie glotzend am Wegrand standen, unrasiert und ratlos. Ich kannte nur ihre Vornamen und den Namen des Bauern, für den sie schufteten.

Die Knechte hatten schlechte Zähne, stanken wie Viehzeug, betranken sich regelmäßig und liefen das ganze Jahr in Gummistiefeln herum. Im Winter strickten ihnen die Bäuerinnen Wollsocken, zu Weihnachten bekamen sie neue Arbeitsklamotten, und im Sommer stieg der Schweißgeruch aus ihren Stiefeln. Kost und Logis waren frei, und ihr Wochenlohn reichte gerade, um sich am Samstagabend zu besaufen.

Vater hatte die Futterkammer neben den Taubenschlägen hergerichtet. Der Boden wurde gewischt und das Bett frisch bezogen. Mama hatte sogar ein kleines Kreuz mit einem geweihten Palmzweig aufgehängt. Das Zimmer sah ganz gemütlich aus. Mama schrubbte das Waschbecken, putzte den Spiegel und legte frische Handtücher zurecht.

Vater fuhr in die Kreisstadt. Er kannte den Leiter des Kreisbauernverbandes, und der wollte dafür sorgen, dass wir möglichst bald einen Knecht bekamen.

„Du brauchst also einen Arbeiter." Der Mann blätterte eine Liste durch, die vor ihm auf dem Tisch lag. „Ab sofort?"

„So schnell wie möglich. Ich kann die Kinder nicht noch mehr einspannen. Deshalb brauche ich einen Knecht, der arbeiten und auf den ich mich verlassen kann."

„Die Zeit der Knechte ist vorbei", belehrte ihn der Leiter des Kreisverbandes. „*Knecht* sagt man heute nicht mehr. Das hört sich nach Unterdrückung an. Wir sprechen von Arbeitern oder ungelernten Hilfskräften."

„Ungelernt? Können die denn nichts?"

„Die meisten sind ziemlich geschickt, haben aber keine Ausbildung und keine Papiere. Das heißt aber nicht, dass sie nicht arbeiten können. Du solltest sie nur nicht mit dem Trecker fahren lassen. Das ist, wie die Erfahrung gezeigt hat, zu riskant."

„Kannst du mir jemanden empfehlen?"

„Nein."

„Und warum nicht?"

„Weil man nie wissen kann, was passiert. Manchmal ist der Bauer mit seinem Arbeiter zufrieden, aber die Frau hat etwas gegen den Mann. Und dann gibt es Fälle, dass der Arbeiter sich schlecht behandelt fühlt. Er hasst den Bauern und es kommt zu Gewalttätigkeiten. Oder die Bauersfrau verliebt sich in ihn, und der Bauer hat das Nachsehen. Hat es alles schon gegeben."

„Wie viele Leute kommen infrage?"

„Zwölf warten drüben auf Arbeit, fünf von ihnen auf eine Festanstellung."

„Wer von ihnen ist der Beste?"

„Das kann ich nicht sagen. Sie haben ja keine Zeugnisse. Aber es ist einer dabei, der heißt zufällig Heinrich, genau wie du", sagte der Leiter des Kreisverbandes vielsagend. „Du kannst ihn ja erst einmal zur Probe nehmen."

„Zur Probe? Geht das denn?"

„Ja. Das hat sich sogar bewährt. Du vereinbarst eine Probezeit, und wenn du merkst, dass ihr miteinander klarkommt, stellst du ihn für länger ein."

Die Arbeitssuchenden saßen in einem kleinen verräucherten Zimmer. Die Männer sahen Vater an und die Raucher drückten rasch ihre Zigaretten im Aschenbecher aus. Sie wussten, dass der Augenblick entscheidend war, witterten eine ungewisse Chance und bemühten sich, einen guten Eindruck zu machen. Es war wie in einem Kinderheim, wenn ein Ehepaar vorstellig wird, um sich ein Adoptivkind auszusuchen. Wer nicht beachtet wird, weil er nicht die passende Kleidung trägt, nicht das richtige Gesicht oder die richtige Haarfarbe hat, der bleibt sitzen. Dem bleibt nur die trügerische Hoffnung auf ein nächstes Mal.

Vater ertrug die erwartungsvollen Blicke der Männer nicht. Er wollte sich nicht zum Herrn über fremdes Leben aufspielen. Aber entscheidender war, dass er das Risiko scheute, eine falsche Wahl zu treffen.

„Gibt es hier einen Heinrich?", fragte er und schaute zu Boden. Ein Mann erhob sich von seinem Platz. Er war groß und stark, das sah Vater sofort. Er hatte sein Haar geölt und glatt nach hinten gekämmt. Seine Ohren standen ein wenig ab und mit seinen Zähnen war etwas nicht in Ordnung. Aber so, wie er aussah, konnte er sicher arbeiten wie ein Tier.

„Kannst du mit Gabel und Spaten umgehen?"

„Ja."

„Schaffst du es, neun Stunden am Tag zu arbeiten?"

„Ja."

„In der Woche fangen wir um halb sechs an und hören um sieben auf. Es gibt ein Frühstück, eine Mittagspause, Abendessen. Du musst in erster Linie füttern, misten und die Feldarbeit erledigen. Das Melken übernehme ich. Du sitzt bei uns am Tisch und hast ein eigenes Zimmer. Samstags ist für dich um sechs Uhr Schluss. Dann bekommst du deinen Wochenlohn. Siebzig Mark. Einverstanden?"

„Ja."

„Gut. Dann bist du eingestellt. Zunächst für zwei Monate. Das ist die Probezeit. Danach sehen wir weiter."

Jetzt hatte das Dorf einen vierten Knecht. Er hieß natürlich nicht Heinrich, sondern Heini und im Dorf sagten sie *Heini von Schoepmanns* zu ihm. Mir gefiel der Kerl von Anfang an nicht. Auch die Tiere hatten etwas gegen ihn. Unser Hofhund stellte die Nackenhaare auf, als Heini ihn zur Begrüßung hinter den Ohren kraulen wollte. Die Katzen ließen sich tagelang nicht blicken und die Kühe wollten sich von ihm nicht anketten lassen. Nur dem Stroh und dem Mist war alles egal.

Bei Tisch benahm er sich anständig, aber er betete nicht richtig mit, kniff nur die Augen zusammen und trommelte mit der Hand auf seinem Bauch herum, statt ein Kreuzzeichen zu machen. Nach dem Essen bedankte er sich bei Mama und sagte, dass es ihm sehr gut geschmeckt hätte. Meiner Meinung nach wollte er sich aber dadurch nur beliebt machen.

Vater verlor kein schlechtes Wort über ihn, denn er erledigte alle Arbeiten ohne Murren und war stark wie ein Bär. Den Kuhstall mistete er in Rekordzeit aus, die Heuballen spießte er mit der Gabel auf und schleuderte sie wie Plastikbälle durch die Luft. Kartoffel- oder Getreidesäcke schulterte er, als wäre es nichts.

Die ersten Tage musste er sich erst eingewöhnen und zog sich nach getaner Arbeit auf sein Zimmer zurück. Dann hörte und sah man nichts von ihm. Morgens kam er sofort die Treppe herunter, wenn Vater ihn rief, als hätte er die halbe Nacht wach gelegen und auf Vaters Weckruf gewartet. Vom Wochenlohn ließ er sich nur zehn Mark auszahlen. Der Rest sollte auf die hohe Kante gelegt werden.

„Das ist doch ein gutes Zeichen“, sagte Mama. „Unser Heini ist wahrscheinlich der einzige Knecht weit und breit, der sich nicht aufs Saufen, sondern aufs Sparen versteht.“

„*Knecht* sagt man heute nicht mehr“, korrigierte Vater.

„Sondern?“

„‚Arbeiter‘ oder ‚ungelernte, landwirtschaftliche Hilfskraft‘.“

„Aber das ist doch dasselbe.“

Alle Mann liefen wir durch die Reihen der Zuckerrüben, auf der Jagd nach Unkraut und Schießrüben. Sogar mein kleiner Bruder Jan war dabei. Er wollte zu den Großen gehören mit seinen dreieinhalb Jahren. Noch ahnte er nicht, dass es kein Vergnügen war, größer zu werden und ein Rübenfeld überblicken zu können.

Vater hatte anderes zu tun, sodass Heini unsere Truppe anführte. Es war eine stumpfsinnige, öde Arbeit. Wir benutzten zwischendurch die Schießrüben als Speere, um uns gegenseitig zu bewerfen, während Jan schon längst erschöpft auf Heinis Rücken saß und sich tragen ließ.

Heini sorgte dafür, dass wir nicht trödelten und alle auf gleicher Höhe blieben. Fiel einer von uns zurück, bewarf er ihn mit Erdklumpen. Hatten wir das Feld durchquert, erzählte er schmutzige Witze, die ich nicht verstand. Dann ging es weiter.

„Heh! Alle mal herkommen!"

Er hatte einen Maulwurf gefunden, und hielt das Tier an seinem Stummelschwänzchen in die Luft. Es strampelte und zeigte seine spitzen Zähne.

„Der kann von Glück reden, dass er keine Ratte ist."

„Wieso? Was ist denn mit den Ratten?"

„Die werden bei euch vergiftet. Das ist aber nicht besonders klug. Die Ratte frisst das Gift, ihr wird übel, sie zieht sich zurück und stirbt."

„Na und? Das soll sie doch, oder?"

„Sie verreckt leise, das ist der Fehler. Die anderen Ratten merken nichts davon."

„Und was soll man stattdessen tun?"

„Man fängt sie lebend, dann hat man mehr Möglichkeiten."

„Welche denn?"

„Man kann sie verhungern lassen, aber das bringt nicht viel. Man kann sie mit Benzin übergießen, aber das ist gefährlich. Wenn die Ratte entwischt, rennt sie womöglich in die Scheune und der Hof brennt ab. Am besten ist, man näht ihnen den Arsch zu."

„Was?"

„Ja. Man näht ihnen das Arschloch zu. Man spannt sie in den Schraubstock und hat Handschuhe an. Wenn zugenäht ist, lässt man sie laufen. Nach ein paar Tagen fangen die Schmerzen an. Die Ratte erstickt an ihrer eigenen Scheiße. Das sind wahnsinnige Schmerzen und sie fängt an zu schreien, während sie verreckt. Sie läuft durch die Gänge und schreit. Es hört sich furchtbar an, ganz hoch und schrill. Das halten die anderen Ratten nicht aus. Und so wird man sie los."

Während seiner Erklärungen hatte Heini die ganze Zeit den Maulwurf angeschaut, als würde er ihm eine Predigt halten. Jetzt war er fertig, warf das Tier auf den Boden und trampelte mit den Gummistiefeln auf ihm herum, obwohl es doch nur ein Maulwurf und keine Ratte war. Jan saß auf seinem Rücken, strampelte und weinte.

Ich war auf dem Heuspeicher. Die Luke, die zum Hof führte, hatte einen Riss, durch den ich alles sehen konnte, was auf dem Hofplatz geschah. Ich lag oft dort oben auf der Lauer. Die Szenen auf dem Hofplatz schienen sich zu wiederholen, aber es gab winzige Verschiebungen, die ich genau registrierte. Nie war es so, wie es einmal gewesen war.

Der dicke Maihart ersetzte seinen Cowboyhut durch eine billige Kappe und griff sich in die Hose, bevor er zu Vater in den Kuhstall ging. Es waren immer andere Kappen und manchmal blieb der Maihart lange in seinem Auto sitzen und starrte vor sich hin. Als der Eber des Nachbarn eine Sau deckte, stand er grinsend am Scheunentor, die Hand in der Hose.

Ein andermal stieß mein Bruder ein Schwalbennest unter dem Torbogen mit einer langen Stange herunter und schmetterte die jungen Schwalben an die Wand. Dann sammelte er die toten Schwalbenkinder auf und brachte sie weg, um seine Schandtat zu verdecken. Die Schwalbeneltern flogen noch stundenlang das Nest an, das es nicht mehr gab.

Wenn Heini über den Hofplatz ging, schaute er sich andauernd um, als hätte er Angst, verfolgt zu werden. Er hatte stets eine Mistgabel dabei. Er hielt sich ein Nasenloch zu und blies den Rotz, der sich in seinem Kopf angesammelt hatte, auf die Pflastersteine. Einmal hatte er die Hand schon auf dem Türgriff zum Schweinestall, als er plötzlich zögerte. Er ließ den Türgriff los, lehnte die Gabel an die Wand und bearbeitete das Gemäuer neben der Tür mit den Fäusten. Er schlug hart zu, trommelte mit seinen Fäusten wie irrsinnig gegen die Steine, bis die Hände plötzlich herabsanken. Seine Stirn berührte die Mauer und er stand still da wie ein erschöpfter Sündenbock, bis er die Gabel nahm und den Schweinestall betrat, als wäre nichts gewesen.

Ich hatte die ganze Zeit das Gefühl, dass Heini neben der Arbeit noch etwas anderes machte, das niemand sehen durfte. Wenn er den Hofplatz fegte, legte er den Reisigbesen quer, um möglichst schnell fertig zu werden und Zeit zu gewinnen. Zeit, die er für etwas brauchte, das niemand wissen durfte. Ihm war nicht zu trauen. Manchmal versprach er, mir eine Geschichte zu erzählen, eine geheime Sache, die er angeblich nur mir anvertrauen könnte. Ich konnte nicht widerstehen. Die Hoffnung auf eine unerhörte Geschichte war stärker als die Vernunft. Ich lieh Heini mein Ohr, spürte, wie seine Hand meine Schulter umfasste und seine rissigen, verquollenen Lippen näherkamen. Ich roch seinen stinkenden Zigarettenatem, merkte, wie sich die schmutzigen Fingernägel in meine Schulter gruben und er meinen Körper näher an den seinen heranzog. Sein schmutziges Wesen nahm mich in Beschlag. Und dann war sein Mund an meinem Ohr. Ich hörte ihn atmen und im selben Augenblick biss er unbarmherzig zu. Ich schrie auf und er lachte.

Der Klauenschneider war gekommen, um die lahmenden Kühe zu behandeln. Er benutzte ein seltsames Gestell mit Kufen, das vom Anhänger heruntergezogen werden musste. Der Klauenschneider hatte immer einen Sack Sägemehl dabei und einen kleinen Besen. Er streute das Sägemehl auf den Holzboden des Gestells, damit die Kühe nicht ausrutschten. Die meisten Kühe schissen vor Angst, wenn sie in dem Gestell festgebunden wurden. Manchmal schissen sie dem Klauenschneider auf den Kopf, aber das machte ihm nichts aus.

Heini sollte die Kühe aus dem Stall holen und sie in das Gestell bugsieren. Er schrie, stieß mit der Gabel zu und drehte den Kühen den Schwanz um, wenn sie vor dem Gestell standen und nicht vorwärts gehen wollten. Waren sie gefangen, legte er ihnen die Kette um das Bein und drehte an der Kurbel, während der Klauenschneider den Holzblock zurechtrückte. Heini riss wie ein Verrückter an der Kurbel.

„Langsam", sagte der Klauenschneider. „Du brichst ihnen ja die Knochen!"

Wenn eine Kuh fertig war, trieb Heini sie in den Stall zurück. Er stach mit der Mistgabel zu, die Kuh warf erschrocken den Kopf zurück und sprang mit einem Satz durch die Tür.

„Euer Heini geht nicht gut mit den Kühen um", sagte der Klauenschneider nach getaner Arbeit.

„Muss er auch nicht", sagte Vater. „Das Melken ist meine Sache."

„Was hat er denn gegen die Tiere? Die Kühe haben ihm doch nichts getan."

„Sie machen Arbeit. Vielleicht ist es das."

„Aber deshalb quält man sie doch nicht! Geht er mit allen Tieren so um?"

„Ich weiß nicht."

„Das solltest du aber wissen, Bauer!"

An dem Samstag, als seine Probezeit abgelaufen war, erschien Heini gewienert und gestriegelt in der Küche. Er trug ein weißes Hemd und eine Anzugjacke. Er war kaum wiederzuerkennen und setzte sich auf seinen angestammten Platz. Die Scheine lagen unter dem Abendbrotteller. Es war das Geld, das sich in den Wochen angesammelt hatte. Heini hob kurz den Teller, glotzte auf das Geld und ließ es wieder unter dem Teller verschwinden. Dennoch schien es ihm den Appetit zu verderben. Er griff nicht zum Brot, stemmte seine

Ellenbogen auf die Tischplatte, verknotete die Hände, streckte die rissigen Daumen hoch und begann, mit seinen Schneidezähnen darauf herumzuhacken wie ein Specht. Das Brot rührte er nicht an. Er versuchte, das Geld unter dem Teller zu vergessen, aber es funktionierte nicht. Er hatte nur noch Geld im Kopf und die Sachen, die sich damit anfangen ließen. Er begann mit den Beinen zu wippen und seine Knie schlugen aneinander. Mama fragte, ob er etwas essen wollte, aber Heini sagte, er hätte keinen Hunger.

„Wenigstens eine Tasse Kaffee?“, fragte Mama.

„Kaffee wäre nicht schlecht.“

Er hörte mit dem Wippen auf und befreite seine Hände voneinander, schob den Teller beiseite und strich mit den Fingern über die Geldscheine. Es war eine Berührung, die nicht zu ihm passte.

„Und?“, fragte er mich. „Alles in Butter?“

„Was heißt das?“

„Butter ist wie Öl. Wenn alles in Butter ist, dann läuft es wie geschmiert.“

Den Kaffee rührte er nicht an. Er sah nicht nur anders aus, wegen der Klamotten, die er anhatte. Er war auch sonst verändert. Alles an ihm war anders. Ich musste ihn die ganze Zeit anschauen. Sein Gesicht glänzte. Seine Augen fieberten. Er erinnerte mich an eine Kaulquappe. Plötzlich stand er auf, rollte das Geld zusammen, ließ das Bündel in seiner Hosentasche verschwinden und machte sich auf den Weg in die Nacht.

„Wohin geht er?“, fragte ich, als er die Küche verlassen hatte.

„Keine Ahnung“, sagte Mama. „Das geht uns auch nichts an.“

„Was macht er wohl, so ganz allein?“

„Wahrscheinlich geht er trinken. Das tun schließlich alle.“

„Er ist gefährlich.“

„Wie kommst du darauf?“

„Er hat einen bösen Blick!“

„Und wenn schon. Er wird dir schon nichts tun."
„Aber der Welt."
„Ach Jakopp! Warum musst du immer das Schlimmste annehmen?"

Vater musste die Tür zum Hühnerstall verriegeln, weil immer wieder Hühner verschwanden. Erst glaubte er, es wäre der Fuchs, aber Vater hatte das Schlupfloch verschlossen und trotzdem fehlten Tiere. Eines fand ich in der Scheune hinter einem Strohballen. Es war kalt und steif, hatte den Hals seltsam verdreht und die Beine waren weit auseinander gerissen, als wäre es überfahren worden. Ich zeigte es Vater. Er sah sich das Huhn genau an und meinte, es könnte eine Krankheit sein, obwohl er das selbst nicht glaubte. Ich vergrub es auf dem Misthaufen und fragte mich, was mit ihm geschehen war.

Früher war ich oft in den Hühnerstall gegangen. Die Hühner hatten zwar hässliche Füße, aber ich mochte ihren Geruch und die Aufgeregtheit der Hennen nach dem Eierlegen. Sie gackerten triumphierend, liefen hin und her und scharrten mit ihren kralligen Füßen im Dreck herum. Ich warf ihnen Muschelschrot zu.

Manchmal versuchte ich, die einzelnen Muschelstücke wieder zusammenzusetzen und träumte dabei vom Meer, das ich nur von dem großen Badetuch kannte. Am schönsten war es aber, wenn ich ein Windei fand. Es lag wie ein ungeborenes Wesen in der Hand. Wenn ich es gegen das Licht hielt, konnte ich einen winzigen Punkt erkennen. Ich bildete mir ein, dass das die Seele des Huhns war.

Wieder war ein Reifen platt und Vater musste ihn flicken.
„Das geht nicht mit rechten Dingen zu", sagte er.
Es war der vierte Reifen innerhalb von zwei Wochen, in dem ein Nagel steckte. Ich vermutete, dass es etwas mit Heini zu tun hatte, konnte es aber nicht beweisen. Fest stand für mich nur, dass er ein Tierquäler war. Bei jeder Gelegenheit

ließ er seine stille Wut an ihnen aus. Wenn er dem Bullen mit dem Treibstock gegen die dicken Eier schlug, grinste er. Mit dem Gummischlauch malträtierte er die höckerigen Rücken der Kühe und die Spitzen seiner Mistgabel bohrten sich regelmäßig in Schweinehintern. Ich sah es und musste immer wieder an die Worte des Klauenschneiders denken. Ich konnte mir nicht erklären, warum Heini das machte, aber manchmal hatte ich Angst vor seiner irren, versteckten Wut. Einmal erwischte ich ihn, wie er sich an einer Sau zu schaffen machte. Er stand auf dem Mistgang und als er mich sah, griff er rasch zur Gabel und kratzte den Mist zusammen. Ich wusste, dass etwas nicht stimmte, hatte aber keine Ahnung, was Heini mit der Sau gemacht haben könnte. Auf dem Mistgang hatte man jedenfalls nichts zu suchen, schon gar nicht mit einer Sau. Es sei denn. Ja was?

Eine Frau rief bei uns an und wollte Heinrich Schoepmanns sprechen.

„Wer ist denn am Apparat?", fragte Mama.

„Natalie."

„Und was wollen Sie vom Heinrich?"

„Ich muss ihn unbedingt sprechen."

„Worum geht es denn?"

„Er hat versprochen, sich bald wieder bei mir zu melden. Ich warte und warte, aber er meldet sich nicht. Ich halte das einfach nicht mehr aus, dieses ewige Warten."

„Was haben Sie denn mit ihm zu tun?"

„Er hat gesagt er liebt mich und hat versprochen, mich zu heiraten."

„Heiraten? Hören Sie. Heinrich Schoepmanns ist längst verheiratet. Und zwar mit mir!"

Mama legte wütend auf.

Es dauerte noch einige Wochen, bis Vater Heini auf frischer Tat in der Scheune ertappte. Im selben Moment wurde ihm klar, dass sein Knecht nicht nur gelogen und sich als Hofbesitzer ausgegeben, sondern auch die Nägel in die Reifen geschlagen hatte. Mit einem Schlag begriff er, dass vor allem der Klauenschneider mit seinen Bemerkungen recht gehabt hatte.

„Lass die Henn los, do Hundsfott!", schrie Vater.

Heini starrte ihn an. Ein wirrer, verrückter Blick. Ein verschwitztes Gesicht.

„Was willst du, Bauer?"

„Du sollst das Huhn in Frieden lassen!"

Zitternde Hände, dazwischen das wehrlose Huhn. Es hatte schon Federn verloren und ließ den Kopf hängen. Seine Beine waren gespreizt.

„Lass das Huhn los, du Dreckskerl!"

Da warf der Heini das Huhn Vater ins Gesicht. Er taumelte zurück und Heini griff zur Mistgabel. Das Huhn blieb neben Vater liegen wie tot.

„Noch ein Wort, Bauer, und ich stech dich ab!"

„Du machst gar nichts. Du packst auf der Stelle deine Sachen und verschwindest. Für immer. Ist das klar!"

„Du willst mich entlassen?"

„Ja. Fristlos!"

„Wegen der Scheißhühner? Weil ich sie gevögelt habe?"

„Man behandelt Tiere nicht wie Dreck!"

„Aber Menschen, was? Menschen wie mich, die darf man wie Dreck behandeln!"

„Ja. Weil du ein schmieriger Dreckskerl bist. Ich dulde keine Ferkeleien auf meinem Hof. Mach bloß, dass du wegkommst!"

„Und mein Lohn?"

„Den zahle ich nicht. Du hast genug Schaden angerichtet."

„Du willst mir meinen Lohn vorenthalten? Pass auf, Bauer! Wenn du nicht zahlst, mach ich dich fertig."

Heini streckte die Gabel vor und kam auf Vater zu, zu allem entschlossen. Vater rührte sich nicht vom Fleck. Kaltblütig wartete er auf den richtigen Moment. Dann schlug er mit der einen Hand dem Heini die Gabel aus den Händen und die andere landete krachend im Gesicht des Knechts. Heini fiel zu Boden und das Huhn gackerte wie verrückt. Vater packte den Knecht am Kragen und zog ihn hoch. Noch nie hatte er sich so sehr vor einem Menschen geekelt. Am liebsten hätte er nochmals zuschlagen, vor allem, weil Heini heulte wie ein kleines Kind. Schwächeren gegenüber hatte er sich als grausamer Herrscher aufgespielt, jetzt winselte er wie ein geprügelter Hund um Gnade.

„Du packst jetzt deine Sachen und machst, dass du wegkommst", sagte Vater. „Ich will dich hier nie wieder sehen, verstanden?"

Heini gab sich scheinbar geschlagen. Zwanzig Minuten später stapfte er die Dorfstraße entlang, in der Hand den alten Koffer, mit dem er zu uns gekommen war. Er versteckte ihn in einem Gebüsch und kehrte zum Hof zurück. Er kannte Schleichwege und wusste genau, dass Vater nach dem Melken durch die Werkzeugkammer musste, um die Milchpumpe abzuschalten. Direkt neben der Tür stand ein Ölfass. Heini schnappte sich den Vorschlaghammer und kletterte auf das Fass. Er hob den Hammer über den Kopf und wartete auf Vater, geduldig wie ein Reiher.

„Gut, dass der fiese Kerl weg ist! Ich hab dir doch gesagt, der ist gefährlich."

„Hoffentlich kommt er nicht wieder", meinte Mama, die nur wusste, dass es Streit zwischen Vater und Heini gegeben hatte, wegen der Nägel in den Gummireifen und wegen des falschen Namens, den er in der Stadt benutzt hatte. Von der schmierigen Sache mit den Hühnern hatte Vater ihr nichts gesagt.

„Kann jetzt der Russki wieder öfter kommen?", fragte ich.

„Bestimmt", sagte Mama. Sie lächelte und mitten hinein in dieses Lächeln wurde die Küchentür aufgerissen und Vaters blutverschmiertes Gesicht tauchte auf.

„Mein Gott", entfuhr es Mama. Vater sagte nichts.

„Was ist passiert?"

„Er wollte mich totschlagen."
„Wer?"
„Der Heini natürlich. Zum Glück ist er auf dem Ölfass ausgerutscht, sonst hätte es mich erwischt."
Mama wischte Vater das Blut mit einem feuchten Handtuch ab. Die Verletzung war nicht so schlimm, wie sie aussah. Der Hammer hatte Vaters Kopf nur gestreift. Sein rechtes Ohr blutete, aber sein Kopf war noch ganz.
„Soll ich den Doktor rufen?", fragte Mama.
„Blödsinn. Mach einen Verband, aber schnell."
„Was hast du vor?"
„Ich muss den verdammten Kerl erwischen, sonst werden wir unseres Lebens nicht mehr froh."

Wir wurden losgeschickt, die Nachbarn zu alarmieren. Jeder wollte helfen und ließ alles stehen und liegen. Vor allem die Landjugend hatte nichts gegen eine Treibjagd einzuwenden. Zwanzig Minuten später hatte sich ein kleiner Trupp Freiwilliger auf unserem Hofplatz eingefunden. Einige hatten ihre Jagdgewehre mitgebracht, andere sich mit Äxten oder Gabeln bewaffnet. Vater trug einen weißen Verband.
„Warum alarmierst du nicht die Polizei?"
„Das ist unsere Sache. Die regeln wir selbst!"
„Was hast du vor?"
„Ich wette, er hat sich im Wald versteckt. Wir machen uns auf die Suche. Wir haben zwei Stunden Zeit, bevor es dunkel wird."
„Dann los! Worauf warten wir?"
„Augenblick", hielt Vater die Leute zurück. „Ich will, dass alles mit rechten Dingen zugeht. Nur diejenigen, die einen Waffenschein haben, dürfen ein Gewehr mitnehmen, und geschossen wird nur im äußersten Notfall. Das ist hier ein christliches Dorf und nicht Wildwest!"

Wir gingen durch den Wald, aufgestellt wie eine Treiberkette. Wir verständigten uns durch Zurufe, und weil ich

Angst hatte, schrie ich besonders laut, während ich mit dem Stock auf die Büsche einprügelte. Vor ein paar Minuten war direkt vor meinen Füßen ein Fasan aufgeflogen und der Schreck steckte mir noch in den Knochen. Es tat gut, das Rufen und die Schreie der anderen zu hören. Ich hatte das Gefühl, gebraucht zu werden und ein Teil des Ganzen zu sein. Brombeergestrüpp riss mir die Haut an den Beinen auf und ich blutete. Es fühlte sich gut an und ich dachte daran, dass ich später, wenn alles vorbei war und wir den Heini geschnappt hatten, die Krusten abknibbeln und zerkauen würde. Und dann fiel der Schuss. Das Geräusch ließ alles erstarren. Die Rufe und Schreie verstummten. Es war still, ein Nachtvogel glitt über meinen Kopf hinweg und das Schweigen der Nacht brach über alle herein.

„Was ist los?", hörte ich Vater schreien. „Wer hat geschossen, verdammt?"

„Hier!", brüllte jemand. „Alles hierher!"

Wir rannten der Stimme entgegen.

„Hast du das Schwein erwischt?", schrie jemand. Keine Antwort. Dann sah ich eine Gestalt. Sie hockte mit nacktem Oberkörper vor einem Gebüsch.

„Er wollte wegrennen", sagte der Schütze. „Ich habe noch gerufen, er soll stehen bleiben, aber er ist einfach weiter gerannt. Was hätte ich denn machen sollen?"

Es war Russki. Sein weißer Rücken sah aus wie ein Blatt Papier, auf das jemand kleine rote Punkte gemalt hatte.

„Bist du getroffen worden?", fragte Vater.

„Lasst mich", sagte Russki ruhig.

„Aber du blutest."

„Ist nur Eigenblut."

„Willst du mit zu uns kommen?"

„Zu euch? Was soll ich da?"

„Dich ausruhen."

„Es gibt keine Ruhe bei euch", sagte Russki mit unheimlich tiefer Stimme. „Ist immer noch Krieg. Hat kein Aufhören mit euch!"

Er stand auf und machte sich auf den Weg zu seiner Hütte. Er ging sehr aufrecht und alle schauten ihm nach.

Tage später öffnete Mama Heinis Zimmer. Sie warf einen Blick ins Innere und zog die Tür mit einem Ruck wieder ins Schloss. Sie schickte Vater hoch, damit er den Frosch entfernte, den Heini ans Kreuz genagelt hatte. Vater musste auch die Bilder der nackten Frauen von den Wänden reißen und sie zusammen mit den schmutzigen Heften verbrennen, die überall herumlagen. Mama bestand darauf, dass Vater auch das Bettzeug und die Matratze verbrannte. Dabei fand er ein totes Huhn unter dem Bett. Er warf es in die Flammen, und der ekelhafte Geruch verbrannter Federn erfüllte die Luft.

DIG MY HEART

Zur Erntezeit war der dicke Maihart in seinem Element. Von morgens bis abends fuhr er mit seinem großen, amerikanischen Schlitten von Feld zu Feld, um zu sehen, wie schnell sich seine Mähdrescher durch die reifen Gerstenfelder fraßen. Ein schwitzender Feldherr, der über Funk Kontakt zu den Mähdrescherfahrern aufnahm.

„Warum bist du noch nicht fertig?", schrie er. „Irgendwas mit der Maschine?" – „Wenn alles wie geschmiert läuft, warum bist du dann noch nicht fertig?" – „Pause? Bist du verrückt?" Der Dicke riss den Cowboyhut vom Schädel und fuchtelte damit in der Luft herum, als wollte er eine ausgebrochene Rinderherde zurück auf die Weide treiben. „Pause kannst du machen, wenn das Stück fertig ist. Dann hast du alle Zeit der Welt. Bis dahin wird weiter gemäht. Es sind Gewitter im Anmarsch. Da hinten ist es schon bedrohlich düster."

Er wischte sich theatralisch den Schweiß ab und zog den Cowboyhut tief in die Stirn. Dann riss er das Küchenhandtuch vom Proviantkorb, den Mama für den Arbeiter bereitgestellt hatte und stopfte sich zwei Brötchen hinter die Backen.

Wenig später kam er mir im Auto entgegen und blinkte mit der Lichthupe zum Zeichen, dass er mich erkannt hatte. Hinter ihm sah ich meinen Bruder mit der Gerstenkarre, auf die ich wartete. Und noch weiter hinten türmten sich dicke Gewitterwolken, die an den Rändern einen Goldkranz hatten. Der dicke Maihart bremste scharf und öffnete die Beifahrertür. Seine massige Gestalt schien wie Sirup links und rechts vom Fahrersitz zu tropfen.

„Jakob. Schön dich zu sehen."

Er streckte seine teigige Hand aus, und ich wich zurück.

„Mensch Jakob! Warum denn immer so schüchtern? Ich tu dir doch nichts!"

Seine Stimme kam tief aus seinem bulligen Körper.

„Sag mal: Kannst du besser rennen oder Rad fahren?"

„Rad fahren."

„Hast du denn einen einigermaßen funktionierenden Drahtesel?"

„Natürlich. Ohne Rad geht man hier ein!"

„Gut. Dann organisiere ich ein Radrennen für die Dorfjugend. Übernächste Woche, wenn die Gerste ab ist. Es gibt was zu gewinnen. Geld. Kannst den anderen schon mal Bescheid sagen. Und natürlich trainieren."

Ich spürte, wie seine Augen meine Haut abtasteten.

„Wie alt bist du eigentlich?"

„Ich werde Zehn."

„Gut. Dann ist das die Altersbegrenzung. Das erhöht deine Chancen."

Er lächelte. Das Funkgerät machte knarzende Geräusche. Es steckte in einer Konsole rechts neben dem Lenkrad. Der dicke Maihart riss das Ding aus der Halterung und presste es an sein fleischiges, rotglühendes Ohr.

„Was ist?"

„Chef. Kannst du mich hören? Kannst du mich hören, Chef?"

„Ich bin doch nicht taub!", brüllte der Dicke. „Was ist los? Ist was mit der Maschine?"

„Ein Reh", krächzte es. „Verdammt! Ist mir gerade ins Mähwerk gesprungen, das blöde Vieh. Ich kann nichts dafür."

„Schon gut", maulte Maihart.

„Was soll ich denn jetzt machen?"

„Nichts. Ich komme."

Maihart setzte den Wagen zurück und wendete. Er fuhr ein paar Meter, hielt an, öffnete die Beifahrertür und winkte mich zu sich. Ich zögerte einen Augenblick, aber dann stieg ich ein. Ich schlug die Tür zu und sah meinen Bruder mit der beladenen Karre näher kommen. Er war nur noch etwa zwanzig Meter entfernt. Ich musste sofort zurück auf den Hofplatz, um die Gerste in das Gebläse zu schaufeln. Stattdessen saß ich beim dicken Maihart im Wagen und starrte auf seine Cowboystiefel.

Er fuhr los, obwohl der Weg zu schmal für zwei Fahrzeuge war. Mein Bruder musste vom Traktor steigen, ein Gatter öffnen und auf die Wiese ausweichen, um uns Platz zu machen. Er glotzte blöd, als er mich auf dem Beifahrersitz sitzen sah.

Maihart fuhr mit ziemlichem Tempo den Weg entlang und bog auf das gemähte Feldstück ein. Ein Schwarm Wildtauben flog erschrocken hoch. Die Vögel stiegen auf und glitten dann in Etappen tiefer und tiefer, wie Papierflugzeuge. Ich spürte das Kratzen der Stoppeln am Wagenboden, als würden wir über den Rücken eines großen, stacheligen Tieres fahren. Ein Tier, das aufwachen würde, sobald wir beim Mähdrescher angekommen waren.

Der Arbeiter hatte den Motor abgestellt und stand mit hängenden Schultern neben der Maschine.

„Ein Reh?", fragte der Maihart, während er zum Mähdrescher stiefelte. „Was ist denn damit?"

„Ja. Ein verdammtes Reh. So eine Sauerei. Sieh dir das an!"

Ich war aus dem Wagen gestiegen und näherte mich den Männern. Der Boden schien sich unter meinen Füßen zu bewegen.

„Zieh es raus!"

„Ich soll das Tier da rausholen? Verdammt, es lebt doch noch."

„Ja eben. Willst du vielleicht warten, bis es verblutet ist?"

„Aber ..."

„Nichts aber. Du holst es jetzt da raus oder du bist auf der Stelle entlassen und ich zeige dich obendrein wegen Tierquälerei an!"

Jetzt konnte ich das Reh sehen. Es lag im Mähwerk, der schlanke Körper war umwickelt von Strohhalmen, als wäre das Reh mit dünnen Kordeln gefesselt worden. Seine schmalen Flanken bebten, die Ohren hingen herab und die Augen bewegten sich ruckartig hin und her. Der Arbeiter stieg über den Messerbalken und drehte mit beiden Händen die Einzugswalze zurück, in der sich der Tierkörper verfangen hatte. Er fasste das Reh an den Ohren, hob es hoch und wollte es dem dicken Maihart vor die Füße werfen. „Wehe", sagte der drohend. „Das ist ein Lebewesen, kein Sack Mehl!"

Der Arbeiter kletterte mit dem verletzten Reh aus dem Mähwerk und legte es vorsichtig auf dem Boden ab. Ich sah die zarten Läufe. Dünne, geknickte Hölzer, die nur noch durch ein Stück Rinde oder einen Fetzen Haut zusammengehalten wurden.

„Hol den Schraubenzieher, den großen", befahl der Dicke dem Arbeiter.

Das Reh warf den Kopf hin und her, wollte den Mann nicht sehen, der über ihm stand wie ein Berg. Der Mann, der jetzt seinen Fuß mit dem Cowboystiefel auf den Hals des Rehs stellte, während der Arbeiter den Schraubenzieher brachte – ein großes Ding, das für das Wechseln der Messer benötigt wurde.

„Tut mir leid", sagte Maihart beinahe zärtlich und beugte sich tief zu dem Reh hinunter. „Entschuldige. Aber es geht nicht anders. Es bleibt uns keine andere Wahl."

Aus den Augenwinkeln sah ich, wie er die Spitze des Schraubenziehers dem Reh zwischen die Augen stieß. Das Reh zuckte, als der Maihart den Schraubenzieher erst drehte und dann wieder herauszog. Ein Beben durchlief den schmalen Körper, eine letzte Welle unter der Haut, die schnell verebbte.

„Jetzt kannst du weiter mähen", sagte der Dicke und reichte dem Arbeiter den Schraubenzieher. Der nahm das blutige Werkzeug, putzte es im Stroh ab, stieg auf die Maschine und startete den Motor. Das Dröhnen verstopfte mir die Ohren und der Staub verschloss meinen Mund, während Maihart das tote Reh wie ein krankes Kind in seine Arme nahm, zu seinem Auto trug und vorsichtig im Kofferraum ablegte. Dann knallte er den Deckel zu, als könnte er mit einem Schlag alles ungeschehen machen.

„Jakopp." Er machte eine rasche Bewegung mit der Hand, als müsste er das große, verstimmte Orchester der Welt zum Schweigen bringen. „Ich weiß, das ist hart, und vielleicht verstehst du es nicht. Aber manchmal lässt das Leben einem keine andere Möglichkeit."

Ich schaute zum Mähdrescher hinüber, aus dem das gedroschene Stroh wie bleiches Gestrüpp herausfiel.

„Stell dir ein Reh auf Krücken vor, ein Reh mit Holzbeinen, ein Reh ohne Beine. Das ist doch furchtbar, oder? Die schlanken Läufe, die machen doch ein Reh aus. Sie sind sein Wesen und wenn das Wesen verloren ist, dann hat das Leben keinen Wert mehr."

Ich musste an Rosé denken und die Katzen, die immer zusammenliefen, sobald der Dicke bei uns auftauchte. Ich erinnerte mich an die Jungkuh mit den verdrehten Augen und wie der Maihart mich angeschaut hatte. Und ich musste an die verwahrlosten Kaninchen denken. Auch sie hatten ein Wesen gehabt und es durch meine Schuld verloren.

Ich schaute den dicken Maihart an. Er lächelte undurchschaubar. Wahrscheinlich war es diese Gemisch aus versteckter Zärtlichkeit und roher Gewalt, die Mama an ihm nicht ertragen konnte.

„Die Maschine", sagte ich leise. „Ohne die Maschine würde das Reh aber noch leben."

„Ohne meine Maschinen würde das Korn noch auf dem Halm stehen, wenn das Gewitter kommt. Die Ähren würden auf den Boden gedrückt und die Körner ausschlagen. Dein Vater würde nichts ernten und die Schweine hätten nichts zu fressen. Alles hängt mit allem zusammen. Dein Vater. Der Mähdrescher. Das Reh. Leben und Tod. Komm. Ich fahr dich zurück."

Die Stoppeln hörten sich auf der Rückfahrt nicht mehr so Furcht erregend an, schienen vielmehr die Unterseite des Autos zu streicheln. Die Wildtauben waren wieder da. Sie flogen diesmal nicht auf, als müssten sie keine Angst mehr haben.

„Hör mal. Erzähl niemandem was von dem Reh", sagte der Maihart, als wir beim Hof angekommen waren. „Sonst bekomme ich womöglich noch Schwierigkeiten mit dem Jagdaufseher."

Er beugte sich über mich, um die Beifahrertür zu öffnen. Ich roch seine schweißige, teigige Haut und rannte schnell auf den Hofplatz. Im niedrigen Speicherfenster stand die staubgraue, geduckte Gestalt meines Vaters, wie zum Sprung bereit. Ich schaltete das Gebläse ein und machte mich an die Arbeit, damit Vater nicht länger auf mich herabschauen konnte.

„Was war denn los?", schrie mein Bruder.

„Nichts."

„Nichts? Wo warst du denn?"

„Fahr los", schrie ich. „Sonst werden wir vor dem Gewitter nicht fertig!"

Ich schaufelte die Gerste in den Trichter. Die Körner wurden vom Gebläse erfasst und klatschten auf dem Weg nach oben dröhnend gegen die Metallrohre. Vater war nicht zu sehen. Er stand irgendwo auf dem Kornspeicher, ein brennender Feuerwehrmann, der den Kopf des Gebläses hin und her drehte, damit die Gerste gleichmäßig verteilt wurde. Später, wenn die Gerste eingebracht war, würde er die Körner, die noch zwischen den Pflastersteinen lagen, zusammenkehren, in einen Jutesack schaufeln und auf den Speicher tragen.

Mama hatte erfahren, dass ich zum Maihart ins Auto gestiegen war. Ich hätte ihr gern erzählt, wie zärtlich und mitfühlend der Maihart sein konnte, aber ich wusste, dass sie es falsch verstehen würde.

„Was ist passiert?", fragte sie, ohne mich anzusehen.
„Nichts."
„Du bist doch mit Maihart zum Mähdrescher gefahren."
„Na und?"
„Was war denn da los?"
„Irgendwas mit dem Motor, glaube ich."
„Und sonst? Was wollte der Kerl von dir? Warum hat er dich in sein Auto gelockt?"
„Er hat mich nicht gelockt. Ich bin freiwillig mitgefahren."
„Du warst für das Gebläse verantwortlich. Warum hast du deinen Platz verlassen?"
„Ich war fertig und habe auf die neue Fuhre gewartet. Ich bin zum Weg gegangen, um zu sehen, wie lange es noch dauert. Da kam der Maihart und ich bin in sein Auto gestiegen."
„Warum hast du das gemacht?"
„Ich weiß es nicht."
„Du weißt nicht, warum du zu diesem Kerl ins Auto gestiegen bist?"
„Keine Ahnung. Es ist einfach passiert."
„Einfach passiert, wie der Blitz in einen Baum schlägt? Das glaube ich nicht!"
„Was glaubst du denn?"
„Dass etwas anderes dahinter steckt. Es müssen Wolken am Himmel sein, bevor es regnet."
Für Augenblicke wurde es still in der Küche und ich hoffte, dass das Verhör zu Ende war. Doch es ging weiter.
„Was hat er denn gesagt? Oder hat er dich die ganze Zeit nur angestarrt?"
„Er hat gesagt, dass er in den nächsten Wochen ein Radrennen veranstalten will. Jeder kann mitmachen, der nicht älter als zehn ist. Es wird sogar Geldpreise geben."
„Und wozu soll das gut sein?"
„Das ist seine Art von Werbung", schaltete Vater sich ein, der bis dahin geschwiegen hatte. „Wer die Kinder auf seiner Seite hat, kann mit den Erwachsenen besser Geschäfte machen! Er kann sich überall sehen lassen."

„Ich will ihn hier aber nicht sehen! Und ich finde es auch nicht in Ordnung, dass dieser Mann mit uns Geschäfte macht. Das weißt du ganz genau."

„Willst du unserem Jung etwa verbieten, an dem Rennen teilzunehmen? Dann musst du ihm das aber selbst klarmachen."

„Ich will doch niemandem etwas verbieten", jammerte Mama. „Ich will doch nur das Beste für die Jungs. Irgendjemand muss doch auf sie aufpassen. Dir ist das scheinbar egal, aber ich mache mir Sorgen. Vor allem wegen Jakopp. Ich will nicht, dass er diesem Dreckskerl in die Hände fallt."

Tagelang verbrachte ich jede freie Minute auf dem Rad, quälte mich den Anstieg zum Berg hinauf und übte die Abfahrt, wobei ich mich tief über den Lenker beugte, wie ich es bei den Profis gesehen hatte. Abends putzte ich das Rad, ölte die Kette und pumpte die Reifen knallhart auf. Es würde beim Rennen auf Kleinigkeiten ankommen.

Wenn ich trainierte, kam es mir vor, als bestünde ich nur noch aus strampelnden Beinen und Händen, die den Lenker wie Stierhörner umklammerten. Zuerst schmerzte es, aber irgendwann spürte ich den Schmerz nicht mehr und wollte, dass es immer so weiter ging. Ich genoss die Gedankenlosigkeit, die mich Rosé, die Kaninchen, den Misthaufen und das Reh mit den gebrochenen Beinen vergessen ließ. Ich war mir ganz nah, ganz wesenlos, nur noch Körper.

Maihart hatte zwanzig Mark Preisgeld für den Sieger ausgelobt, zehn für den zweiten und fünf für den dritten. Natürlich konnte kaum einer dem Lockruf des Geldes widerstehen. Zwanzig Mark waren ein kleines Vermögen und wir waren bereit, uns für unsere Träume die Seele aus dem Leib zu strampeln.

Der Renntag war ein Samstag. Tags zuvor hatte es geregnet, aber jetzt war der Himmel klar und das Licht glitzerte in den Pfützen. Mama hatte ihre Versuche aufgegeben, das Rennen zu verhindern oder mir die Teilnahme zu verbieten.

Aber sie bestand darauf, dass das Rennen vor unserer Tür stattfand, damit sie alles beobachten konnte.

Wir hatten den Start- und Zielstrich mit Kreide auf dem Zufahrtsweg markiert, neben dem Silo, in dem im Herbst die Zuckerrübenblätter eingefahren wurden.

Der dicke Maihart schritt die Teilnehmer des Rennens ab und kontrollierte den technischen Zustand der Räder. Er nahm es sehr genau und kostete jede Sekunde aus. Probehalber betätigte er die Bremsen, aber die meisten von uns hatten nur Rücktritt. Manni war der Einzige, dessen Rad mit einer Dreigangschaltung ausgerüstet war. Er musste dem Maihart versprechen, nur im zweiten Gang zu fahren.

Ein paar Zuschauer waren gekommen, hauptsächlich Kinder, die auf das Eis warteten, das der dicke Maihart in einer Kühlbox mitgebracht hatte. Die blöde Mareike saß auf dem Mäuerchen des Silos und hielt sich die Hand vor den Mund. Sie war die Tochter des Melkers und konnte weder lesen noch schreiben. Einmal hatte sie mir von irgendwelchen Lichtpferden erzählt, die in einer anderen, besseren Welt lebten, und deren Körper so hell strahlten, dass man sich die Augen verbrannte, wenn man zu lange hinschaute.

Auch die Eltern von Alois waren gekommen, die ich vom Sportplatz kannte. Wenn ihr Sohn gefoult wurde, legten sie sich regelmäßig mit dem Schiedsrichter an, während der bedauernswerte Alois vor Scham am liebsten im Ascheboden versunken wäre.

„Du schaffst das!", rief seine Mutter, und Alois tat so, als würde er nichts hören.

Mir blieben solche Peinlichkeiten erspart, aber ich wusste, dass Mama irgendwo hinter den Gardinen stand und das Treiben mit Argusaugen beobachtete.

Aufgeregt drängelten wir uns nebeneinander, die meisten mit kurzen Hosen, nervös wie junge Stiere, die mit dem Viehwagen auf die Frühlingsweide gebracht werden. Insgesamt waren wir dreizehn Fahrer, aber vier waren noch so jung, dass sie keine Chance hatten und nur aus Spaß mitfuhren. Auch drei Burschen aus dem Nachbardorf waren gekommen. Sie sahen angriffslustig aus. Einer trug eine Kappe, die er falsch herum aufgesetzt hatte, wie die Teilnehmer der Tour de France.

Der dicke Maihart hatte einen Rundkurs gewählt, sodass er beinahe die gesamte Strecke von seinem Standort aus überblicken konnte. Nur bei der Einfahrt ins Dorf verdeckte ihm der Hof vom Henges die Sicht.

„Es wird nicht geschummelt", ermahnte er uns. „Es wird nicht gedrängelt und geschubst. Abkürzungen sind natürlich nicht erlaubt! Verhaltet euch wie echte Sportsmänner. Kämpft miteinander um den Sieg, aber immer fair bleiben!"

Der Rundkurs musste insgesamt zehnmal bewältigt werden, damit der Dicke sich satt sehen konnte an unseren verschwitzten Gesichtern, den nackten Waden und den strammen Hintern. Sein rundes Gesicht leuchtete, während er ein letztes Mal die Start- und Ziellinie abschritt und diejenigen zurückdrängte, die sich einen kleinen Vorteil verschaffen wollten. Dann gab er das Startkommando, so laut, dass Mama es bestimmt hinter den geschlossenen Fensterscheiben hören konnte.

Ich hatte mich links eingereiht, weil ich auf meine Sprinterqualitäten setzte. Mit einem explosiven Antritt wollte ich die Kurve mit den Kuhfladen als Erster erreichen und dem Gedrängel des Hauptfelds entgehen. Ich trat mit aller Kraft in die Pedale, fuhr im Stehen und warf meinen Körper hin und her. Die Fahrer neben mir kamen sich ins Gehege. Ich hörte ihr wütendes Geschrei, während ich die Kurve nahm und tatsächlich als Erster auf die Dorfstraße einbog.

Die ersten Runden überstand ich unbeschadet, aber in der siebten Runde erwischte es mich. Es kam aus heiterem Himmel. Gerade, als wir von der Dorfstraße in den Betonweg abbogen, der zum Höhenzug hinaufführte, kam der Einbruch. Der Weg war nicht besonders steil, aber er schien sich plötzlich endlos zu dehnen, meine Beine verkrampften, mein Hintern brannte, und sofort packte mich der verfluchte

Gedanke, aufzugeben, obwohl ich gar nicht so schlecht im Rennen lag. Ich schaute in die Gesichter der anderen. Auch sie mussten sich anstrengen, das Tempo mitzugehen, aber sie schienen sich nicht so quälen zu müssen wie ich. Wenn ich jetzt nachgab und abreißen ließ, war alles verloren. Die anderen stiegen aus dem Sattel, traten wie die Teufel in die Pedale und ich fiel zurück.

„Letzte Runde!“ schrie Maihart, der wie ein Leuchtturm auf dem Zufahrtsweg stand. Ich hörte es kaum. Vier Fahrer waren an mir vorbeigezogen. Ich hatte keine Chance, sie einzuholen, aber aufgeben wollte ich auch nicht. Inzwischen hatte ich wieder diesen seltsamen Schwebezustand erreicht, den ich vom Training kannte. Ich spürte keinen Schmerz mehr und hatte das Gefühl, endlos so weiterfahren zu können. Ein letztes Mal musste ich den Betonweg hinauf, dann kam die Abfahrt, Linkskurve, Dorfstraße, an zwei Höfen vorbei, dann war ich am Ziel.

Als ich auf die Dorfstraße einbog, sah ich das Unfassbare. Die Fahrer standen mitten auf der Straße, wie Kühe vor dem Elektrozaun. Sie hielten ihre Räder am Lenker fest, während einer sich am Boden wälzte. Ich kam rasch näher, aber keiner rührte sich vom Fleck. Und dann sah ich den Grund. Es war ein Tier. Seine Ohren standen aufrecht wie Segel, was kein gutes Zeichen war. Anscheinend hatte es zugebissen, lief mit gebleckten Zähnen hin und her und versperrte den Weg.

Rosé, schoss es mir durch den Kopf. *Rosé ist gekommen. Sie will sich bei mir für die Rettung bedanken.*

„Rosé!“, schrie ich. „Rosé!“

Jubelnd fuhr ich an den anderen vorbei. Ich meinte, die Borsten des Schweins an den Waden zu spüren, merkte, wie die Kraft zurückkehrte, während die anderen sich auf die Räder schwangen und die Verfolgung aufnahmen. Sie kamen rasch näher. Es waren nur noch etwa zweihundert Meter bis zum Ziel. Ich sah den dicken Maihart, hörte Schreie, nahm die erste Kurve und verlor um ein Haar das Gleichgewicht.

Ich wurde überholt, stemmte mich ein letztes Mal in die Pedale, bog um die Ecke und fiel ins Ziel.

„Hast du dir weh getan?“ Der dicke Maihart beugte sich besorgt über mich.

„Alles in Ordnung.“

„Dieser verdammte Köter! Er hätte uns angefallen, wenn wir weitergefahren wären. Der hat plötzlich zugebissen. Weiß der Teufel, was in den gefahren ist.“

„Höhere Gewalt“, sagte Maihart. „Da kann man nichts machen!“

„Aber das ist unfair. Das Rennen muss wiederholt werden!“

„Vielleicht nächstes Jahr. Nehmt euch erst mal ein Eis aus der Box!“

„Das habt ihr mit Absicht gemacht! Ihr wolltet uns austricksen, weil wir nicht von hier sind. Wir lagen klar vorne. Aber mein Vater hat gleich gesagt, dass es bei euch im Dorf nicht mit rechten Dingen zugehen würde.“

„Höhere Gewalt“, sagte Maihart noch einmal.

„Wir hatten einen Vorsprung und jetzt ist der Jakopp Zweiter. Das ist total unfair!“

„Beklagt euch bei dem Hund. Ich habe nichts gesehen und kann jedenfalls nichts dafür.“

Die Geschlagenen maulten noch eine Weile, bis sie aufgaben, sich ihr Eis schnappten und sich verzogen. Aus sicherer Entfernung warfen sie dem Dicken noch ein paar Schimpfworte an den Kopf. Den Maihart störte das nicht. Er fischte das Preisgeld aus der Tasche und schritt zur Siegerehrung. „Ich hätte mir auch ein anderes Ende gewünscht“, sagte er. „Aber es ist, wie es ist.“

Er schüttelte dem Sieger die Hand und reichte ihm den Zwanzigmarkschein. Dann war ich an der Reihe. Ich hatte nur Augen für den Schein. Der Maihart gab ihn mir und umarmte mich lange. Er schüttelte gerade dem Drittplatzierten die Hand, als Mama auftauchte. Sie rannte. Ihr Laufstil wirkte nicht besonders elegant. Ich glaubte zunächst, sie wäre stolz auf mich und wollte mir zum zweiten Platz gratulieren, aber sie würdigte mich keines Blickes. Wütend baute sie sich vor dem dicken Maihart auf.

„Do Biest", fauchte sie. „Ek häb alles gesiehn."

„Was denn?", fragte Maihart mit Unschuldsaugen. „Das war doch ein klasse Rennen! Ist alles fair zugegangen, soweit ich sehen konnte. Mit dem Hund, das war natürlich Pech."

„Das Rennen mein ich nicht!".

„Was denn dann, gnädige Frau?"

„Das weißt du ganz genau!"

„Was denn?"

„Do häs minne Jong anjepackt!"

„Ich hab ihm nur gratuliert", sagte der Dicke ruhig. „Das ist ja wohl nicht verboten."

„Das war keine Gratulation, sondern ein, ein, ein ...!"

„Ein was?", fragte der Maihart. Er vergrub die Hände tief in den Taschen und sah Mama an, als wäre sie ein unerzogenes Kind. Mama konnte unmöglich sagen, was sie gesehen und empfunden hatte. Sie schämte sich ihrer Gedanken, und das machte sie wütend. Sie drehte sich vom Maihart weg, kam zu mir und riss mir den Zehner aus der Hand.

„Hier haste dein Geld, do Schmärlapp", schrie sie und warf dem dicken Maihart meinen Zehnmarkschein vor die Füße. „Do packs dä Jong nie mäh an. Hässe mich verstonn!"

„Gnädige Frau." Maihart sagte tatsächlich ‚gnädige Frau' zu Mama, obwohl er gerade erlebt hatte, wie ungnädig sie sein konnte. „Ich habe doch nichts getan. Ich wollte den jungen Leuten und besonders dem Jakob doch nur eine kleine Freude machen!"

„Mach, dass du wegkommst", schrie Mama. Sie war wirklich außer sich. „Du hast hier nichts mehr zu suchen. Ek well dich hier ni mär siehn."

Mir zeigte sie mit ausgestrecktem Arm, wo es lang ging. Ich schob mein Rad mit hängendem Kopf in Richtung Hoftor. Als ich mich ein letztes Mal zum dicken Maihart umdrehte, sah ich noch, wie er mein Geld vom Boden aufhob, den Schein betrachtete, als wäre er gerade vom Himmel gefallen, mit den Schultern zuckte und ihn in seiner ausgebeulten Hose verschwinden ließ.

Auf dem Hofplatz angekommen, verrammelte Mama das große Tor, schloss das Nadelöhr und schob den Sicherungsbalken in die Halterung.

„Geh rein", sagte sie mit wackeliger Tränenstimme. Wenn sie diese Stimme hatte, war es am besten, sie in Ruhe zu lassen. Sie griff nach dem Besen und begann, den Hof zu fegen. Mit gesenktem Kopf bearbeitete sie die Pflastersteine. Es war eine wuchtige Wut in ihr. Hätte sich ihr in diesem Moment jemand in den Weg zu stellen gewagt, sie hätte ihn gnadenlos über den Haufen gefegt.

„Du warst ziemlich gut." Jan war in der Küche. „Du hast den zweiten Platz gemacht, oder?"

„Woher weißt du das?"

„Hab alles gesehen, oben vom Fenster aus. Mit Mama. Aber sie ist gemein. Ich habe kein Eis gekriegt." Er konnte nicht begreifen, warum Mama ihn nicht nach unten gelassen hatte.

„Sei froh, dass Mama auf dich aufpasst!"

„Pfwww ...", machte er und blies die Backen. „Außerdem hat sie gesagt, dass der dicke Maihart ein Sauhund ist. Stimmt das?"

„Hat der Maihart die Schnauze von einem Hund und den Hintern von einem Schwein mit einem Ringelschwänzchen dran? Hat er nicht! Und deshalb kann er kein Sauhund sein."

„Warum sagt Mama dann so etwas?"

„Frag sie selbst!"

Ich schaltete das Radio an. Der englische Sender war eingestellt, den wir nur hören durften, wenn Vater nicht dabei war. Dort wurde manchmal unerhörte Musik gespielt. Stücke, die wie ein Schock wirkten. Man dachte an nichts und plötzlich war da etwas. Etwas Unbegreifliches. Es brach über einen herein. Ein wildes Tier, das durch die Küche rannte und wild um sich biss. Es verwandelte den Raum in einen brodelnden Kochtopf. Es kam jedes Mal aus heiterem Himmel, ein Volltreffer, ein unglaubliches Gefühl, das nur diese Musik bewirken konnte. Es war sofort wieder weg, wenn das Stück zu Ende ging.

Anscheinend erwischte es gerade meinen kleinen Bruder, denn er starrte das Radio an, drehte am Lautstärkeregler und seine Ohren schienen größer zu werden. Eine Weile war nur die Musik da und mein verzückter Bruder.

„Hörst du?", schrie er.

„Was denn?"

Für Augenblicke war die Musik wie weggewischt und die Küche von einer wunderbaren Stille erfüllt. Dann kamen die Töne zurück.

„Was die da schreien."

„Seit wann kannst du Englisch?"

„Die singen vom Sauhund!"

„Was?"

„Vom dicken Maihart, diesem Sauhund! Kann Mama ihn nicht leiden, weil er so berühmt ist, dass man Lieder über ihn macht?"

Ich trat neben meinen Bruder. Und dann kam es. Es war unglaublich. Sie sangen tatsächlich vom Maihart. Vom dick, dick, dick Maihart.

„Hab ich's nicht gesagt?", rief mein Bruder verzückt.

Ich schnappte mir den Kerl, er klammerte sich an meinen Hals und wir tanzten den dicken Maihart, bis mir schwindelig wurde.

Oh yeah! Dig my heart! Dig, dig, dig my heart.

DAS SCHÜTZENFEST

Es war Samstag, und obwohl an diesem Wochenende das Schützenfest stattfand, stank das Dorf nach Schweinemist, weil Vater ihn aus reinem Trotz auf den nahen Feldern verteilt hatte.

Wir reinigten den Streuer. Um die Walzen hatten sich Kordeln gewickelt. Mein ältester Bruder bespritzte das Zeug mit dem Wasserschlauch, damit es sich leichter entfernen ließ. Wenn Vater nicht hinschaute, zielte er auf mich.

Wir hörten das Auspuffknattern eines Traktors, Hupen, Geschrei, und wussten sofort, was los war. Die Jungschützen fuhren von Hof zu Hof, um die Teilnehmer am Vogelschießen einzusammeln. Zwar hatte sich in diesem Jahr niemand überreden lassen, Schützenkönig zu werden, aber den Spaß im Sandloch wollten sie sich nicht entgehen lassen. Sie waren bereits angetrunken, brüllten aus vollem Hals, lehnten sich über die Bretter des Anhängers und schwenkten ihre Bierflaschen. Obwohl sie wussten, dass Vater die Aktion verurteilte, bogen sie in unsere Einfahrt ein.

„Schoepmanns!", rief der Traktorfahrer. „Dein Mist stinkt wie die Pest!"

„Was wollt ihr?"

„Wir wollten fragen, ob du uns nicht einen Kasten Bier oder ein paar Flaschen Schnaps spendieren willst."

„Ich soll euren Blödsinn auch noch unterstützen? Wir haben keinen Königsanwärter dieses Jahr. Was soll das Theater also?"

„Das Schießen ist trotzdem ein Heidenspaß!"

„Heidenspaß? Vergesst nicht, dass wir eine christliche Bruderschaft sind!"

„Mein Gott Schoepmanns! Sei doch nicht so zimperlich. Seit wann ist Schießen unchristlich? Der heilige Hubertus hat schließlich auch geballert."

„Hat einer von euch überhaupt einen Waffenschein?"

„Seit wann braucht man im Sandloch einen Waffenschein?"

„Das Vogelschießen ist nicht bei der Gemeinde angemeldet worden, weil wir keinen König haben. Deshalb dürfen nur Leute schießen, die einen Waffenschein besitzen. Was ihr vorhabt, ist illegal."

„Jetzt hör aber auf, Schoepmanns!" Der Fahrer spielte mit dem Gaspedal. „Du bist ja ein richtiger Spielverderber."

„Das ist kein Spiel!"

„Und was ist mit dir?", wandte sich der Fahrer an meinen Bruder. „Hast du keine Lust mitzukommen?"

„Er ist kein Mitglied der Bruderschaft", sagte Vater.

„Kann er ja werden."

„Will er aber nicht."

„Aber sprechen kann er schon, oder? Mensch, ihr Schoepmänner seid wirklich ein seltsamer Haufen. Hat euch das schon mal jemand gesagt?"

Der Fahrer drückte auf die Hupe und fuhr los.

„Du gönnst denen ja nicht mal das Schwarze unter den Fingernägeln", mäkelte mein Bruder.

„Ein Schützenfest ohne König, dat hät niks op sich!"

„Meine Güte, Papa! Lass sie doch! Die Zeiten der Monarchie sind vorbei."

Mein überschlauer Bruder wohnte inzwischen bei einem Pfarrer, damit er sich besser auf die Schule konzentrieren konnte und kam nur noch an den Wochenenden. Wenn er aufkreuzte, hatte er einen Sack schmutziger Wäsche und einen Haufen Provokationen dabei. „Oder sehnst du dich insgeheim nach einem Führer?"

„Was soll das denn heißen?"

„Nichts Besonderes." Mein Bruder setzte seine sechzehnjährige Überheblichkeitsmiene auf.

„Das Königsschießen hat eine lange Tradition. Es ist das erste Mal seit dem Krieg, dass wir dieses Jahr ohne König dastehen."

„Traditionen sind überholt. Durch sie sollen nur Verhältnisse aufrechterhalten werden, die längst obsolet sind."

„Immer hat einer aus dem Dorf König sein wollen. Er war stolz, wenn er sich die silberne Kette umhängen und mit seiner Königin im neuen Ballkleid unter dem Applaus der Gäste auf dem Königsgalaball tanzen durfte. Dieses Jahr wird es keinen Königsgalaball geben. Das könnte der Anfang vom Ende sein."

„Mensch Papa, bist du blind? Sieh dich doch mal um! Die Welt verändert sich. Überall wird gegen Autorität und Obrigkeitsdenken protestiert. Und du willst unbedingt einen König haben."

„Schützenkönig", korrigierte Vater.

„Auch ein Schützenkönig ist ein absolutistischer Herrscher. Wenn auch nur partiell und temporär."

„Musst du dich so geschwollen ausdrücken? Kannst du kein normales Deutsch mehr?"

„Für mich ist ein Schützenfest mit Königsschießen jedenfalls reaktionäre Scheiße."

„Dann renn den Idioten doch nach!", schnauzte Vater. „Geh ins Sandloch, du Klugscheißer. Da kannst du sehen, wohin es führt, wenn Traditionen auf dem Misthaufen landen." Er riss wütend an den Kordeln, und die Walzen drehten sich wie Messer in der Luft.

Im Sandloch schraubten die Jungschützen gerade den Holzvogel auf die Stange, als ich mit Mück eintraf. Mück wohnte im Nachbardorf, ging mit mir in eine Klasse und wir besuchten gemeinsam den Kommunionsunterricht.

„Das ist doch kein richtiger Vogel", meckerte er. „Den hat jemand auf die Schnelle zusammengeschustert. Sieht jedenfalls erbärmlich aus. Wahrscheinlich darf es ohne König kein Adler sein. Da haben sie eben einen Geier genommen."

Wir waren die einzigen Zuschauer und zunächst kümmerte sich niemand um uns. Wir waren vor allem scharf auf die Patronenhülsen, mit denen sich eine Menge anfangen ließ.

Lambert, der Sohn von Bauer Henges, war Fähnrich und verkündete die Regeln. Wer versehentlich den Vogel abschoss, musste das mit einem Kasten Bier büßen. Wer den Kopf oder einen Flügel erwischte, bekam zur Belohnung eine Flasche Korn. Aber scharf waren sie vor allem auf den Schwanz des Vogels. Wer ihn herunterholte, war Schwanzkönig.

„Schwanzkönig. Die spinnen doch!", spottete Mück.

„Lass die nur machen. Die sind so besoffen, dass sie unter Garantie nicht treffen."

„Das ist es ja gerade. Wir sollten lieber in Deckung gehen."

Ein Jungschütze nach dem anderen trat vor. Das Gewehr wurde geladen. Der Schütze legte an und zielte. Die meisten Schüsse verfehlten ihr Ziel und Sand spritzte auf. Manchmal flogen immerhin ein paar Holzsplitter durch die Luft. Dann prosteten die Schützen sich zu. Es war ziemlich öde. Die Kerle soffen und es flogen Holzsplitter durch die Luft. Sonst passierte nichts.

„Was macht ihr zwei Rotzbengel denn hier?" Lambert hatte uns entdeckt. Weil keiner der Alten da war, meinte er, das Sagen zu haben. „Haut ab! Das ist nichts für euch. Geschlossene Gesellschaft, kapiert? Nur für Mitglieder der Bruderschaft."

„Aber wir tun doch gar nichts."

„Jakob, du bist doch nur hier, um zu spionieren, damit du deinem Alten brühwarm erzählen kannst, was hier los war. Verschwindet. Ihr habt hier nichts zu suchen, verdammt. Wenn ihr nicht sofort abhaut, mach ich euch Beine!"

Wir schlichen uns oben an den Rand des Sandlochs. Es war nicht ungefährlich, weil an einigen Stellen die Grasnarbe unterhöhlt war und es mindestens zwanzig Meter tief hinab ging. Außerdem schossen die Kerle in unsere Richtung. Wir duckten uns hinter einen Brombeerstrauch. Von dort hatten wir alles im Blick und konnten jedes Wort verstehen, weil das Sandloch wie ein großer Schalltrichter wirkte. Eine Zeit lang zerrissen Schüsse die Luft und wir gingen jedes Mal in Deckung. Dann ertönte lautes Gegröle.

„Ich glaub, einer hat den Schwanz erwischt", flüsterte Mück.

„Na und? Dann ist er halt Schwanzkönig."

„Und was macht der?"

„Wer?"

„Der Schwanzkönig."

„Keine Ahnung. Einen Schwanzkönig hat es ja noch nie gegeben."

Der Kerl mit dem Holzschwanz nahm sich zunächst die Biergläser vor. Er ging von Mann zu Mann und steckte seinen Schwanz in die Gläser. Dabei schrie er triumphierend, als hätte er Gottweißwas vollbracht.

Der Schwanzkönig stolperte also von Glas zu Glas, und nachdem er seinen Schwanz in jedes Glas getaucht hatte, steckte er ihn in seine offene Hose und stolzierte damit herum. Der Holzschwanz ragte aus seinem Hosenschlitz, und er tat so, als wäre ihm ein großer, harter Pimmel gewachsen.

„Was soll das?"

„Der hat die Biergläser gefickt."

„Was?"

„Der hat seinen Schwanz da reingesteckt. Das nennt man ‚ficken' Junge."

Jetzt hatte der Schwanzkönig offenbar eine neue Idee. Er schnappte sich das Gewehr und zielte auf Russkis Hütte.

„Musik!", schrie er. „Ich bin Schwanzkönig und will Musik."

Die Kugel schlug in der Holzwand ein und der Schwanzkönig feuerte gleich ein zweites Mal.

„Hör auf!", rief jemand. „Du kennst doch den Russki. Der scheißt sich garantiert in die Hosen vor Angst. Der glaubt ja, es wär immer noch Krieg. Wenn er zu viel Schiss bekommt, kann er kein Akkordeon spielen!“

Der Schwanzkönig stellte das Gewehr beiseite und stiefelte zu Russkis Hütte. Der Rest folgte ihm. Er schlug mit dem Schwanz gegen die Tür, dass es krachte.

„Russki! Komm raus. Das musst du dir ansehen. Du bist zwar ein Russe, aber so ein hartes Ding hast du garantiert noch nie gesehen!“

In der Hütte rührte sich nichts.

„Russki! Du kriegst auch Schnaps. So viel du willst. Ich brauche Musik, sonst ist es hier zu öde. Oder willst du den Schwanzkönig beleidigen?“

Noch einmal bearbeitete er die Tür.

„Russki. Du musst keine Angst haben. Wir schießen nicht mehr. Der Krieg ist vorbei.“

In der Hütte rührte sich nichts.

„Du Penner! Komm endlich raus, sonst schlage ich die Tür ein.“

Einer der Schützen war hochgesprungen und rüttelte wie verrückt am Fenstergitter. Und dann öffnete sich die Tür. Die Jungschützen bildeten einen Halbkreis um Russki, der mit nacktem Oberkörper dastand. In der linken Hand hatte er das Akkordeon. Es hatte sich auseinander gefaltet und wenn er sich bewegte, gab es seltsame Töne von sich.

Russki schaute in die Runde. Er schien keine Angst zu haben und sah sich jedes Gesicht genau an.

„Ihr wollt Musik für Affentanz?“, fragte er.

Da schlug der Schwanzkönig zu und Russki fiel um. Das Akkordeon wimmerte. Ich sprang auf, formte meine Hände zu einem Trichter und schrie, so laut ich konnte: „Aufhören! Lasst ihn in Frieden!“

Das Echo rollte durch die Sandgrube und wir rannten los. Als wir jenseits des Waldstücks waren, blieben wir stehen. Wir beruhigten unseren fliegenden Atem und lauschten. Es dauerte eine Zeit. Dann hörten wir Russkis Akkordeon, sonst nichts.

„Diese Idioten", sagte Mück. „Die glauben, sie hätten die Stimme des Allmächtigen vernommen!"

„Quatsch!"

„Doch Jakob! Gottes Wort hat sie mundtot gemacht!"

Mück fiel theatralisch auf die Knie und tat so, als würde er mich anbeten.

„Großer Gott, wir loben dich!", rief er. „Herr, wir preisen deine Stärke! Vor dir neigt die Erde sich ..."

Weiter kam er nicht. Ein Lachkrampf schüttelte ihn. Er umschlang meine Beine und zog mich in den Dreck. Wir klammerten uns aneinander, um Halt zu finden im Strudel dieser seligen Blödheit. Es wolle kein Ende nehmen. Es wurde immer heftiger. Wir konnten nicht aufhören. Wir schrien und lachten. Nicht über die idiotischen Jungschützen im Sandloch, sondern über uns, das Dorf, die Erde und das verrückte Leben auf ihr.

Am Sonntag war die Dorfstraße mit rotweißen Fähnchen und Maien geschmückt, an denen Papierrosen hingen. Von den vielen Sonnenblumenkernen, die ich in diesem Jahr von Tante Hannah bekommen und am Straßenrand ausgesät hatte, waren nur drei aufgegangen. Der Rest war vom Unkraut überwuchert worden oder der Sense zum Opfer gefallen.

Ein Bierstand war aufgebaut worden. Volksmusik fiel als Betäubungsmittel aus den Lautsprechern. Die Frauen verkauften selbst gebackenen Kuchen, um dem Schubkarrenrennen einen würdigen Rahmen zu geben. Es lockte jedes Jahr eine Menge Besucher an. Dabei war es im Grunde kein Rennen, sondern ein Schaulaufen, denn es kam nicht darauf an, wer die Schubkarre am schnellsten ins Ziel brachte. Es ging darum, seine Karre die Dorfstraße hoch und wieder runter zu schieben, ohne dass sie umkippte oder die Ladung herunterfiel. Sieger wurde die originellste Schubkarre. Es war schrecklich.

Ein Teilnehmer hatte aus Kartoffelkisten einen hohen Turm gebaut, der allerdings kurz vor dem Ziel unter dem

Jubel der Zuschauer zusammenbrach. In einer anderen Karre stand einer mit Priestergewand. In der einen Hand hielt er einen Pisspott, in der anderen eine alte Klobürste. Er tauchte die Bürste in den Pott und verteilte seinen schmutzigen Segen. Die Zuschauer gingen kreischend in Deckung. Der Fähnrich hatte sich etwas ganz Besonderes einfallen lassen. Seine Schubkarre war mit frischer Schweinescheiße gefüllt. Er suhlte sich darin. Man konnte ihn kaum erkennen, weil er sich einen ausgehöhlten Schweinskopf vor das Gesicht gebunden hatte. An Händen und Füßen hingen Schweinefüße und auch das Ringelschwänzchen fehlte nicht. Er hatte zu allem Überfluss noch zwei lebende Ferkel neben sich in der Karre. Ich lief sprachlos neben der Schubkarre her, hörte das Grunzen des Fähnrichs, das Quieken der Ferkel und den Applaus der Zuschauer. Das alles war nicht zu begreifen.

Am Schluss war die blöde Mareike an der Reihe. Sie saß auf einem grün gestrichenen Ball und spielte Prinzessin auf der Erbse. Sie sah ganz hübsch aus in ihrem weißen Kleid und der Krone im Haar. Ihr Mund war blutrot geschminkt, damit man ihre Hasenscharte nicht sah. Ich rannte ein Stück voraus und wartete am Straßenrand, bis ihre Karre näher kam, denn die blöde Mareike musste auf dem Ball hin und her rutschen, um das Gleichgewicht zu halten. Dabei war ihr Schlüpfer zu sehen. Am Ziel sprang sie mit einem gekonnten Satz von der Karre und ein paar Leute klatschten.

Ich wollte mich verdrücken, aber die blöde Mareike lief hinter mir her.

„Warte mal!“, rief sie.

Ich schämte mich, weil ich nicht mit ihr gesehen werden wollte. Aber als sie vor mir stand, hatte ich sofort das Gefühl, mit ihr allein auf der Welt zu sein.

„Was hast du so geglotzt?“

„Du hast dich schön gemacht“, wich ich aus.

„Was findest du denn schön? Meine Unterhose?“ Sie lachte und hielt dabei die Hand vor den Mund.

„Sonnenblumen zum Beispiel."
„Sonnenblumen?"
„Ja. Gelbe Wunder. So heißen die. Ich habe eine ganze Tüte davon ausgesät, aber nur drei sind aufgegangen. Sie blühen noch nicht, deshalb sieht man sie kaum."
„Ich habe sie aber gesehen. Wusste gleich, dass du das gemacht hast."
„Woher willst du das wissen?"
„Weil es niemanden sonst im Dorf gibt, der das machen würde."
„Gefallen sie dir?"
„Oh ja. Prima Idee."
„Der Boden scheint nicht besonders gut für sie zu sein, sonst wären sicher mehr gekommen."
„Man darf die Hoffnung nie aufgeben."
„Aber wenn es nicht funktioniert, was soll das dann?"
„Immer wieder versuchen. Drei sind ja gekommen. Die wissen, wie es geht."
„Meinst du?"
„Na klar. Die sagen es den anderen. Außerdem wachsen Sonnenblumen auch auf Bäumen."
„Du spinnst!"
„Hab eine gesehen. War knallgelb. Saß in einem Kirschbaum."
„Eine Sonnenblume?"
„Ja. Als wäre die Hoffnung in den Baum geflogen. Knallgelbe, traurige Hoffnung."
„Wieso traurig?"
„Weil sie weggeflogen ist!"
„Die Sonnenblume?"
„War in Wirklichkeit ein Kanarienvogel. Muss aus seinem Käfig abgehauen sein. Habe ihn singen gehört. Aber die Zeit vergeht. Der Winter kommt. Und dann? Wo findet der Kanarienvogel Wärme? So viel auf der Welt ist zum Weinen."
„Zum Lachen auch!"
„Was denn?"

„Ein Mann, der sich zum Schwein macht.“
„Ist nicht zum Lachen!“
„Und der Kanarienvogel. Vielleicht ist er ja in den Süden geflogen. Da soll es immer warm sein.“
„Vielleicht? Vielleicht ist meistens gelogen!“

Das Fest endete mit dem Umzug der Schützen. Vor der Kapelle wurde angetreten. Stillgestanden, Gewehr über und im Gleichschritt Marsch zum Gottesdienst. Die Männer trugen schwarze Anzüge, schulterten ihre Spazierstöcke und nahmen die Schützenhüte ab, als sie die Kapelle betraten. Eine dunkle Masse, die den Raum mit Restalkohol und billigem Rasierwasser füllte.

Der Männergeruch war kaum auszuhalten. Eine explosive Mischung, die mich klein werden ließ und durch nichts gemildert wurde, da die Frauen den Imbiss für die Schützen vorbereiteten.

Pastor Seligmann fuhr mit dem Auto vor. In einem Lederkoffer transportierte er die Soutane, Brot und Wein, Kelch und die Kerze. Seine Kerze war ihm heilig. Jeder wusste es. Er stellte sie als Erstes auf, zündete sie an und zog sich hinter den Altar zurück, wo er sich umziehen musste, weil die Kapelle keine Sakristei hatte. Sein Gesicht war kalkig, die Luft in der kleinen Kapelle verbraucht. Die Schützen füllten nicht nur die Bänke, sie standen auch auf dem Gang, und einige lungerten vor der Kapellentür herum. Das Glöckchen läutete, und das alte verstimmte Harmonium ertönte. Bauer Feldmann spielte es. Bei ihm zu Hause stand ein Klavier im Wohnzimmer.

Ich konnte ihn eigentlich nicht leiden, aber wenn er Harmonium spielte, musste ich ihn bewundern. Mit den Füßen pumpte er Luft in das Instrument und erzeugte Töne, die falsch klangen und doch vollkommen richtig waren. Sie füllten meinen Kopf mit beschwingter Schwermut. Matte, blasse Töne, die ineinander verschwammen. Töne, die aus einer anderen Welt zu kommen schienen. Ich sehnte mich nach dieser Welt. Ich wäre gern allein mit den Tönen des Harmoniums in der Kapelle gewesen. Aber ich war nicht allein. Ich war nie allein. Und die Töne auch nicht, denn der Musikus spielte Lieder, die alle mitsingen konnten.

Seligmann machte kurzen Prozess. Weil seine Kerze an Sauerstoffmangel zu ersticken drohte, verzichtete er auf die Predigt. Die Schützenfahne senkte sich bei der Wandlung und versperrte den Blick auf das Allerheiligste. Dann legte Seligmann die Hostien auf die Zungenlappen. Die Münder malmten. Der Leib Christi durfte nicht zerkaut werden.

„Gehet hin in Frieden!“, verkündete Seligmann wenig später.

„Gott sei Dank!“

Nach dem Gottesdienst packte der Pfarrer seine Kerze ein und verschwand, ohne mit den Schützen geplaudert oder das Fahnenschwenken abgewartet zu haben Dabei gab Lambert sich alle Mühe. Gestern hatte er noch als Schwein in der Schubkarre gelegen, jetzt trug er Uniform, Schützenhut und eine schneeweiße Hose. Er schwenkte die Fahne und ließ sie sogar ein paar Mal über dem Kopf kreisen, was ein besonderes Kunststück war.

Drei Musikanten begleiteten den Zug der Schützen. In den Vorjahren waren es Trommel, Trompete, Klarinette und Tuba gewesen, doch die Tuba war vor Kurzem verstorben. Es ging auch ohne sie. Für das Fahnenschwenken reichten Trompete und Trommel. Danach zogen die Schützen am kleinen Haus des Melkers vorbei. Wie gewöhnlich waren die Rollläden heruntergelassen und das Haus sah verlassen aus. Mareikes Vater wollte weder mit den Schützen noch mit den Dorfbewohnern etwas zu tun haben. Er war evangelisch, ging nie zur Kirche und konnte deshalb nicht in die Bruderschaft aufgenommen werden.

Auch der Reiterhof wurde links liegen gelassen. Ein reicher Industrieller hatte ihn gekauft und die Scheune zu einer Reithalle umgebaut. Sie wurde ausschließlich von seiner

Tochter genutzt, einer eingebildeten Ziege, die mit ihrem Sportwagen durch das Dorf brauste und niemanden grüßte.

Die Schützen marschierten zu den Höfen, die nach Kuh und Schwein stanken. Überall wurde die Fahne geschwenkt, und die Frauen bedienten die Schützen. Es gab Käsehäppchen, belegte Brötchen und kalte Schnitzel. Auch Bier und Schnaps wurden ausgeschenkt.

Jeder Hof hatte sein besonderes Aroma und die Hofhunde schlugen in ganz unterschiedlichen Tonarten an. Die frei laufenden Hunde waren leise, drückten bei jedem Trommelschlag den Schwanz zwischen die Hinterläufe und beobachteten verschüchtert das Geschehen. Die Zwingerhunde kläfften wie verrückt und sprangen wütend am Zwingergatter hoch. Aber am schlimmsten waren die Kettenköter, wütende Bestien, die niemanden an sich heranließen.

Das alles war ziemlich eintönig. Nur die Dorfknechte kamen an diesem Tag auf ihre Kosten. Sobald die Schützen einen Hof verlassen hatten, griffen sie zu den belegten Brötchen und leerten die halb gefüllten Schnapsgläser. Hatte die Bäuerin gute Laune, bekamen sie sogar ein frisches Bier.

In diesem Jahr war es ein Umzug ohne Schützenkönig, ohne Königin und livrierte Minister. Ein trauriger Zug dunkler Männer, die ihre Spazierstöcke präsentierten, wenn das entsprechende Kommando ertönte. Die Stimmung wurde erst besser, als es zum Haus von Doktor Preuß den Berg hinaufging. Er war ein Quacksalber, von dem sich niemand aus dem Dorf jemals hatte behandeln lassen. Es hieß, er würde durch Besprechungen heilen. Magische Kräfte wurden ihm nachgesagt. Er praktizierte Handauflegung und verschrieb Salben oder Tinkturen, die er selbst herstellte. Vor seinem Haus parkten Fahrzeuge mit unbekannten Nummernschildern. Die Leute reisten von weither an, weil sie an Wunder glaubten. Doktor Preuß mit seinen okkulten Heilkünsten war ihre letzte Rettung.

Bei Doktor Preuß gab es niemals Alkohol. Im Hauseingang stand auch diesmal ein Kasten Mineralwasser. Die

Vorhänge im ersten Stock waren zugezogen, sodass man nichts sehen konnte. Dennoch wussten alle, dass der Doktor dahinter stand und auf seinen großen Auftritt wartete. Die Kapelle spielte das Fahnenlied, der Fahnenschwenker tat seinen Dienst, und alle starrten zu dem Fenster hinauf, das sich jeden Augenblick öffnen musste.

Endlich schob eine dürre Hand den Vorhang beiseite und für Augenblicke war die schmale, verhuschte Gestalt der Frau Doktor zu sehen. Der Doktor selbst ließ sich Zeit. Als er sich endlich zeigte, brach Jubel aus und die Kapelle spielte einen Tusch. Doktor Preuß räusperte sich, während er das Blatt auseinander faltete, auf dem er die Rede notiert hatte, die er alljährlich im Wortlaut verlas. Sein Gesicht war schmal, spitz und vogelartig. Er stellte seinen Stock beiseite, und trat näher ans Fenster, damit er sich auf dem Sims abstützen konnte.

„Wackere Schützenbrüder!"

Seine Stimme war erstaunlich fest und hatte einen schneidigen, metallischen Unterton. „Landsmannschaft! Deutsche! Volksgenossen! Ich entrichte euch meinen aufrichtigen, vaterländischen Gruß!"

Tusch.

„Der Mai ist gekommen. Eine neue, herrliche Zeit dämmert Mensch und Natur! Wir Deutsche gehen neuen, besseren Zeiten entgegen. Dem Führer sei Dank. Ihm entrichten wir unseren unverbrüchlichen Treueschwur. Euch gilt meine Wertschätzung, ihr wackeren Schützen. Aber auch ihr seid nur Teil des großen Ganzen!"

Tusch.

„Ich grüße den Fahnenträger, die Offiziere, das Musikkorps, das so herrlich aufgespielt hat, und natürlich den diesjährigen Schützenkönig. Er hat auf kühne, unerschrockene Weise den Vogel von der Stange geholt und einen glorreichen Sieg errungen."

Murren. Ein Scherzbold rief: „Hoch lebe der Schützenkönig!"

„Ja, wackere Schützenbrüder! Verteidiger unserer fruchtbaren, deutschen Heimaterde. Ihr seid der Stolz eurer Frauen und Mütter. Ihr habt den großen Kampf gekämpft, und ich wünsche euch frischen Mut für alle zukünftigen Kämpfe. Der diesjährige Schützenkönig lebe hoch, er lebe hoch, er lebe hoch!"

Doktor Preuß hob die rechte Hand. Es sah aus, als würde sein Arm im Ellenbogen abknicken.

„Sieg Heil!", rief einer der Schützen und Doktor Preuß lächelte beseelt. Dann winkte er, seine Frau schloss das Fenster, die Vorhänge wurden zugezogen und die Schützen zogen weiter.

Als sie bei uns eintrafen, hatten die Knechte längst die Segel gestrichen und das Fest war in Auflösung begriffen. Der Fahnenschwenker hielt sich gerade noch auf den Beinen und von der Kapelle war nur noch die Trommel da. Ich half beim Ausschenken, aber die Männer wollten nur von Mama bedient werden und mit ihr anstoßen. Ich hörte sie lachen, obwohl ich wusste, dass sie betrunkene Männer und ihren säuerlichen Atem nicht ausstehen konnte. Irgendwann malträtierte der Trommler sein Instrument und mahnte zum Aufbruch. Die verbliebenen Schützen sammelten sich, schulterten ihre Spazierstöcke und torkelten weiter.

Ich beobachtete das alles wie durch eine verschmierte Fensterscheibe und wurde in dunkle Ahnungslöcher gestoßen, weil Mama mit dem Musikus redete, mit ihm anstieß und er ihre Hand nahm. Ich fürchtete, er würde mit ihr in der Milchkammer verschwinden, deren Wände Vater nach dem Melken abspritzte, sodass sie dampften im Sommer. Die Zeit machte in meinem Kopf verrückte Sprünge, wie ein junger Ziegenbock, als Mama ihre Schuhe auszog.

Warum machte sie das? Wollte sie wirklich mit diesem Mann in unsere Milchkammer gehen? Was hatte er dort zu suchen? Er konnte Harmonium spielen, bei ihm zu Hause stand ein Klavier in der Stube, seine Frau bastelte die schönsten Rosen, manchmal kam er am Sonntag bei uns vorbei, nahm in der guten Stube Platz und rauchte Zigaretten, die Mama eigens für ihn kaufte. Aber musste Mama deswegen ihre Schuhe ausziehen?

Ich hatte das Gefühl, etwas zu verlieren, das mir nicht gehörte. Der Musikus ließ Mamas Hand nicht los. Er machte ein paar Tanzschritte mit ihr und gleich wähnte ich die beiden zwischen den dampfenden Wänden des Milchzimmers. Vater war oben bei seinen Tauben und verstopfte sich mit ihrem Gurren die Ohren, damit er das Summen der Tanzenden nicht hören musste.

Aus der Ferne war das dumpfe, eintönige Schlagen der Trommel zu hören. Und irgendwo spielte Russki seine traurigen Sehnsuchtslieder, während der Musikus Mama ins Haar summte.

Auch Mama hatte also ein Geheimnis und Wünsche, die keine Wurzeln hatten und durch die Luft der Jahre trieben wie Wolken, bis sie plötzlich auf Berge stießen und sich ausregnen mussten. Überall gab es Tore, die in eine andere Welt führten, eine Welt ungeahnter Möglichkeiten, die mir fremd und bedrohlich schien. Nichts war sicher. Alles konnte sich mit einem Schlag verändern. Das Tor der Möglichkeiten ließ sich nicht schließen. Immer drang ein Schimmer durch die Ritzen, der mich schwindelig machte.

Am nächsten Tag strich Mama das Bügelzimmer mit einem Quast, legte eine Luftmatratze auf den Boden und holte ihr Bettzeug aus dem Schlafzimmer. Ich wusste nicht, was das zu bedeuten hatte, aber ich fürchtete, dass der blöde Musikus dahintersteckte und noch immer durch ihren Kopf tanzte.

„Willst du hier schlafen?"

„Ja."

„Und warum?"

„Das kann ich dir nicht erklären, Jakob. Ich will einfach mal für mich allein sein und meine Ruhe haben."

„Das Schützenfest war ein ziemlicher Reinfall, was?"

„Das kannst du laut sagen. Es war furchtbar. Mich hat das richtig angeekelt. Total leer war das. Und heute spüre ich diese Leere in mir. Ich muss wieder zu mir kommen, sonst halte ich das hier nicht mehr aus."

Ich setzte mich neben Mama auf die Luftmatratze. Es war eine wackelige Angelegenheit und Mama legte einen Arm um meine Schulter. Sie bewegte sich langsam hin und her. Es war ein schönes Gefühl, als würde sie mit mir tanzen.

„Soll ich eine Platte auflegen vom zarten Mo?", fragte sie. „Als du klein warst, warst du immer mucksmäuschenstill und hast dich bei seiner Musik nicht vom Fleck gerührt."

„Und du?"

„Seine Musik lässt mich an Dinge denken, die mir sonst nie einfallen."

„Was denn?"

„Hotels zum Beispiel."

„Hotels?"

„Ja. Vornehme Hotels."

„Und was passiert da?"

„Ich war noch nie in einem Hotel, aber wenn ich Mozart höre, muss ich an ein Hotel denken, saubere Zimmer, lange Flure, Nummern an den Türen, einen großen Empfangssaal. Ich sitze irgendwo in einem roten, weichen Sessel und trinke Kaffee. Und dann kommt dieser Mann."

„Welcher Mann?"

„Ich weiß nicht. Er hat keinen Namen."

„Und was macht er?"

„Nichts. Er ist einfach nur da, wie das Hotel, der Empfangsraum, der Sessel und der duftende Kaffee. An der Decke hängen Lüster, die ein verrücktes Licht verbreiten."

„Und dann?"

„Dann kommt dieser Mann. Er ist elegant gekleidet und immer sehr freundlich zu mir. Er verehrt mich so sehr, dass er nicht wagt, mich anzusprechen. Aber ich spüre seine heimliche Zuneigung. Sie ist wie eine warme Welle, die mich fortträgt. Hinterher ist mein Kaffee immer schon bezahlt und ein Livrierter kommt mit einem kleinen, silbernen Tablett und überreicht mir einen Briefumschlag. Auf dem Tablett liegt ein kleines Messer, mit dem ich den Umschlag öffne. Und dann lese ich die Nachricht."

„Was schreibt er?"

„Danke."

„Nur dieses eine Wort? Sonst nichts?"

„Nur dieses eine Wort."

„Und dann?"

„Dann ist die Platte zu Ende. Es gibt nur noch ein Knacken und ich muss hingehen und den Hebel bedienen. Dann bin ich wieder hier und der Traum ist vorbei. Auch wenn ich die Platte erneut starte. Es hilft nichts. Der Traum ist zu Ende und alles ist vorbei."

VERDAMMTE EWIGE VERDAMMNIS!

Unsere Kirchengemeinde wurde von zwei Pfarrern betreut, wobei Altpastor Vermeuhlen sein Amt allerdings nur noch sporadisch ausübte. Er hatte die Achtzig überschritten und war so gebrechlich, dass er den Weg zur Kirche nicht mehr allein bewältigen konnte. Einmal pro Woche las er die Frühmette für zwei oder drei alte Juffern. Der zuständige Ministrant musste den Altpastor zuvor im Pastorat abholen, mithilfe eines klapprigen Rollstuhls zur Kirche karren und ihn die drei Treppenstufen zur Sakristei hinauf geleiten, wobei Vermeuhlen sich wie ein Ertrinkender an die dünnen Arme seines Begleiters klammerte.

Auch während des Gottesdienstes durfte man den Alten keinen Augenblick aus den Augen lassen. Er kam dauernd ins Stolpern, konnte die heiligen Bücher kaum tragen und murmelte unverständliche Beschwörungsformeln. Man verstand kein Wort, hörte aber umso deutlicher, wie er nach der Wandlung mit seinem ausgeleierten Gebiss den Leib Christi zerkaute und mit dessen Blut nachspülte. Dabei tropfte regelmäßig rötlicher Sabber auf das Altartuch. Jeder Messdiener war erleichtert, wenn er die Messe ohne größere Zwischenfälle überstanden hatte.

Der zweite gute Hirte, Pastor Seligmann, leitete den Kommunionsunterricht. Kam er an unserer Bank vorbei, hielt ich wegen seines säuerlichen Atems die Luft an.

„Die Fahne kenn ich", flüsterte Mück. Er war ein begnadeter Schwätzer, der nie erwischt wurde, weil er reden konnte, ohne die Lippen zu bewegen. „Sie weht bei meinem Alten allabendlich. Rotwein!"

Mück kannte sich aus. Er hatte einen älteren Bruder, der in der B-Jugend der Borussia spielte und Profi werden wollte.

„Der Seligmann säuft garantiert jeden Abend eine Flasche. Zusammen mit seiner Haushälterin."

Mück sah zu Seligmann herüber und lächelte wie ein Engel. Sein Bruder war letztes Jahr aus der Kirche ausgetreten und schoss seitdem sagenhafte Tore für seinen Verein.

„Und was machen die dann?"

Seligmann schickte einen strafenden Blick in meine Richtung.

„Die ficken. Und dabei lassen sie den Vermeuhlen zusehen, damit der auf seine alten Tage auch was davon hat."

Seligmanns Hände verformten sich und er stieß die Fingerspitzen ruckartig gegeneinander. Es sah aus, als würden sich zwei Vögel mit ihren scharfen Schnäbeln beharken.

„Nächsten Samstag ist Beichte", sagte er.

„Ficken!", zischte das Unschuldslamm an meiner Seite und ich musste an den Schwanzkönig denken.

„Ab drei Uhr müsst ihr eure Sünden bekennen und um Vergebung bitten. Danach seid ihr reinen Herzens."

„Ich bin klein, mein Herz ist rein, ich will pimpern wie ein Schwein!"

Mück senkte demütig den Kopf und machte ein theatralisches Kreuzzeichen, als das Pausenklingeln mich erlöste.

„Pastooor."

Mama dehnte das Wort, bis es sich irgendwie klebrig anhörte. „Man weiß wirklich nicht, was man von dem halten soll. Und dann immer das scheinheilige Gedöns mit seiner Kerze. Kann mir jemand sagen, was das soll?"

Seligmann brachte zu jedem Gottesdienst seine Kerze mit, in die ein Kreuz und ein siebenarmiger Leuchter eingeritzt waren. Er stellte sie auf den Hochaltar, entzündete sie am Beginn der Messe und packte sie am Ende wieder ein. Niemand wusste, warum er seine eigene Kerze mitbrachte, gab es doch in der Kirche Kerzen genug. Außerdem sprach er in seinen

Predigten rätselhafte Dinge an. Manchmal schien er in Zungen zu reden und verfiel in eine Art Schreien, sodass die Schläfer in den hinteren Reihen, denen schon Sekunden nach Predigtbeginn das Kinn auf die Brust sank, erschrocken zusammenzuckten, als hätte man ihnen einen Stromstoß verpasst.

„Hast du eine Ahnung, worüber er heute gepredigt hat?", fragte Mama.

„Über Glaubensdinge", wich Vater aus.

„Die kein Mensch versteht."

„Glauben kann man nicht verstehen", sagte Vater. „Es heißt ja Glauben und nicht Wissen!"

„Aber der Seligmann predigt nicht nur verworrenes Zeuge. Er leiert die lateinischen Texte dermaßen sinnlos herunter, als wüsste er gar nicht, was sie bedeuten."

Vater ging nicht auf Mamas Einwände ein. In Glaubensdingen war er vorsichtig, weil er sich nicht mit einem strafenden Gott anlegen wollte. Er war ein Taktiker. Im Krieg hatte er einen Pakt mit Gott geschlossen. Wenn der ihn aus der Scheiße rausholte, dann würde er sich dankbar zeigen und sein Gelübde erfüllen. Er hielt sich an die Abmachung und pilgerte alljährlich nach Kevelaer. Das musste seiner Meinung nach reichen, um der Hölle zu entgehen.

„Und dann leiert der so furchtbar. Ich könnte das unter Garantie besser."

„Und wenn schon", brummte Vater. „Das nützt nichts!"

„Und warum nicht?"

„Weil Frauen am Altar nichts zu suchen haben."

„Das wird sich irgendwann ändern."

„Glaub ich nicht."

„Und was hältst du von seiner jungen Haushälterin?", hakte Mama nach. „Der glotzen doch alle Kerle auf die nackten Waden, wenn sie zur Kommunionbank geht."

„Ein Pfarrer braucht nun mal eine Haushälterin."

„Und wenn sie mehr für ihn tut als nur putzen und kochen?"

Vater schaute aus dem Seitenfenster und begutachtete die Äcker der Nachbarn.

Wie jedes Jahr hatte Seligmann den Müttern der Erstkommunikanten in der Woche vor dem weißen Sonntag den Schlüssel zur Sakristei anvertraut, damit sie die Kirche putzen und den Altarbereich mit Blumen schmücken konnten. Der Schlüssel wanderte von Hand zu Hand und landete zum Schluss bei Mama, die wie stets das Kommando übernommen hatte. Besorgt um das Seelenheil ihrer Kinder, war ihr nichts gut genug. Sie ärgerte sich maßlos, wenn eine Kerze schief im Kerzenhalter stand oder eine Blume aus der Reihe tanzte.

Nachdem sie am Samstag ein letztes Mal in der Kirche nach dem Rechten gesehen hatte, musste ich zur Anprobe in der guten Stube antanzen. Da hing die Kombination, die schon meine drei älteren Brüder bei ihrer Erstkommunion getragen hatten. Um den muffigen Speichergeruch zu vertreiben, hatte Mama das Jackett mit Kölnisch Wasser beträufelt.

„Steht dir gut", nuschelte sie. Sie hatte Stecknadeln im Mund und umschlich mich wie eine Hexe. „So kannst du jedenfalls gehen, ohne dass ich mich für dich schämen muss."

Ich schaute an mir herunter. Nur meine schmutzigen Füße gehörten mir noch.

„Von Morgen an kannst du die Sachen jeden Sonntag tragen. Für Jan kaufen wir einen neuen Kommunionsanzug, wenn es so weit ist."

Klar. Für mich waren die abgetragenen Speicherklamotten gerade gut genug, wogegen mein Pimmelbruder neu eingekleidet würde, wenn es so weit war.

„Pünktlich um halb drei fährst du zur Beichte."

„Mach ich."

„Hast du dein Gewissen erforscht?"

„Hab ich."

„Wenn du von der Beichte kommst, putzt du deine Sonntagsschuhe! Danach hast du frei. Abends wird gebadet und zwar allein. Du lässt die Unterhose an. Ich will kein Spektakel. Und wehe, du wagst dich nach dem Bad noch mal nach hinten!"

„Und warum nicht?"

„Weil jeder wissen kann, dass du der Sohn eines Bauern bist. Aber riechen, riechen darf es niemand!"

In den letzten Tagen hatte ich mein versponnenes Hirn zermartert, um alle versteckten Sünden und Verfehlungen aufzustöbern. Ich war in die entlegensten Ecken meiner Erinnerung gekrochen, weil ich mir ernsthaft vorgenommen hatte, reinen Herzens zu werden. Sicherheitshalber erstellte ich eine Liste meiner Sünden. Es kam eine ansehnliche Litanei dabei heraus.

Die Beichte wurde von einem Pfarrer aus der Nachbargemeinde abgenommen. Seligmann kannte seine Schäfchen aus der Gemeinde zu gut und hätte sie unter Garantie an der Stimme erkannt. Vor allem diejenigen, die wirklich etwas auf dem Kerbholz hatten, wären zu feige gewesen, die Wahrheit zu sagen. Eine Beichte, so hatten wir gelernt, bei der man log oder nicht die ganze Wahrheit sagte, war nicht nur ungültig, sondern eine zusätzliche Sünde. Nach einer solchen Lügenbeichte war der Mensch nicht mehr würdig, dass der Herr einging unter sein Dach.

Ich wusste nicht recht, was ich von alldem halten sollte. Ich versuchte mein Bestes, aber ganz tief in mir gab es eine eitrige Stelle. Da saß der Stachel des Zweifels. Es war ein vergifteter Raum, in dem kein Platz für Gott war. Ich konnte nämlich nicht glauben, dass ich die Erbsünde in mir trug und durch Geburt schuldig geworden war. Es hatte mich ja niemand gefragt, ob ich überhaupt leben wollte.

Es war kurz nach drei, als ich die Kirchentür öffnete, mich in eine leere Bank schob und zu beten versuchte. Das Holz der Kirchenbank drückte sich in den Spalt unterhalb meiner

Kniescheiben. Ich betrachtete den Schmerz als eine Vorbuße, und als ich an der Reihe war, ging ich entschlossenen Schrittes zum Beichtstuhl, duckte mich unter den kleinen Vorhang, kniete nieder und sprach gegen das Gitter, das von innen mit Zellophan bespannt war, damit die Spucke der Sünder nicht auf der Soutane des Beichtvaters landete.

„In Demut und Reue bekenne ich meine Sünden. Dies ist meine erste Beichte."

Ich las die Litanei meiner lässlichen Sünden vom Blatt ab und hörte den Pastor im dunklen Inneren des Beichtstuhls laut atmen.

„Allein oder mit anderen?", fragte er irgendwann. Ansonsten atmete er nur.

Als ich fertig war, durchströmte mich ein Gefühl tiefer Erleichterung. Jetzt war ich frei von Sünden und unschuldig wie ein Neugeborener. Freudig verrichtete ich die aufgetragenen Bußgebete, aber bereits auf dem Heimweg beschlichen mich wieder die Zweifel.

Wie Mama versprochen hatte, musste ich nach meiner Rückkehr nichts tun. Ich schmierte mir im Stehen zwei Brote in der Küche. Zu Mittag hatte es Erbsensuppe mit Eisbein gegeben, aber ich hatte nichts gegessen, weil ich nicht wollte, dass sich das Allerheiligste in meinem Bauch mit den Resten der Schweinefüße vermischte.

Als die Kühe im Stall standen und Vater zu melken begann, spazierte ich den Weg zwischen den Wiesen entlang, wo der Maihart mir mit seinem amerikanischen Schlitten entgegen gekommen war. Ich blieb an der Stelle stehen, wo ich verbotenerweise zu ihm ins Auto gestiegen war. Auch das hatte ich gebeichtet.

Hektisches Fahrradgeklingel riss mich aus meinen Gedanken. Es war Mück. Er warf beim Fahren seinen Oberkörper hin und her. Hatte ihn die Erleichterung, seine Sünden losgeworden zu sein, so aufgeputscht? Unmöglich! Mück war nicht der Typ, der sich in solche Sachen hineinsteigerte.

Sein Gesicht war gerötet und er hatte den Mund aufgerissen, als würde er schreien. Als er auf meiner Höhe war, sprang er vom Rad und ließ es achtlos auf den Weg fallen. Der Hinterreifen drehte sich in der Luft und Mück verpasste ihm einen wütenden Tritt. Mir tat das Rad leid, aber noch mehr schämte ich mich für Mück, der anscheinend nicht begriffen hatte, dass er bald geheiligt würde. Nur noch eine Nacht, dann würden wir zum ersten Mal im Leben Leib und Blut Christi in Gestalt von Brot und Wein empfangen.

„Besser, wir verziehen uns", schlug ich vor, hob sein Rad auf und schob es in Richtung Hof. Mück trottete mit gesenktem Kopf neben mir her. Steine, die auf dem Weg herumlagen, kickte er in die Wiesen.

„Verfluchte Scheiße!"

„Du sollst nicht fluchen."

„Ach, leck mich doch am Arsch!"

Ich schleppte einen zweiten Holzklotz in mein Versteck, aber Mück wollte sich nicht setzen. Er tigerte wie eine eingesperrte Wildkatze hin und her. Zwischendurch nahm er Steine in die Hand, schleuderte sie so weit er konnte und traf zweimal hintereinander den Weidepfahl neben der Tränke. Das gelang mir nie, obwohl ich häufiger trainierte als er.

„Was ist los? Ist es wegen morgen? Wenn du wüsstest, wie beschissen ich in der verdammten Kombination aussehe, hättest du garantiert keine Probleme!"

„Ich brauch den Schlüssel und einen Beutel Scheiße!"

„Schlüssel? Scheiße? Wovon redest du?"

„Stell dich nicht so blöd an, du heiliger Arsch. Den Kirchenschlüssel natürlich. Deine Mutter soll ihn haben. Er muss bei euch sein."

„Und was willst du damit?"

„Ich bin im Eimer!" Mück rotzte seine Worte auf den Boden. „Vollkommen am Arsch. Meine Eltern haben mir einen neuen Anzug gekauft. Piekfein. Passt wie angegossen. Steht mir sogar. Aber das Ding kannst du vergessen. Ich würde auch in der Küchenschürze meiner Mutter gehen, das würde mir echt einen Scheißdreck ausmachen, wenn ..."

Er brachte den Satz nicht zu Ende.

„Wenn was?"

„Du hast ja keine Ahnung!", schrie er.

„Wovon denn?"

„Mensch, du hast doch überhaupt keinen Schimmer! Ich weiß gar nicht, warum ich zu dir gekommen bin!"

Erneut nahm er einen Stein und traf den Weidepfahl zum dritten Mal.

„Volltreffer", sagte ich anerkennend, aber Mück blieb ungerührt. Er musste echte Probleme haben.

„Reg dich ab und setz dich!", sagte ich. „Ich bin dein Freund. Egal, was los ist, egal, welchen Mist du gebaut hast, auf mich kannst du dich verlassen!"

„Meinst du das im Ernst?", fragte Mück lauernd.

„Ja."

„Schwör es!"

„Ich schwöre!"

Er setzte sich und beugte den Oberkörper vor, als hätte er Bauchschmerzen. Seine Füße bewegten sich wie zuckende Scheibenwischer über den Boden.

„Ich hab es verbockt", gestand er endlich. „Nur weil ich nicht lügen wollte, dreht der Arsch mir einen Strick und hängt mich daran auf. So was Beschissenes. Hätte ich gelogen, wäre alles klar. Lügen sind nämlich kein Problem. Die kann man einfach wegbeichten! Aber jetzt hab ich für immer und ewig verschissen! Ich habe mir die Eintrittskarte zur Hölle besorgt und werde sie nicht mehr los."

„Stecken die Weiber dahinter?"

Ich sagte das, weil Mück Ahnung von Mädchen hatte. Er ging ganz normal mit ihnen um, wogegen ich sie ‚Weiber' nannte, um mein Desinteresse zu bekunden. Dabei beschäftigten sie mich enorm. Ihre bloße Existenz verunsicherte mich. Meine Gedanken umkreisten ihre rätselhaften Körper, ohne jemals landen zu können. Mädchen waren wie Hemden, die aus der Waschmaschine gezogen wurden. Man musste sie in die Hand nehmen und ausschlagen, damit sie Form annahmen und man wusste, woran man mit ihnen war. Aber ich traute mich nicht, sie anzurühren, wogegen Mück kein Problem damit hatte. Ich bewunderte seine Leichtigkeit und redete mir ein, dass es bei mir daran lag, dass ich nur Brüder hatte. Mück dagegen hatte zwei Schwestern. Deshalb konnte er sich ohne Probleme auf dem Pausenhof zu den Mädchen stellen und mit ihnen schäkern. Er befummelte sie sogar, wenn er Lust dazu hatte, und sie ließen es sich gefallen, auch wenn sie kreischten.

„Weiber?“ Er lachte kurz auf. „Die Weiber sind dein Problem, nichts meins.“

„Was denn dann?“

„Ich steck bis zum Hals im Dreck und diesmal komm ich da nicht mehr raus. Nie mehr! Kapierst du das nicht? Ich muss auf ewig in der Scheiße hängen! Ewig!“

Es gab zwei Sachen, die mich im Kommunionsunterricht zutiefst verunsichert hatten. Die Erbsünde und die Ewigkeit. Mit der Erbsünde, die mich zu einem unschuldigen Verbrecher machte, kam ich noch einigermaßen klar. Viel schlimmer war die Ewigkeit. Den Ewigkeitsgedanken konnte ich nicht wegdenken. Ewige Verdammnis, so hieß es, würde mich im Falle eines sündigen Lebens erwarten. Der Gedanke machte mich verrückt. Ich stellte mir eine ziemlich lange Zeit vor, hundert Jahre zum Beispiel. So alt wurde kaum ein Mensch. Tausend Jahre. Hunderttausend Jahre. Das war schon kaum noch zu denken. Und doch war es nichts, gemessen an der Ewigkeit, denn da hatte sie gerade erst angefangen. Und sie hörte nie auf. Nie mehr. Es ging ewig weiter, ohne Ende, ohne Ziel.

„Wieso ewig?“, fragte ich.

„Weil du keinen Schimmer hast!“, brüllte Mück. „Diesmal haben sie mich eben. Für immer und ewig. Heilige Scheiße, sie haben mich gepackt und lassen nicht mehr los. Nie mehr, kapierst du das endlich?“

Ich wartete auf Erklärungen.

„Ich habe vorhin erfahren, dass ich wider den Heiligen Geist gesündigt habe“ sagte Mück leise, als ob er es echt bereuen würde.

„Wider was?“ Ich hatte noch nie von dieser Art Sünde gehört.

„Wider den Heiligen Geist. Das ist die schlimmste Sünde.“

„Wieso?“

„Weil man sie nicht beichten kann und für alle Ewigkeiten verdammt ist! Verdammte ewige Verdammnis!“

Und dann erzählte er. Am Donnerstagmorgen hatte er Messdienerdienst und den alten Vermeuhlen pünktlich am Pastorat abgeholt, ihn zur Kirche gekarrt und ihm beim Anziehen geholfen. Alles war glatt über die Bühne gegangen, bis zu einem bestimmten Augenblick. Der Altpastor hatte die heiligen Wandlungsworte gesprochen und gleichzeitig gerülpst oder Schluckauf gehabt. Er hatte jedenfalls nicht mehr klar sprechen können, und seine Worte hatten sich für Mück wie das Gemurmel eines Geistersehers angehört.

„Ich Idiot habe noch vor Kurzem ein Buch über Zauberer und Schamanen gelesen. Mich hat das irgendwie interessiert. Und der alte Vermeuhlen hörte sich genauso an wie der Schamane, der in dem Buch beschrieben wurde.“

„Hab ich auch schon gehört, dieses Gemurmel vom Vermeuhlen!“

„Ich hab gedacht: Der ist ja auch nur so etwas wie ein Hexer!“

„Und das hast du gebeichtet?“

„Ich habe es versucht, Mann. Aber dieser Pope wollte mir die Beichte nicht abnehmen. Er meinte, es sei eine Sünde wider den Heiligen Geist, so etwas zu denken, und deshalb könne er mir die Absolution nicht erteilen. Ich könne von der heiligen Kirche nicht Vergebung erwarten und gleichzeitig ihre Fundamente bezweifeln. Das wäre genau so, als würde ich beichten und nicht an die Vergebung der Sünden glauben. Das wären alles Sünden wider den Heiligen Geist und die können grundsätzlich nicht verziehen werden."

„Und dann?"

„Er hat mich weggeschickt!"

„Und jetzt?"

„Jetzt kann ich nicht zur Kommunion. Ohne Beichte lassen die einen ja nicht."

„Und deine Eltern?"

„Wissen von nichts."

„Scheiße!"

„Das kannst du laut sagen. Aber denen werd ich's zeigen!"

Weil Mück glaubte, sowieso verdammt zu sein und auf ewig in der Hölle schmoren zu müssen, hatte er nichts mehr zu verlieren. Am Abend würden es seine Eltern erfahren und spätestens morgen früh der Rest der Gemeinde. Er saß in der Falle und es gab kein Entkommen, aber er wollte sich nicht geschlagen geben.

„Lamm Gottes, das du hinwegnimmst die Sünden der Welt!", schrie er. „Erbarme dich meiner!"

Er glotzte mich mit funkelnden Augen an.

„Ein Lamm", brüllte er weiter. „Ein verdammtes junges Schaf soll die Sünden von der Welt nehmen und sich meiner erbarmen? Mäh, mäh, mäh! Ein blödes Lamm. Das dreht mit dem Schwänzchen, wenn es am Euter der Mutter hängt, als wäre sein Schwanz ein Propeller. Das Lamm Gottes, empfangen von der Jungfrau Maria, gelitten unter Pontius Pilatus, gestorben und gekreuzigt, am dritten Tage auferstanden von den Toten und aufgefahren in den Himmel. Das ist doch alles totaler Blödsinn!" Er spuckte aus.

„Hör auf!", schrie ich ihn an.

„Schon gut", murmelte er. „Du hast Schiss, von meinem Unglauben angesteckt zu werden. Versteh ich ja. Aber vielleicht kapierst du jetzt, dass ich den Schlüssel und die Scheiße brauche."

„Ich besorg dir den Schlüssel. Aber den Beutel mit Scheiße füllst du selbst."

Mama verwahrte alle wertvollen Dinge in einer Kommode auf dem Schlafzimmer. Nur in der Zeit, als sie verrückt nach meinem kleinen Pimmelbruder gewesen war, hatte sie die Tür abgeschlossen. Ich hatte ein schlechtes Gewissen, als ich zur Kommode schlich und die Schublade öffnete.

Ich schaute auf die Goldmedaillen, die Vaters Brieftauben errungen hatten, die gebügelten Taschentücher für den Sonntag, das Döschen mit indischer Blumenseife und das Kästchen mit Erbschmuck, den Mama nie trug. Den Sakristeischlüssel hatte sie in ein Taschentuch gewickelt. Der Schlüssel hatte die Form eines Hirtenstabs. In der Küche holte ich noch einen Plastikbeutel und rannte zu Mück zurück.

Um halb vier hatte ich alle meine Sünden gebeichtet. Um Viertel vor vier hatte ich die Bußgebete erledigt und war reinen Herzens nach Hause geradelt. Jetzt war es Viertel nach sechs und ich war drauf und dran, mein Seelenheil zu verspielen.

Mück riss mir die Tüte aus der Hand, ging zum Misthaufen, füllte sie mit Schweineschweiße und knotete sie zu. Seine schmierigen Hände wischte er an der Hose ab.

„Du hast den Schlüssel?"

Ich nickte.

„Dann los."

„Muss ich mitkommen?"

„Mach, was du willst, du Feigling!"

Mücks großer Bruder wartete vor der Sakristeitür. Er war in alles eingeweiht, nahm mir den Schlüssel ab und öffnete die Tür. In der Sakristei roch es nach verwelkten Blumen, Heiligkeit und Weihrauch. Der Raum war dunkel, aber Mücks Bruder wollte nicht, dass ich Licht machte. Die Messgewänder hingen an Bügeln und Mück warf den Beutel mit Schweinescheiße auf den Tisch mit den heiligen Schriften.

„Das Unschuldslamm bleibt hier", sagte sein Bruder und deutete auf mich. „Hör mal Kleiner. Wenn was ist, dann verpisst du dich und schließt von außen ab. Wir übernachten im Notfall in der Kirche. Uns kann im Gegensatz zu dir ja nichts passieren. Ich habe mit der Kirche nichts mehr am Hut und mein Bruder ist auch schon verdammt in alle Ewigkeit."

Mücks Bruder öffnete den Schrank, in dem der Messwein und die ungeweihten Hostien aufbewahrt wurden. Er knallte mir die Weinflasche vor die Nase. Sie war halb voll und ein bröseliger Korken ragte aus dem Hals. Dann warf er mir die Tüte mit den Hostien zu. Einige fielen heraus und rollten wie Münzen über den Boden.

„Bedien dich", sagte er. „Wie ich Seligmann kenne, ist der Wein bestimmt nicht von schlechten Eltern. Die Hostien schmecken übrigens wie Esspapier. Kannst ruhig zulangen. Das Zeug ist ja noch nicht verwandelt!"

„Wie heißt du eigentlich?", fragte ich, um auch etwas zu sagen.

„Marc. Und noch was. Ist ein altes Sprichwort, das du dir merken solltest: *Pastor und Hund verdienen ihr Geld mit dem Mund!*"

Marc lachte und Mück zog ein Messer aus der Hosentasche. Er klappte es auf und prüfte mit dem Daumen die Schärfe.

„Willst du jemanden umbringen?", fragte ich.

„Ja. Aber dazu brauche ich kein Messer!"

Er nahm den Beutel mit Schweinescheiße und verschwand mit seinem großen Bruder im Kirchenraum. Ich sammelte die Hostien auf und schob sie vorsichtig in die Tüte zurück. Dann saß ich da und betrachtete unschlüssig die Priestergewänder mit den goldenen Stickereien. Ich steckte in der Klemme, das war klar, obwohl ich eigentlich nichts Böses getan, nur einen Schlüssel ausgeliehen und mich an meinen Treueschwur gehalten hatte.

Auf das Etikett der Weinflasche hatte jemand mit Kugelschreiber Zahlen geschrieben. Ob das ein Haltbarkeitsdatum war? Konnte eine angebrochene Flasche nach einer bestimmten Zeit nicht mehr in das Blut Christi verwandelt werden? Hatte alles seine Grenze und war die ewige Verdammnis auch nur eine leere Drohung?

Ich packte die Flasche, zog den Korken heraus und probierte einen Schluck. Das Zeug schmeckte scheußlich. Danach testete ich die Hostien. Sie klebten am Gaumen, wie eine dünne Haut. Dennoch hätte ich mich am liebsten an ihnen satt gefressen und den Kirchwein gesoffen, damit mir Hören und Sehen verging. Aber ich konnte es nicht. Ich wollte hören und sehen, was Mück und sein großer Bruder in der Kirche anstellten. Der Stachel im Hohlraum meines Inneren wuchs, meine verborgene Verruchtheit breitete sich aus, meine heimliche Gier nach der Sünde war so mächtig, dass ich nicht widerstehen konnte.

Durch die hohen Fenster fiel Abendlicht in den Kirchenraum und alles lag im Dämmer, wie unter einer Staubschicht. Ein einzelner Lichtstrahl fiel auf eine Station des Kreuzwegs. Wenn ich mich nicht irrte, war es die Station, wo Jesus zum ersten Mal einen Schwächeanfall erlitten hatte, aber sicher war ich mir nicht.

Rechts von mir befand sich der Hochaltar mit dem Tabernakel. Die kleine hölzerne Tür zum Allerheiligsten stand offen. Sie hatten den Kelch mit den Hostien herausgeholt, sich versündigt und wahrscheinlich davon gegessen. Das Altartuch war voller Wachs. Unter jeder Kerze lag es wie feines Mehl.

Im Mittelgang wehte mir der unverwechselbare Geruch frischer Schweinescheiße entgegen. Der Gestank kam von dem Platz unterhalb der Orgelempore, wo in einem hölzernen Kasten die Gebetbücher aufbewahrt wurden. Ich schlich weiter. Links und rechts von mir streckten sich die hölzernen Bankreihen, die morgen überfüllt sein würden. Auf den Sitzen lagen Zettel mit den Familiennamen der Angehörigen. Die Schoepmanns würden ziemlich weit vorn sitzen. Der Gestank der Scheiße wurde von Reihe zu Reihe heftiger.

„Du Idiot! Warum bist du nicht in der Sakristei geblieben?"

Die Stimme rollte drohend durch den Raum. Sie war so verzerrt, dass ich nicht wusste, von wem sie stammte und wo sie herkam.

„Jetzt bist du auch dran!"

„Was macht ihr denn?"

„Wir haben die Gebetbücher mit Scheiße eingeschmiert. Der Rest des Beutels liegt im Beichtstuhl. Das wird eine schöne Schweinerei, wenn sich bei der nächsten Beichte jemand setzt."

„War es das jetzt? Seid ihr fertig?"

„Wir haben die Kerzen angesägt. Wenn sie angezündet werden, fallen sie runter, kokeln das Altartuch an und wenn niemand aufpasst, schmort der Altar. Das alte Holz brennt bestimmt wie Zunder."

„Was wollt ihr denn noch?"

„Wir haben die Messdienerglöckchen zum Schweigen gebracht. Ging ganz einfach."

„Dann lass uns abhauen!"

„Noch nicht."

Endlich erkannte ich Mücks Bruder. Er lehnte als düstere Schattenfigur am Beichtstuhl.

„Das wichtigste kommt ja noch! Los." Er sprach zu Mück, der hinter ihm aufgetaucht war. „Zeig es ihm!"

Mück ging in die Ecke, wo sich das Ewige Licht befand. Er musste einen Hocker holen, weil die Lampe ziemlich hoch hing. Ich ahnte, was er vorhatte und bekam es mit der Angst zu tun. Das Ewige Licht durfte Mück nicht anrühren. Es musste immer brennen und war ein Zeichen der Ewigkeit. Wenn es ausging, würde etwas Furchtbares geschehen. Gott in seiner Dreifaltigkeit sah ja alles. Er würde uns strafen. Ein Gewitter würde aufziehen, ein Blitz die Kirche treffen und alles in Schutt und Asche legen.

Mück war auf den Hocker geklettert und hatte den gläsernen Schutzschirm über dem kleinen Flämmchen hochgeschoben. Das Ewige Licht flackerte ängstlich bei jedem seiner hastigen Atemzüge.

„Mach schon!“, befahl sein Bruder.

„Tu’s nicht!“, rief ich dazwischen.

Ich hatte Angst vor Gottes Strafgericht und gleichzeitig das Gefühl, diese Angst ein für alle Mal abschütteln zu können. Was war, wenn Gott tatenlos zusehen musste, wie sein Haus entweiht und das Ewige Licht einfach ausgeblasen wurde? Ich wagte nicht, mich zu rühren, sah, wie Mück das Ewige Licht auspustete, erwartete den Zorn Gottes, einen Blitz, ein drohendes Donnergrollen wenigstens, aber nichts geschah. Die Sonne blinzelte durch das Kirchenfenster mit dem Bild des heiligen Hubertus, der nachsichtig zu lächeln schien. Wie konnte Gott sich das gefallen lassen. War der Allmächtige in Wirklichkeit ohnmächtig?

Mück hatte noch immer nicht genug. Er stellte sich vor das Taufbecken und öffnete die Hose. Anscheinend wollte er seinem Bruder beweisen, dass er vor nichts zurückschreckte. Er drückte die Haut über seinem Pimmel zusammen, um den Druck zu erhöhen, ließ plötzlich los, der Strahl schoss in hohem Bogen aus ihm heraus und landete punktgenau im Becken. Das Taufwasser plätscherte vergnügt. Mück schloss die Hose und sein Bruder lachte.

„So. Das wäre erledigt!“

Wir verließen die Kirche. Mücks Bruder schloss die Sakristeitür und übergab mir den Schlüssel. Dann zogen sie ab. Mück schob sein Rad mit einer Hand. Es sah gekonnt und ziemlich lässig aus. Keiner der beiden drehte sich zu mir um.

Mama war in heller Aufregung, als ich zu Hause ankam. Zum Glück war es nicht wegen des Schlüssels.

„Wo warst du die ganze Zeit?“

„Unterwegs.“

„Wo unterwegs?“

„Ich wollte allein sein.“

„Wir haben schon gegessen."

„Ich hab sowieso keinen Hunger."

„Dann geh baden. Aber lass die Unterhose an."

Ich ging ins Bad, drehte den Wasserhahn auf und brachte zuerst den Kirchenschlüssel an seinen Platz zurück. Dann stieg ich in das heiße Wasser. Ich seifte mich mehrmals ein und schrubbte mich am ganzen Körper mit einer harten Bürste ab. Ich blieb so lange in der Wanne, bis das Wasser kalt wurde und meine Hände wie Hühnerfüße aussahen. Dennoch fühlte ich mich schmutzig.

Durch meine Schuld, dachte ich, durch meine Schuld, durch meine übergroße Schuld, habe ich am Tag meiner ersten Beichte gesündigt vor Gott und den Menschen. Ich habe der Neugier nachgegeben und Neugier ist Sünde, weil sie eine Form der Gier ist. Neugier ist schlimmer als Fressgier, denn sie hat ihren Ursprung im Kopf. Die Erbsünde lässt sich nicht tilgen. Die Ewigkeit dauert länger als ein Leben. Nach dem, was geschehen ist, werde ich niemals wieder das Gefühl der Unschuld haben!

Im Schlafanzug sagte ich gute Nacht und verkroch mich ins Bett. Ich lag lange wach und dachte an das, was in der Kirche passiert war. Mir brach der Schweiß aus. Ich öffnete das Fenster, warf alle Decken auf den Boden, bis mir kalt wurde, ich mich wieder zudeckte und zu ersticken glaubte.

„Bist du nervös?", fragte mein Bruder.

„Blödsinn."

„Ich war ziemlich nervös bei meiner Kommunion."

„Echt?"

„Ja. Aber nur wegen der Geschenke."

Er drehte sich um, schlief augenblicklich ein und ich hörte seine regelmäßigen Atemzüge.

Vater brachte mich am nächsten Morgen mit dem Traktor zur Kirche. Ich hatte die Kombination an. Das Gummiband der Fliege war zu eng und schnürte mir den Hals zu. Ich saß wieder auf dem Notsitz des Lanz und klammerte mich an der Haltestange fest, um nicht abzurutschen. Das Auto war nicht angesprungen, deshalb hatte Vater den Lanz nehmen müssen. Allerdings wollte er nicht nur meinetwegen zur Kirche fahren, sondern die Gelegenheit nutzen, um die jungen Stiere zu den Feuchtweiden im Bruch bringen. Deshalb hatte er den Viehkarren angehängt.

Als wir ins Dorf einbogen, spielte einer der Stiere verrückt, trat die Klappe des Wagens ein und die Tiere stürmten auf die Straße. Autos hupten. Leute schrien. Vater sprang vom Lanz und brüllte, ich solle ihm helfen, die verdammten Viecher einzufangen. Die jungen Stiere rannten mit hoch erhobenen Schwänzen die Dorfstraße entlang in Richtung Kirche. Ich saß noch immer auf dem Notsitz und rührte mich nicht von der Stelle. Es kümmerte mich nicht, was mit Vater und den Stieren los war. Ich hatte etwas anderes gesehen. Mit offenem Mund starrte ich in den Himmel. Er hatte sich geöffnet und eine dunkle Wolke schwebte auf den Kirchturm zu.

Es war ein unglaublicher Anblick. Die Wolke verdichtete sich und nahm die Form eines riesigen Hinterns an. Je näher sie der Kirche kam, umso dunkler wurde sie. Als sie sich über der Kirchturmspitze befand, war sie pechschwarz. Dann öffnete sie sich und es regnete Scheiße. Das ganze Gotteshaus wurde zugeschissen, bis nicht einmal mehr der Hahn auf der Kirchturmspitze zu erkennen war.

Die Kombination hing über der Stuhllehne. Davor lag das frisch gebügelte Hemd mit der Fliege. Sogar die Schuhe hatte Mama für mich geputzt, weil ich das am Abend vergessen hatte. Ich ging nach unten, wusch mir das Gesicht, putzte die Zähne und zog mich an. Der seltsame Traum wollte mir nicht aus dem Kopf gehen. Die Sache mit Mück hatte sich anscheinend noch nicht herumgesprochen, denn ich hörte Mama in der Küche Kirchenlieder singen.

Eine Stunde später nahmen wir vor dem Pastorat in Zweierreihen Aufstellung. Die Jungs in dunklen Anzügen oder

Kombinationen, die Mädchen in weißen Kleidern, Schleifen im Haar. Seligmann stand an der Spitze des Zugs. Er machte ein ernstes Gesicht, während er die Schar seiner Erstkommunikanten musterte. Im Bistum war man auf ihn aufmerksam geworden und er wusste, dass sein Leben sich bald ändern würde. Er streckte die Hände gen Himmel, als wollte er göttlichen Beistand erflehen.

Wir wollten uns gerade in Bewegung setzen, als Mück aufkreuzte. Er hatte seinen neuen Anzug an. Sein Haar war noch feucht. Er drängte sich neben mich.

„Im letzten Augenblick dem Teufel von der Schippe gesprungen", keuchte er.

„Und wie?"

„Notbeichte. Gestern Abend war Seligmann bei uns. Er hat von der Sache Wind bekommen und sich auf den Weg gemacht, ein verirrtes Schäfchen zu retten, wie es sich für einen guten Hirten gehört. Er hat es im Bad gemacht und sich dabei auf die Klobrille gesetzt. Ich saß auf dem Wannenrand und durfte nicht zu ihm rübergucken. Er hat sich alles angehört und mich von meinen Sünden freigesprochen. Zur Buße musste ich mit ihm den Dreck in der Kirche beseitigen."

Die Glocken hämmerten die Luft und unser Zug setzte sich in Bewegung. Neugierige standen am Straßenrand. Ich erkannte Mücks großen Bruder. Er hatte die Sporttasche mit dem Emblem der Borussia umgehängt und machte das Siegeszeichen. Mück hatte die Hände gefaltet und spielte wie gewöhnlich den Unschuldsengel. Wir wurden von älteren Messdienern eskortiert, die Kerzen auf langen Stielen balancierten. Das kurze Wegstück zur Kirche war mit rot-weißen Fähnchen beflaggt. Das Hauptportal stand weit offen und ich konnte die Orgel hören. Als wir näher kamen, roch ich noch immer keine Schweinescheiße. Wir stiegen gemessenen Schrittes die Treppenstufen hinauf und zogen ehrfurchtsvoll durch den Mittelgang. Weihrauchschwaden nebelten uns ein. Die Bankreihen waren bis auf den letzten

Platz gefüllt. Ich sah die Hinterköpfe meiner Eltern und Brüder. Niemand von ihnen wandte sich um. Begleitet von den ohrenbetäubenden Jubelakkorden der Orgel sangen sie mit der gesamten Gemeinde das Te Deum.

Ein heiliger Schauder lief mir über den Rücken. Das Ewige Licht leuchtete und auf dem Hochaltar brannten die Kerzen, als wäre nichts gewesen.

TRÄNEN

Ich hatte gerade eine hundertprozentige Chance vergeben, als die blöde Mareike an der Fußballwiese vorbeikam. Sofort brüllte jemand „Spielstopp!“ und alle rannten zum Zaun, um sie zu begaffen und zu verspotten. Sie spielte die große Dame, trug einen kurzen Rock, ein enges Oberteil und Stöckelschuhe, sodass sie auf Stelzen zu gehen schien. Sie interessierte sich nicht für uns, schaute geradeaus und stöckelte vorbei, kerzengerade aufgerichtet, während wir uns die Kehlen heiser schrien.

„Mareike voll der Güten, komm zeig uns deine Tüten! Mareike voll der Güten, komm zeig uns deine Tüten!“

Die blöde Mareike reagierte nicht auf das schamlose Gegröle, schritt unbeirrt weiter und verzog keine Miene, als sie von den unterschiedlichen Duftmarken der Höfe umweht wurde. Beim Leichennachbarn stank es nach Schwein, dann kam der Spermageruch des Mastbullenzüchters, und am Ende der Dorfstraße erwartete sie der weiße, staubige Gestank federloser Hühner.

„Mareike voll der Güten, komm zeig uns deine Tüten!“

Die blöde Mareike war außer Sichtweite, das Gebrüll hörte mit einem Schlag auf und das Spiel ging weiter, allerdings ohne mich. Ich musste unbedingt mit der blöden Mareike reden. Ich hatte es mir schon lange vorgenommen, mich aber nie getraut. Jetzt musste es sein.

Ich kletterte über den Zaun und rannte los. Kurz vor der Bushaltestelle holte ich sie ein. Sie fuhr täglich mit dem Bus in die Kleinstadt, wo sie niemand kannte und keiner ihre Tüten sehen wollte.

Die blöde Mareike war weder dick noch dünn. Sie machte manchmal ein schiefes Gesicht wegen ihrer Hasenscharte.

Ihr Haar war kurz und struppig, aber ansonsten sah sie ganz passabel aus.

Als sie mein Keuchen hörte, blieb sie stehen. Mit einer Hand griff sie in die Tasche, die von ihrer rechten Schulter herabhing und drehte sich langsam zu mir um. Ihr Gesicht war seltsam verzerrt und ihre Lippen wegen der Hasenscharte dick bemalt.

Sie riss ihren Mund auf und zeigte ihre großen Zähne, wie eine in die Enge getriebene Ratte. Und dann sah ich das Messer in ihrer rechten Hand. Es war ein Küchenmesser mit hölzernem Griff und verrosteter Klinge.

„Was willst du?", fragte sie drohend.

„Mit dir reden."

„Warum?"

„Weiß nicht. Einfach so!"

„Wir haben schon geredet!"

„Aber nicht über alles."

„Über alles kann man gar nicht reden. Das ist viel zu viel!"

Die blöde Mareike sah mich mit ihren großen, schwarz umrandeten Augen an, und die Hand mit dem Messer verschwand in der Tasche. In diesem Augenblick kam der Bus. Der Fahrer hielt und winkte der blöden Mareike zu. Als sie nicht reagierte, fuhr er weiter.

„Jetzt hast du den Bus verpasst."

„Macht nix. Ich nehme den nächsten. Dann sitzt vielleicht der richtige Busfahrer drin."

„Gibt es richtige und falsche Fahrer?"

„Klar. Überall gibt es richtig und falsch."

„Und der war falsch?"

„Ja. Er schaut mich an, als wäre ich ein Tier."

„Wohin fährst du überhaupt?"

„Nirgendwohin."

„Du fährst einfach so? Ohne Ziel?"

„Ich bleibe im Bus sitzen, bis er wieder hierher zurückkommt. Manchmal mache ich auch zwei Runden. An Werktagen darf ich so lange mitfahren, wie ich will. Außerdem kennen mich die Fahrer. Bei dem richtigen Busfahrer darf ich sogar vorne sitzen."

„Und das macht Spaß?"

„Was soll ich denn sonst machen? Ich kann doch nicht warten, bis was passiert."

„Was soll denn passieren?"

„Weiß nicht. Irgendwas Schönes. Schämst du dich eigentlich nicht?"

„Warum?"

„Weil du mir am helllichten Tag nachgerannt bist. Die anderen haben dich doch gesehen!"

„Na und?"

„Du bist mir vielleicht einer!" Die blöde Mareike lachte und hielt die Hand vor den Mund.

„Lass uns zum Teich gehen", schlug ich vor.

Ich ging mit der blöden Mareike zum Teich und es war mir egal, ob jemand uns sah. Ich hatte keine Ahnung, wie ich mit ihr umgehen sollte und wusste nicht, wie nah ich ihr kommen durfte. Aber ich hatte keine Angst vor ihr und dem rostigen Messer. Sie sah mich nicht an, während sie neben mir herging. Sie tat so, als wäre ich gar nicht da. Vielleicht war ich für sie tatsächlich nicht da. Vielleicht lebte sie in einer eigenen Welt, wo es mich nicht gab.

Wir bogen vor dem Aussiedlerhof auf einen Feldweg ab, mussten an Treibhäusern mit Plastikfolien vorbei und ein Stück durch die Äcker, denn der Teich lag mitten im Feld. Es war kein richtiger Teich. Es wuchsen dort kein Schilf und keine Seerosen, nur Gebüsch und Brennnesseln. Es lebten auch keine Fische oder Frösche in dem Teich, obwohl er so tief war, dass man nicht auf seinen Grund sehen konnte. Dort lagen angeblich Waffen, die die Dorfbewohner zusammen mit ihrem schlechten Gewissen bei Kriegsende versenkt hatten.

Unter einem Holunderbusch breitete ich meinen Pullover auf dem Boden aus. Die blöde Mareike setzte sich. Ich blieb vorsichtshalber stehen. Sie streifte ihre hochhackigen Schuhe ab, riss ein Büschel Gras aus und bürstete damit den Staub vom Leder. Als sie fertig war, hielt sie sich die Schuhe unter die Nase und schnüffelte daran. Dann zog sie die Knie an die Brust, umfasste sie mit ihren Armen und wiegte sich eine Weile. Über die ölige Oberfläche des Teichs huschten Wasserflöhe. Sonst war es still.

„Warum hast du ein Messer bei dir?"

„Blöde Frage. Meinst du, ich geh irgendwo Kartoffeln schälen?"

„Warum dann?"

„Wegen der Jungs natürlich. Wenn sie mir zu nahe kommen, nehme ich das Messer."

„Ist dir das schon mal passiert?"

„Schon oft."

„Und dann?"

„Das Messer."

„Bei wem brauchst du es denn?"

„Bei allen. Sie kommen aber nur, wenn es dunkel ist. Sie wollen nicht gesehen werden. Sie sind feige und gemein. Anders als du."

„Woher willst du das wissen?"

„Du bist am helllichten Tag über den Zaun gesprungen und mir nachgerannt. Das würden die anderen nie tun."

Ich war mir plötzlich sicher, dass die blöde Mareike im Grunde gar nicht so blöd war, wie alle sagten, auch wenn sie eine Hasenscharte hatte, nicht christlich getauft war und die Hilfsschule besuchte.

„Da unten sollen Waffen liegen", sagte ich. „Wenn du willst tauche ich und besorge dir eine Pistole. Dann brauchst du das rostige Messer nicht mehr."

„Hast du auch Munition?"

„Nein."

„Was soll ich mit einer Pistole ohne Munition?"

„Ich könnte sie vielleicht besorgen."

„Vielleicht ist meistens gelogen."

„Aber ich könnte es."
„Woher denn?"
„Weiß nicht. Von meinem Patenonkel vielleicht. Der ist Jäger."
„Außerdem ist es zu gefährlich. Du könntest ertrinken. Ich kann nicht schwimmen."
„War ja nur so eine Idee", sagte ich kleinlaut.
„Setz dich", befahl die blöde Mareike, die tatsächlich nicht so blöd war. Wenn sie mich mit ihren großen Augen ansah, fühlte ich mich durchschaut. Ich ging in die Hocke, etwa einen halben Meter von ihr entfernt, sodass ich sie riechen konnte. Ich tastete den Boden nach Steinen ab und warf sie ins Wasser. Ich wusste nicht, was ich sagen sollte und war froh, wenn ich Steine fand, die ein Geräusch im Wasser machten. Mareike roch nach Pferd, aber nicht unangenehm.
„Gehst du oft zum Reiterhof?", fragte ich.
„Jeden Tag."
„Und was machst du da? Triffst du da Lichtpferde?"
„Blödsinn. Lichtpferde gibt es nur in den Augen, nicht in Wirklichkeit."
„Was machst du dann?"
„Misten. Misten tu ich am liebsten. Dann bin ich mit den Pferden allein im Stall. Ich mag das. Sie schnaufen, wenn ich sie berühre. Sie haben wunderbare Augen. Ich könnte sie stundenlang streicheln." Sie strich sich mit den Fingern der rechten Hand zärtlich über ihren linken Unterarm.
„Reitest du auch?"
„Nein. Reiten ist Überheblichkeit. Nur Angeber reiten."
Ein Flugzeug zeichnete eine weiße Linie in den Himmel, und ich fragte mich, ob man uns von dort oben sehen konnte.
„Der richtige Busfahrer hat übrigens vor Jahren ein Mädchen überfahren", sagte Mareike leise. „Jedes Mal, wenn wir an der Stelle vorbeikommen, wo es passiert ist und niemand sonst im Bus ist, hält er an, legt den Kopf auf das große Lenkrad und fängt an zu weinen. Das ist schön!"

„Und dann?“

„Nichts und dann. Er weint und irgendwann wischt er sich die Tränen aus dem Gesicht und fährt weiter.“

„Und das findest du schön?“

„Ja. Weinen ist schön. Schöner als Lachen jedenfalls. Man muss es aber wollen. Es darf einen nicht überrollen.“

„Du kannst mit Absicht weinen?“

„Ja. Vor allem, wenn ich bei den Pferden bin. Und du? Weinst du auch?“

„Manchmal.“

„Warum?“

„Weiß nicht. Manchmal ist eben alles zum Heulen.“

„Und wie schmecken deine Tränen?“

„Wie sie schmecken? Weiß nicht. Nach Rotze nehme ich an.“

„Schmecken sie bei dir immer gleich?“

„Bei dir etwa nicht?“

„Meine Tränen schmecken ganz unterschiedlich. Lachtränen wie dünne Limonade. Nachttränen nach Brotkrümeln. Schamtränen sind süß-sauer. Nur die Trauertränen schmecken echt. Außerdem brennen sie im Hals, wenn man schluckt.“

„Und du kannst wirklich auf Kommando weinen?“

„Ich weine, wenn ich will. Jederzeit! Es klappt nur vom Wollen her. Aber es kommen dann immer Trauertränen. Mein Gesicht fängt an zu brennen und ich bekomme ein Gefühl dafür, wer ich eigentlich bin.“

„Und wer bist du?“

„Mareike“, sagte sie und lachte. „Wer denn sonst? Und du?“

„Ich weiß nicht.“

„Was ist denn aus deinen Gelben Wundern geworden?“

„Nichts“, sagte ich. „Die wachsen anscheinend nur im Garten der Nachbarin.“

„Du darfst nicht aufgeben. Wir brauchen Hoffnungsschimmer, sonst sind wir verloren.“

Ich vergaß die Zeit, während ich mit Mareike unter dem Holunderbusch saß und sie mir ihre Geschichten vom Weinen erzählte. Vor allem mit Tränen kannte sie sich aus. Besser als jeder andere. Sie meinte, ihre Tränen würden nicht nur ganz unterschiedlich schmecken, sondern auch in verschiedenen Teilen ihres Körpers produziert. Manchmal würden nur die Augen oder der Bauch weinen. Das tat dann weh. Und nur wenn das Herz weinte, entstanden die großen Trauertränen.

„Hättest du Lust, irgendwann mit mir zu weinen?", fragte sie. „Weinen ist bestimmt besonders schön, wenn man es nicht allein macht."

Der Bus kam. Mareike sprang auf, packte ihre Schuhe und rannte querfeldein zur Straße. Sie winkte dem Busfahrer zu, die Schuhe in den Händen. Es sah lustig aus. Ich schnappte meinen Pullover und rannte ihr nach, zum zweiten Mal an diesem Tag. Die Tür des Busses schloss sich zischend vor meiner Nase und ich sah gerade noch, wie Mareike neben dem Busfahrer Platz nahm. Eine dunkle, ätzende Dieselwolke trieb mir die Tränen in die Augen.

Ich hatte mich freiwillig für den nächsten Sonntag als Ministrant gemeldet und war sogar als Lektor eingeteilt worden. Wenn ich meinen Dienst am Herrn in Frömmigkeit und Demut verrichtete, verzieh der liebe Gott mir vielleicht, dass ich unschamhaft war und manchmal an Mareike dachte. Ich wollte das nicht beichten, weil Mareike nicht getauft war und ich vielleicht dieselben Schwierigkeiten bekommen würde wie Mück. Zudem sparte ich Geld für Emilie, mein afrikanisches Patenkind. Das müsste Buße genug sein.

„Jakopp", sagte Mama. „Ich bin sehr stolz, dass du heute die heiligen Worte verlesen wirst. Denk daran: Langsam und deutlich sprechen, damit dich alle verstehen! Du machst das bestimmt besser als der Seligmann!"

Ich ging nicht durch den Kuhstall, damit ich den Gestank nicht annahm, radelte durch den Morgen, atmete die frische

Luft ein und erhöhte das Tempo, sobald Mareikes Gestalt am Rand meiner Gedanken auftauchte. Als ich bei der Kirche ankam, war es noch viel zu früh. Fräulein Schwarz, die Küsterin, schloss gerade auf. Sie machte ein strenges Gesicht, wie immer, aber dahinter verbarg sich ein mildes Lächeln, das sie nicht zeigen konnte.

Ein Spatz hatte sich im hohen Kirchenraum verirrt. Hektisch flog er immer wieder dem Licht entgegen, traf aber nur auf die bleiverglasten Fenster. Schließlich ließ er sich erschöpft auf der Spitze des Altars nieder und japste mit offenem Schnabel. Für ihn musste die Kirche ein riesiger, dunkler Käfig sein, aus dem es kein Entkommen gab.

Die ersten Gottesdienstbesucher erschienen, ich machte eine Kniebeuge und ging in die Sakristei, um mir die Messdienersachen anzuziehen und den Lesungstext zu studieren, damit ich mich nachher nicht blamierte und Mama stolz auf mich sein konnte. Fräulein Schwarz drückte einen Knopf und schaltete die großen Glocken ein, die dröhnend zum Kirchgang riefen.

Normalerweise war Pastor Seligmann die Pünktlichkeit in Person, aber nach dem Ende des Läutens war er noch immer nicht da. Fräulein Schwarz wurde von Minute zu Minute nervöser, während aus dem Kirchenraum das lauter werdende Räuspern und Hüsteln der Gläubigen zu hören war. Der Organist spielte eine leise Melodie, die sich immer wiederholte. Dann schlug es die volle Stunde und das Hochamt hätte eigentlich beginnen müssen. Aber Pastor Seligmann war immer noch nicht eingetroffen. Minuten später kam ein Mann vom Kirchvorstand in die Sakristei. Er knetete den Klingelbeutel zwischen seinen Händen.

„Was ist los?", fragte er. „Warum fangen wir nicht an?"

„Der Pastor ist nicht da", stammelte Fräulein Schwarz. „Ich weiß nicht, was mit ihm ist. Abgemeldet hat er sich auf jeden Fall nicht."

„Vielleicht hat er verschlafen."

„Verschlafen? Das glaub ich nicht!"

„Jakopp", wandte sich der Mann an mich. „Lauf mal schnell zum Pastorat hinüber und sieh nach, was los ist. Aber renn nicht durch den Kirchenraum. Die Leute sind schon aufgeregt genug."

Der Wind bauschte meinen weißen Überwurf und ich kam mir vor wie ein Engel, der eine wichtige Botschaft zu überbringen hat. Als ich vor der Pastoratstür stand, war ich außer Atem. Der Schlüssel steckte, aber ich drückte trotzdem den Klingelknopf und wartete. Nichts geschah. Ich trat näher an die Tür heran und horchte. Nur die Orgelklänge aus dem Kirchenraum waren zu hören. Im Pastorat war es still, unheimlich still. Ich streckte meine Hand aus und drehte den Schlüssel um. Er fühlte sich weich an, als wäre er aus Wachs. Ich trat in den Flur, roch die staubige, abgestandene Luft, das Bohnerwachs, sah die dunklen Regenjacken an den Haken, die Bücher mit den schweren, gewellten Ledereinbänden in den Regalen. Ich konnte auch das Gemüse riechen, das am Vortag gekocht worden war, aber ich spürte vor allem die seltsame Stille und hörte das bedrohliche Ticken der großen Standuhr.

„Hallo, ist da jemand?"

Eine Maus huschte durch den Flur und verschwand unter einer Tür, sonst rührte sich nichts und doch war jemand da, im oberen Teil des Hauses, das spürte ich. Ich stieg die Treppe hinauf, schlich über einen zerschlissenen roten Läufer, der mit goldenen Stangen befestigt war und der meine Schritte dämpfte. Als ich oben war, stand ich vor einer braunen Holztür, in die Quadrate eingearbeitet waren. Auch hier steckte der Schlüssel. Ich klopfte und lauschte, konnte aber nichts hören.

„Hallo. Ist jemand da?"

„Na endlich!" Es war Vermeuhlens Stimme. „Ich dachte schon, ihr hättet mich total vergessen und ich müsste hier verschimmeln."

Ich wollte die Tür öffnen, sie war abgeschlossen. Ich drehte den Schlüssel um und sah den alten Vermeuhlen auf der

Bettkante sitzen. Seine verschrumpelten Füße hingen herab und in seinem langen Nachthemd sah er aus wie ein Gespenst. Er stieß sich an der Bettkante ab, landete auf seinen wackeligen Füßen, kam zur Tür und nahm mir den Schlüssel aus der Hand.

„So", sagte er trotzig. „Mich schließt so schnell keiner mehr ein!"

„Wer hat das denn gemacht?"

„Wer schon? Der verdammte Seligmann natürlich!"

„Und warum?"

„Weil dieser Halunke gestern Abend mit der Haushälterin getürmt ist. Dem ist die Sache zu heiß geworden. Und damit ich ihn nicht verraten kann, hat er mich kurzerhand eingeschlossen, der Schweinehund."

„Wer soll denn jetzt das Hochamt abhalten?" Ich dachte an den Text der Lesung, den ich beinahe auswendig konnte.

„Ich natürlich."

„Schaffen Sie das denn?"

„Allein nicht, aber mit Gottes Hilfe geht alles. Sag den Leuten, dass ich gleich zur Stelle bin!"

Ich hatte fehlerfrei gelesen, und der alte Vermeuhlen hatte bei den Fürbitten Gott um Verzeihung für die frevelhaften Taten eines seiner Hirten gebeten. Alle schauten sich vielsagend an und noch während des Gottesdienstes verbreiteten sich die ersten Gerüchte. Allgemein war man der Ansicht, Seligmann hätte seine Haushälterin geschwängert, den Opferstock geplündert und sich mit dem verruchten Weibsstück aus dem Staub gemacht.

Als die Gläubigen die Kirche verließen und ich die Kerzen löschte, fand ich den Spatz. Er war tot. Wahrscheinlich war er vor Aufregung gestorben oder der Gesang hatte ihm den Garaus gemacht. Ich steckte den Leichnam in meine Hosentasche, damit ich ihn später im Misthaufen begraben konnte.

Auf dem Kirchplatz standen die Gläubigen in Grüppchen zusammen und redeten. Sie wirkten ratlos und verwirrt – wie Anhänger eines soeben abgestiegenen Fußballclubs.

Ein paar Tage später sickerte durch, was der wahre Grund für Seligmanns Flucht war. Jemand vom Bistum war ihm auf die Schliche gekommen. Beim Studium seiner Akte hatte man Unregelmäßigkeiten festgestellt und weitere Nachforschungen hatten ergeben, dass Seligmann gar nicht Theologie studiert hatte. Er war auch nie zum Priester geweiht worden. Er hatte sich das Amt erschlichen. In den Wirren der letzten Kriegsmonate hatte er sich falsche Papiere besorgt, weil er Halbjude war und fürchten musste, in ein Konzentrationslager verschleppt zu werden. Von einer schwangeren Haushälterin war keine Rede mehr.

„Halbjude." Mama sprach dieses Wort aus, als wäre man als Halbjude nur ein halber Mensch oder eine halbe Portion. „Ich habe ja schon immer gesagt, dass mit dem was nicht stimmt."

„Ja. Das hast du."

„Und dann besitzt der auch noch die Dreistigkeit, sich einen solchen Namen zu geben. Seligmann! Das schreit doch zum Himmel. Und wir waren so blöd, auf diesen scheinheiligen Scharlatan hereinzufallen!"

Sie saß am Küchentisch und wischte immer wieder mit der rechten Hand über das Wachstischtuch. Das selbstgebackene Brot war misslungen. Die Scheiben hatten in der Mitte ein Loch. Die Butter hatte ihre Form verloren und auf dem Unterteller mit der Marmelade tummelten sich Fliegen. Wenn eine Fliege in Mamas Reichweite kam, schlug sie unbarmherzig zu.

„Und jetzt? Was machen wir jetzt?"

„Abwarten", sagte Vater. „Es bleibt uns wohl nichts anderes übrig."

„Und wenn einem was passiert? Kannst du das verantworten?"

„Was soll denn passieren?"

„Es kann immer was passieren. Ich will nicht, dass unsere Kinder in die Hölle kommen!"

„Wer will das schon?"

„Du hast gut reden. Du bist ja nicht von diesem Herrn Seligmann getauft worden. Außerdem pilgerst du zur Buße jährlich nach Kevelaer. Aber hast du auch mal an unsere Kinder gedacht? Die sind nicht richtig getauft worden. Denen klebt die Erbsünde noch auf der Seele. Von der Kommunion will ich erst gar nicht reden."

„Und die Negerkinder, zu denen nie ein Missionar gekommen ist? Meinst du, die wären alle verloren und ewig verdammt? Die können doch nichts dafür, dass sie irgendwo geboren wurden, wo man nichts vom Erlöser weiß und weit und breit keiner da ist, der sie taufen könnte."

„Das ist was anderes."

„Wieso? Wir haben doch auch nicht gewusst, dass der Seligmann sich das Priesteramt erschlichen hat."

„Aber geahnt haben wir es. Ich jedenfalls. Die ganze Zeit habe ich es geahnt."

„Du und deine Ahnungen."

„Hab ich nicht gesagt, dass der komisch ist? Der hat doch gelesen, als ob er gar kein Latein könnte! Und was ist? Er konnte es nicht. Er wusste wahrscheinlich gar nicht, was die heiligen Worte bedeuten. Der hat nur geplappert und wirres Zeug gepredigt. Ich hol jetzt jedenfalls das Familienbuch. Ich will schwarz auf weiß sehen, wen der Seligmann alles auf dem Gewissen hat. Und dann fahr ich nach Münster, spreche mit dem Bischof und kläre die Sache."

„Der Bischof wird dem Kirchenvorstand sicher bald ein Schreiben zukommen lassen und alles aufklären."

„Und wenn es dann zu spät ist?"

„Wieso zu spät?"

„Weil eines unserer Kinder verunglückt ist."

„Fang nicht wieder davon an!"

„Wie kannst du das alles nur auf die leichte Schulter nehmen?"

„Mach ich doch gar nicht. Ich versuche nur, vernünftig zu sein."

„Vernunft. Du und deine Vernunft!", schrie Mama. „Vielleicht sind unsere Kinder manchmal so zänkisch und garstig, weil sie nicht unter dem schützenden Mantel der heiligen katholischen Kirche stehen. Weil sie noch Heiden sind!"

„Jetzt gehst du aber zu weit."

„Zu weit? Es geht um Glaube, Liebe, Hoffnung. Alles, worauf wir gebaut haben, bröckelt. Von wegen: *Fest soll mein Taufpult ewig stehn!* Wir haben auf Sand gebaut. Hast du das immer noch nicht begriffen?"

„Soll ich deshalb vielleicht nur noch Unsinn reden?"

„Ach, sag einfach gar nichts mehr, dann muss ich mich nicht so aufregen! Am besten, ich rufe meine Schwester an. Die ist schließlich Nonne und weiß sicher Rat."

Mamas Schwester hatte ich nur einmal gesehen, aber das war so lange her, dass ich mich nur an ihre schwarze Haube erinnern konnte, unter der ich eine Glatze vermutete. Sie lebte zurückgezogen in einem Schweigekloster, durfte den ganzen Tag kein Wort sagen und musste sich die Zähne mit Kernseife putzen. Zu meiner Erstkommunion hatte sie mir ein Patenkind geschenkt, das irgendwo in Afrika lebte. Es hieß Emilie, aber nicht in Wirklichkeit. Ihr wirklicher Name war unaussprechbar und deshalb hatte man ihr diesen Namen gegeben. Auf dem Bild sah sie sehr schwarz aus, hatte prächtige Locken, ein hübsches Gesicht und lächelte mich an. Ihr Bild hing neben meinem Bett, und manchmal schaute ich es mir lange an und stellte mir vor, wie es meinem Patenkind gerade ging. Durch meine Hilfe konnte sie das Schulgeld bezahlen und bekam täglich eine warme Mahlzeit. Das Geld verdiente ich beim Austragen der Kirchenzeitung. Von Griet bekam ich immer ein in Zeitungspapier eingewickeltes Fünfzigpfennigstück und wenn mir jemand Süßigkeiten zustecken wollte, erzählte ich von Emilie und bekam stattdessen Geld.

Seit der Sache mit Seligmann war Emilie für mich ziemlich wichtig geworden. Wenn ich allein war, erzählte ich ihr alles, was mich bedrückte. Ich hatte sonst niemanden. Mama sorgte sich nur um mein Seelenheil, kümmerte sich aber nicht um meine wirklichen Sorgen. Außerdem schien sich das Dorf verändert zu haben. Die Frauen sangen nicht mehr, wenn sie die Wäsche aufhängten und die Nachbarschaftshilfe funktionierte nicht mehr richtig. Jeder kramte vor sich hin und versuchte, seine Schäfchen ins Trockene zu bringen. Als Vater eine Maschine ausleihen wollte, wie er es immer getan hatte, musste er feststellen, dass der Nachbar eine neue Maschine angeschafft hatte, die sich nicht an unseren Traktor anhängen ließ.

Ich fuhr häufig zu Mück. Seine Familie hatte nichts mit Kirche und Landwirtschaft am Hut. Er war getauft worden und zur Kommunion gegangen, aber damit hatte es sich. Bei Mücks Eltern hing im Wohnzimmer eine Fototapete mit Meer und Palmenstrand. Zuerst fand ich das ziemlich lächerlich, genau wie die Blumen, die überall auf den Fensterbänken herumstanden. Aber mit der Zeit genoss ich die Tatsache, dass es Farben im Haus gab.

Mück lieh sich regelmäßig Bücher aus der Pfarrbibliothek aus, blöde Sachen über das Leben auf fernen Sternen und Krieg im Universum. Nur um ihm einen Gefallen zu tun, sah ich sie mir an und blätterte darin herum, ohne zu lesen. Und dann stieß ich auf das Foto, das Mück als Lesezeichen verwendete. Erst konnte ich es nicht glauben. Es war Emilie, mein Patenkind, nur dass sie einen anderen Namen hatte. Ich versuchte Mück davon zu überzeugen, dass es Emilies Zwillingsschwester sein musste, aber er lachte nur.

„Du bist vielleicht naiv! Glaubst du wirklich, du hättest ein Bild von deiner Emilie?“

„Wer ist es denn sonst?“

„Irgendjemand! Das ist doch der Trick. Die wählen ein hübsches, schwarzes Mädchen aus, fotografieren es, geben ihm hundert verschiedene Namen und kassieren die Kohle.“

„Aber das dürfen die doch nicht."

„Da kräht doch kein Hahn nach. Vielleicht gibt es das Mädchen gar nicht oder es ist schon vor Jahren an Typhus gestorben. Und du hast echt bezahlt?"

Ich nickte.

„Mein Gott, bist du blöd. Das ist doch Abzocke. Oder glaubst du, da gibt es irgendwo in Afrika ein Negerkind, das Emilie heißt und dein Geld bekommt. Das steckt sich alles die Kirche ein. Denk doch nur an Seligmann. Der hat doch auch alle nach Strich und Faden beschissen und bei mir so getan, als würde er mich von einer schweren Sünde freisprechen. Dabei war er selbst ein Sünder. Ich sag dir, die sind alle gleich."

„Und Gott?"

„Gott ist überall", sagte Mück und nahm ein Buch, auf dessen Umschlag das Universum abgebildet war. „Er ist allmächtig und kann alles machen, was er will. Aber Gott bescheißt niemanden!"

Auf dem Rückweg fuhr ich am Sandloch vorbei. Es gab nur einen holprigen Weg, der von Reitern benutzt wurde. Ich fuhr zu einer Stelle, an der Pinien wuchsen. Sie waren wie ein Schutzschild, und unter ihnen war die Erde von den heruntergefallenen Nadeln weich wie ein Kissen. Von hier aus konnte ich das Dorf überblicken. In der Ferne erkannte ich die Kirche des Nachbarorts, die ihren Turm wie einen mahnenden Zeigefinger in den Abendhimmel hob. Ich sah die Höfe links und rechts der Dorfstraße. Früher hatte ich gedacht, sie würden zusammen gehören und nichts könnte sie trennen. Jetzt duckten sie sich unter die Dächer, als würden sie sich schämen.

Lag es daran, dass Gott das Dorf verlassen hatte? Und wenn er weg war, wo war er hingegangen? Kam er irgendwann zurück oder mussten wir jetzt für immer ohne Gott leben? Mück hatte gesagt, Gott wäre überall. Dann konnte er nicht weg gegangen sein. Vielleicht versteckte er sich nur.

Kein Mensch war zu sehen und die Weiden waren verlassen. In den Ställen gingen die Lichter an. Alles war still. Nicht einmal ein Hund war zu hören. Ich beschloss, zur Kapelle zu fahren, obwohl es schon dunkel wurde. Von den anderen Jungs wusste ich, dass sie sich dort mit Mareike trafen.

Die Kapelle wirkte mit ihren weiß getünchten Wänden in der Dämmerung wie ein Grabmal. Wäre sie offen gewesen, ich hätte mich an das Glockenseil gehängt und Sturm geläutet, um Mareike anzulocken. Dann hätte ich ihre Hand genommen und wir wären gemeinsam in die Nacht hinein gegangen. Wir hätten uns einen stillen Platz gesucht und zusammen geweint.

Den Rücken an die gekälkte Wand der Kapelle gedrückt, stand ich da und blickte über die Felder zu den Höfen hinüber. Ich hörte etwas, das ich nicht hören wollte, rutschte an der Wand herunter und hockte mich auf den Boden. Jetzt war es nur noch ein Atmen, Keuchen und unterdrücktes Stöhnen. Das Gras zu meinen Füßen wurde regelmäßig gemäht, aber etwas weiter, unter den Bäumen und Sträuchern, durfte es wachsen, wie es wollte. Dahinter begannen die Koppeln des Reitstalls. Die weißen Zäune schimmerten durch die Hecke zu mir herüber. Hinter der Hecke war ein schmutziges Lachen zu hören und das Schnauben der Pferde. Etwas erschreckte die Tiere, denn plötzlich wieherten sie hell auf und galoppierten davon. Ich spürte das Stampfen der Hufe in meinem Hintern. Dann waren Stimmen da. Sie wurden deutlicher. Ein Stolpern, ein Tuscheln, ein gemeines Lachen aus drei Kehlen.

„Ich muss mal pissen“, hörte ich eine Stimme sagen. „Wenn ich gebumst habe, muss ich immer pissen. Am liebsten gegen eine Kirchenmauer.“

Ich sah eine Gestalt als Schattenriss, einen Burschen, der die Hose aufriss und gegen die Kapellenwand pisste, nur ein paar Meter von mir entfernt. Ich hielt den Atem an, aber der Pisser wandte seinen Kopf und entdeckte mich.

„Heh Leute!“, rief er. „Kommt mal her.“
„Was ist denn?“
„Kommt her. Ein Spanner. Der hat garantiert alles mitgekriegt.“
Dann waren sie da. Sie standen vor mir, ganz nah, sodass ich nicht wusste, wo ich hinschauen sollte.
„Meister“, sagte der Pisser. „Was machst du hier um diese Zeit? Du müsstest doch längst in deinem Bettchen liegen.“
„Ich warte auf Mareike“, sagte ich tapfer.
„Mareike? Die ist bedient für heute Abend. Da kannst du lange warten. Die muss sich erst mal erholen. Außerdem bist du viel zu jung für so was. Was machst du also hier?“
„Ich wollte mit Mareike reden.“
„Reden? Mach nicht auf harmlos! Komm, steh auf!“
Ich rappelte mich auf. Die drei traten noch näher an mich heran. Ich konnte ihre verschwitzten Gesichter riechen und sah ihre böse funkelnden Augen. Der Pisser packte meinen Pullover und drehte mir die Luft ab.
„Hör mal Bürschchen“, zischte er. „Wenn du jemandem erzählst, dass wir hier waren, kannst du was erleben. Wir schlagen dich tot. Hast du das kapiert? Wenn du jemals dein verdammtes Maul aufmachst, bist du tot!“
Der Pisser stemmte mich in die Luft und zog mich ganz nah an sein Gesicht heran.
„Ich sag nichts. Ich schwöre!“
Der Kerl stieß mich gegen die Wand und ich blieb benommen liegen.

Die Nacht war klar, die ersten Sterne zeigten sich. Von den Pferden war nichts mehr zu hören. Aber da war ein anderes Geräusch und ich wusste, dass es Mareike war, die dort irgendwo in der Dunkelheit hockte und weinte, ohne es zu wollen. Ich fand sie hinter der Hecke. Sie saß auf dem Boden, genauso, wie sie am Teich auf meinem Pullover gesessen hatte. Ihr Haar war verfilzt und aus ihrer Nase lief der Rotz. Die Schuhe standen neben ihr und sie hatte ihre Hände um die Knie geschlungen. Sie wippte vor und zurück, als könnte sie nie wieder ruhig sitzen.

„Ach, du bist das", sagte sie, ohne mich anzusehen. „Was machst du hier?"

„Ich habe dich gesucht."

„Warum kommst du so spät?"

„Ich habe an der Kapelle gewartet."

„Warum?"

„Weil ich gehört habe, dass man dich dort trifft."

„Warum bist du nicht eher gekommen?"

„Ich habe gewartet. Ich wusste nicht, dass du hier warst."

„Red nicht! Du hast es doch gehört", fiel sie mir ins Wort.

„Was?"

„Du hast es gehört, oder etwa nicht? Ohren wissen mehr als Augen."

Ich gab keine Antwort. Natürlich hatte ich es gehört. Aber sie waren zu dritt gewesen. Und deshalb hatte ich es nicht hören wollen.

„Wo hast du dein Messer?", fragte ich, um meine Feigheit nicht eingestehen zu müssen.

„Das Messer?" Mareike lachte. „Wenn es wirklich ernst wird, hilft kein Messer. Das Messer ist nur ein Spaß. Wenn es ernst wird, können einem nur andere Menschen helfen."

Sie sah mich an. Ihr Mund war verschmiert. Es sah aus, als hätte jemand ihre Lippen zerbissen. Die Hasenscharte leuchtete wie eine frische Wunde.

„Jetzt musst du gehen!"

„Warum?"

„Weil die anderen da waren." Sie schaute auf den Boden. „Ich muss hier weg, sonst sterbe ich."

„Wohin willst du denn?"

„Irgendwohin, wo es Lichtpferde, Hoffnungsschimmer und warme Herzen gibt. Aber sag niemanden was davon!"

„Versprochen."

„Versprich mir lieber, dass du wieder Gelbe Wunder aussäst. Und jetzt lass mich allein!"

Ich stand auf. Bevor ich mit meinem Fahrrad um die Ecke bog, drehte ich mich zu Mareike um. Sie saß verloren da und wippte, den Kopf auf die Knie gestützt.

Gott bescheißt niemanden, hatte Mück gesagt.

Gott bescheißt niemanden, dachte ich. Außer Mareike.

DIE INSEL

Ich saß hinten, neben den Zwillingen. Sie waren zwar ein Jahr jünger als ich, aber weil sie immer zu zweit waren, hatte ich keine Chance gegen sie. Gerade machten sie Furzgeräusche und taten so, als wäre ich der Urheber. Diese eineiigen Idioten hielten sich die Nasen zu, während ich das beschämende Klackern der fünf Konservendosen im Kofferraum hörte, die Mama mir für die drei Ferienwochen mitgegeben hatte.

Onkel Herbert freute sich, dass die Autobahn leer war, denn alle Welt hockte vor dem Fernseher. Tante Agathe starrte ins Nichts und gab nur widerwillig Antwort, wenn ihr Mann sie etwas fragte. Sie war eine eigenwillige Frau, die ein eigenes Schlafzimmer und Bad für sich beanspruchte. Wenn sie zu uns kam, ging sie in den Kuhstall und setzte sich mit ihren teuren Klamotten auf einen Melkschemel. Der Geruch und die vielen Fliegen machten ihr scheinbar nichts aus. Selbst als eine Kuh haarscharf an ihr vorbei an die Wand schiss, zuckte sie nicht mit der Wimper. Sie verstand sich ausgezeichnet mit Vater, was niemand aus der Familie begriff.

„Onkel Herbert."

„Ja?"

„Würde es dir was ausmachen, das Radio anzuschalten?"

„Warum?"

„Gleich beginnt das Endspiel."

„Ach ja?"

„Deutschland spielt gegen England. Es geht um die Weltmeisterschaft."

„Du interessierst dich für Fußball?"

„Na klar.“

„Das ist doch ein Proletensport.“

Ich sah das Gesicht meines Onkels im Rückspiegel. Es sah genauso aus, wie auf dem Wahlplakat, das er bei seinem letzten Besuch mitgebracht und mit einem dicken Filzstift unterschrieben hatte. Mama hatte das Ding hinter den Schrank geschoben, ihren Bruder einen Angeber genannt und gesagt, dass sie ihm ihre Stimme keinesfalls geben würde.

Das Endspiel hatte begonnen. Ich hörte die Kulisse. Auf dem Rasen wurde um jeden Zentimeter gerungen und ich kämpfte um jede Silbe, jedes zerrissene Wort, jeden zerhackten Satz, der aus den Lautsprechern knarzte. Es hörte sich nach Fußball an, es war zweifellos Fußball, die Übertagung aus dem Wembley-Stadion, aber je weiter wir uns von der Grenze entfernten, je tiefer wir in die Niederungen Hollands eindrangen, je näher wir der verfluchten Ferieninsel kamen, umso schwächer wurden die Signale, umso zerhackter waren die Worte des Reporters, bis es Onkel Herbert zu viel wurde. „Das ist akustische Folter“, sagte er und schaltete das Radio wieder aus.

„Aber es ist das Endspiel“, wandte ich ein.

„Jakob. Das ‚Endspiel‘ ist von Beckett.“

Tante Agathe klappte den Sonnenschutz herunter, um ihr Gesicht im Spiegel zu begutachten. Sie interessierte sich nicht für das, was um sie herum vorging. Sie kümmerte sich im Grunde um gar nichts, nur um sich selbst, weil sie eine Dame war, ein richtiges Schmuckstück, wie Vater oft sagte.

Wieso muss eine Frau wie ich stundenlang im Auto sitzen?, schien sie den Spiegel zu fragen. Warum erspart man mir nicht diese Strapazen? Ich wäre lieber zu Hause geblieben, aber das hätte nur Gerede gegeben und das kann Herbert im Wahlkampf nicht gebrauchen. Also spiele ich mit, wie ich immer mitgespielt habe. Auch bei den Zwillingen.

„Onkel Herbert.“

„Ja?“

„Könntest du das Radio noch einmal anmachen. Die erste Halbzeit ist gleich vorbei."

„Aber man versteht doch nichts!"

„Und wenn du einen anderen Sender suchst?"

„Welchen denn?"

„Egal. Hauptsache, ich höre was."

„Einen englischen?"

Onkel Herbert war am Ende des Kriegs Flakhelfer gewesen, und in der Gefangenschaft hatte er für die Engländer gedolmetscht. Seine Sprachkenntnisse waren ihm sehr zugute gekommen und hatten ihm geholfen, die erste Stufe der Karriereleiter zu erklimmen.

„Lieber einen holländischen", sagte ich. „Den kann man hier bestimmt gut empfangen. Wir sind doch in Holland, oder?"

„Niederlanden", sagte Onkel Herbert und streckte tatsächlich die Hand aus, um an dem magischen Knopf zu drehen. „Kannst du denn holländisch?"

„Das ist doch so ähnlich wie unser Platt."

„Wenn du meinst."

Der Onkel drehte am Knopf mit der Sendereinstellung. Dreimal konnte ich kurz das Raunen des Publikums hören, an der Stadionatmosphäre schnuppern, aber es waren nur kurze Augenblicke, blitzartige Hörproben, die im Gleiten der Sender verschwammen. Endlich hatte der Onkel den niederländischen Sender erwischt. Ich hörte eine fremde Reporterstimme, die das Spiel kommentierte. Es musste sehr spannend sein, wie ich den an- und abschwellenden Lauten entnahm, aber ich verstand kein Wort.

„Papa, mach den Quatsch aus!", riefen die Zwillinge, die keinen blassen Schimmer vom Fußball hatten. Der eine wollte Golfprofi werden, der andere interessierte sich für Polo. Diese versnobten Bürschchen, diese kleinen, missgünstigen Scheißer, diese blöden Eineiigen, hatten nicht das geringste Gespür für unvergessliche Augenblicke.

Wenig später steuerte Onkel Herbert einen Rastplatz an. Tante Agathe stieg aus. Mit einem Desinfektionsmittel, feuchtem Toilettenpapier und einem Bündel Servietten bewaffnet, damit ihre Schenkel beim Pinkeln nicht mit Bazillen oder Keimen in Berührung kamen, machte sie sich auf den Weg zur Raststätte. Man hätte sie für eine Toilettenfrau halten können, die durch Zufall zu Reichtum gekommen war und noch einmal an den schmierigen Ort ihres früheren Lebens zurückkehrte, aber in Wirklichkeit verdankte sie ihren Wohlstand nicht dem Zufall, sondern der Tatsache, dass sie einen Mann geheiratet hatte, den sie nicht liebte.

„Wir gehen Eis essen", sagte Onkel Herbert. „Sollen wir dir eins mitbringen?"

„Nein danke."

„Pass aber auf! Ich muss den Schlüssel stecken lassen, sonst geht das Radio nicht."

Er machte sich mit den Eineiigen davon. Ich war froh, nicht mitgehen zu müssen, nicht nur wegen des Endspiels. Ich wollte kein Eis essen. Ich wollte überhaupt nichts essen und trinken, weil ich nur zehn Mark in der Tasche hatte. Mama meinte, zehn Mark und fünf Konservendosen müssten reichen. Für sie war es eine Selbstverständlichkeit, dass ihr erfolgreicher Bruder für mich zahlte. An mich hatte sie dabei überhaupt nicht gedacht.

In Wembley geschah Außerordentliches, aber was genau, blieb mir schleierhaft. Ich drehte verzweifelt an dem Knopf mit der Senderwahl und kam zu spät auf die Idee, auf Mittelwelle umzuschalten. Auch da war der Empfang schlecht, aber ich hörte, dass es in die Verlängerung ging. Ich starrte auf den verlassenen Parkplatz und hätte heulen können bei dem Gedanken, dass meine Brüder in diesem Augenblick in der Dorfkneipe saßen, sich das Spiel anschauten und bestimmt eine zweite Cola bekamen.

Als wir die Fähre verließen und auf der Insel ankamen, war das Spiel längst vorbei. Onkel Herbert stoppte vor einem

Hotel, wo Tante Agathe ausstieg. Sie nickte den Eineiigen zu und stolzierte zum Hoteleingang, wo ein Boy mit roter Mütze sich ehrfürchtig vor ihr verneigte, während Onkel Herbert wie ein Esel mit den Koffern hinter seiner Frau her trottete. Er überreichte dem Boy das Gepäck und kam zum Auto zurück.

„Die ist weg", sagte er seufzend. „Jetzt können die Ferien beginnen."

„Der Jakob soll vorne sitzen!", forderten die Eineiigen. „Willst du?"

Klar wollte ich! Mit Vergnügen nahm ich den Platz von Tante Agathe ein, die sich in den nächsten drei Wochen vornehmlich am Hotelpool aufhielt oder zu ihrem Strandhäuschen ging, das über ausgelegte Matten zu erreichen war, damit die Füße der Hotelgäste nicht mit Sand in Berührung kamen.

Onkel Herbert fuhr mit uns zu einer Siedlung, wo alle Häuser gleich aussahen. In der Rezeption besorgte er den Schlüssel, und bald darauf schleppten wir unsere Sachen in das Ferienhaus. Im Wohnzimmer hing ein Gemälde. Schwarze Krähen kreisten wie ein drohendes Gewitter über einem Kornfeld, das wahrscheinlich ein Weizenfeld war.

Auf der Terrasse stand ein Grill und drinnen gab es ein Bad mit Dusche, zwei kleine Schlafzimmer und eine Kochnische. Onkel Herbert zog es vor, im Wohnzimmer zu nächtigen, sodass ich ein eigenes Zimmer bekam.

Frühmorgens, wenn kein Mensch am Strand war, ging Onkel Herbert schwimmen. Danach kaufte er Brötchen und Zeitungen. Jeden Morgen gab es Rührei, Salami, Marmelade und Käse. Abends Nudeln mit Tomatensoße. Meine Konservendosen standen im Regal wie Blumenvasen, die nie benutzt werden.

Als ich das erste Mal allein am Strand war und über das Meer blickte, wurde mir schwindelig. Einen so großen Acker hatte ich noch nie gesehen. Kein Mensch war im Wasser und die weißen Wellenkämme wälzten sich wie Rinderherden an Land. Erst waren sie riesig, dann wurden sie immer kleiner und schließlich versickerten sie vor meinen Füßen. Gespenster, die mit der Zeit an Macht verloren. Hinter ihnen war das Wasser dunkel, wie frisch gepflügte Erde. Darin lebten Fische und andere Tiere, die kein Mensch je zu Gesicht bekommen hatte. Ich stand reglos da und starrte nur, gebannt von der Unendlichkeit.

Weit draußen kippte die Welt und ich konnte nur noch ihren Rand sehen. Vor dem Abgrund flimmerten die Lichter eines Schiffs, das wie ein Pflug durch den Wellenacker glitt. Meine nackten Füße versanken im feuchten Sand, während die Sonne vom Meer verschluckt wurde. Augenblicke später war es dunkel, die Sterne erschienen – viel heller als bei uns. Es wurden immer mehr, während das Rauschen der Wellen alle anderen Geräusche übertönte. Ich sah in den Himmel und fragte mich, ob irgendwo dort oben, jenseits der Sterne, Gott war. Oder war er nur eine Einbildung, ein Gedanke, der plötzlich verschwinden und uns im Stick lassen konnte wie Pastor Seligmann?

Die auslaufenden Wellen trieben mich zu den Dünen zurück, ohne dass ich es bemerkte. Ich war wie ein Stück Kork, das abgetrieben wurde. Eine Flasche, auf der jemand meinen Namen gekritzelt hatte, und in der ein Zettel lag, auf dem nur ein Wort stand: *Danke.*

Die Eineiigen besaßen Schwimmflossen, Netze für den Krabbenfang, ein Federballspiel, Drachen, Schaufeln, Taucherbrillen, alles in doppelter Ausführung, aber wenn ich mir etwas ausleihen wollte, brauchten sie es angeblich selbst. Ich lief den ganzen Tag in der Badehose herum und erkundete die Gegend. Wenn ich pinkeln oder kacken musste, ging ich so weit ins Meer, dass ich gerade noch stehen konnte. Schließlich reinigte sich das Meer ja selbst.

Es gab auf diesem Teil der Insel unterschiedliche Strände. Auf dem Hauptstrand, der morgens gereinigt und geharkt wurde, hielten sich in erster Linie Familien und Hotelgäste auf. Viele hatten eines der bunten Holzhäuschen angemietet, die sich am Fuß der Dünen aneinander reihten. Ging man in Richtung Leuchtturm, kam man zu den Nudisten. Ich verirrte mich am dritten Tag dorthin. Zuerst bemerkte ich gar nicht, dass alle Leute nackt waren, bis ich plötzlich nur noch Bäuche, Brüste und graue Haare sah, die zwischen den Arschbacken hervorlugten.

Ein Mann winkte und ich war so blöd, zu ihm zu gehen. Er hieß Jörg und kam aus Hildesheim. Er war schon länger als zwei Monate auf der Insel. Jedes Jahr kam er hierher, wohnte in einer kleinen Pension. Das erzählte er mir, obwohl es mich gar nicht interessierte. Dann wollte er wissen, wann ich angekommen war.

„Vor drei Tagen."

„Sieht man. Du bist noch weiß wie Kalk. Pass bloß auf, dass du dir keinen Sonnenbrand holst. Besser, ich creme dich ein."

„Lieber nicht."

„Wie lange hast du denn Ferien?"

„Drei Wochen."

„Dann können wir uns ja öfter sehen. Wie alt bist du?"

„Dreizehn", log ich

„Stell dir vor. So jung war ich auch mal."

Er lachte. Seine Gesichtshaut war alt und verschrumpelt, aber weil er so braun war, fiel es nicht sofort auf. Er fischte mit einer Hand eine Cola aus seiner blauen Kühltasche.

„Willst du?"

„Nein danke."

„Hör mal. Man muss das Leben genießen. Es geht schneller vorbei, als man denkt. Aber wer nicht will, der hat schon gehabt." Er schob die Cola in die Kühltasche zurück. „Hast du vielleicht Lust, dir ein paar Gulden zu verdienen?"

„Was muss ich denn tun?"

„Nicht viel. Leg dich einfach neben mich und zeig mir deinen knackigen, weißen Arsch. Kriegst zehn Gulden."

Von da an mied ich den Nudistenstrand. Außerdem war es auf der anderen Seite viel spannender. Hinter dem Volleyballplatz begann die Wildnis. Nach etwa zwei Kilometern machte die Küste eine leichte Biegung, und dahinter traf ich kaum noch Leute, nur manchmal Jogger oder einsame Spaziergänger. Hier gab es keine Nackten, keine Strandhäuschen, keine in Reihen aufgestellten Liegestühle und keine Türme, auf denen Wachposten saßen und acht gaben, dass man nichts falsch machte. Das Meer hörte sich wilder an und ich fand eine Menge Strandgut, Muscheln und tote Fische. Bläulich schimmernde Feuerquallen lagen dort herum und Möwen bevölkerten den Strand, die kreischend aufflogen, sobald ich ihnen zu nah kam.

Und dann war da noch das Lager der Hippies. Vor dem großen Zelt brannte ein Feuer, und auf der Spitze des kleineren Zeltes wehte eine zerrissene Piratenflagge. Zwischen zwei Baumstümpfen baumelte eine Hängematte. Eine schlanke Frau mit langen, verfilzten Haaren hantierte mit Töpfen herum und ein Mann rauchte Zigaretten, deren süßlicher Duft zu mir herüberwehte. Zwei Kinder gehörten dazu, ein Junge und ein Mädchen in meinem Alter. Sie schienen den ganzen Sommer draußen zu verbringen, denn ihre Haut war gegerbt wie bei Indianern. Sie standen unter einem Plastikkanister und duschten. Ich konnte ihr Schreien und Lachen hören, und als ich auf dem Rückweg wieder vorbeikam, spielte der Mann Gitarre und die Kinder trommelten dazu auf Töpfen herum. Verstohlen und sehnsüchtig blinzelte ich zu ihnen herüber.

Onkel Herbert hatte zum Essen eingeladen. Wir mussten uns duschen und frische Sachen anziehen. Die Eineiigen trugen schneeweiße Hemden und Seglerhosen. Ich hatte das Übliche an. Dann saßen wir an einem reservierten Tisch *im besten Restaurant am Platz,* wie Onkel Herbert betonte. Wir hatten Getränke bestellt und warteten auf Tante Agathe. Ich nippte an meiner Limo und bemühte mich, den Kloß im

Hals hinunterzuschlucken. Die Eineiigen hatten mich einen Schmarotzer genannt.

Endlich erschien Tante Agathe. Sie schwebte wie ein Engel durch den Raum, trug ein weißes Kleid, das ihre Bräune betonte, und wurde von den Blicken der Kellner verfolgt. Onkel Herbert sprang auf und rückte ihr einen Stuhl zurecht. Tante Agathe nahm lächelnd Platz. Sie grüßte in die Runde wie eine Fremde, die zufällig vorbeigekommen war. Für ein paar Minuten gab es etwas zu erzählen. Onkel Herbert gefiel das neue Kleid seiner Frau. Jedenfalls sagte er das. Die Eineiigen betonten, dass es ein wundervoller Urlaub wäre, und ich versuchte, das Meer zu beschreiben. Die Eineiigen lachten, und danach verkrochen sich die Worte tief in den Hälsen und fütterten das Unbehagen.

Alle schlugen die großen Speisekarten auf und machten sich auf die Suche nach den verlorenen Worten. Sie lagen jetzt wie Tote neben den Abbildungen der Gerichte. Ich starrte sie lange an, konnte sie aber nicht zum Leben erwecken. Tante Agathe ließ sich unendlich viel Zeit bei der Wahl. Sie machte dabei ein Gesicht, als würde sie auf einer Bühne stehen.

Als sie sich endlich entschieden hatte und der Kellner die Speisekarten einsammelte, kroch ein dunkles Schweigen über den Tisch und fraß jeden Mucks. Niemand wusste, was er sagen sollte. Alle hatten Angst, etwas Falsches zu sagen, etwas, das nicht in die Öffentlichkeit gehörte, denn an den Nebentischen konnte ein Reporter sitzen, der es nur darauf abgesehen hatte, dem Onkel politisch zu schaden.

„Mundet es?“, fragte er in die Runde, als das Essen endlich gebracht worden war.

Alle nickten, und ich schnitt das Fleisch in irrsinnig kleine Stücke, wie Falschonkel Rainer es gemacht hatte, damit die furchtbare Zeit schneller verging.

Ich brachte einfach nicht den Mut auf, die Lagerleute anzusprechen. Sie zogen mich magisch an, aber sobald ich in ihre

Nähe kam, verdrückte ich mich. Zu Hause war ein ständiges Kommen und Gehen und jeder sprach einen an. Wenn man keine Lust zu reden hatte, gab man keine Antwort. Hier musste ich zum ersten Mal auf Leute zugehen. Aber wie machte man das, wenn man keinen anderen Grund als die Neugier hatte? Wie verschaffte man sich Gelegenheit, ins Gespräch zu kommen? Und was sagte man zu jemandem, von dem man nichts wusste? Das hatte mir niemand beigebracht. Aus Verlegenheit tat ich geschäftig und sammelte Steine und Stöckchen, wenn ich in die Nähe des Lagers kam. Sobald ich außer Sichtweite war, schmiss ich das Zeug wieder weg, wütend auf meine Hilflosigkeit. Ich kam mir vor wie der letzte Dorftrottel, während ich über den Wanderpfad zurückging – aus Angst, von den Lagerleuten erkannt zu werden.

Bis ich es nicht mehr aushielt und mich oberhalb des Lagers in die Dünen schlug, obwohl das streng verboten war. Ich versteckte mich in einer Sandmulde, bevor ich mich durch Dünengras und stacheliges Gesträuch anschlich. Ich hörte die Stimme der Frau, die auf Holländisch ihre Kinder zum Essen rief. Sie hießen Henk und Sientje und ließen gerade einen Drachen steigen. Ich sah ihn im Wind flattern, bis er sich plötzlich losriss und zu trudeln begann. Henk lief ein Stück hinter ihm her, kriegte das Ende der Schnur aber nicht zu fassen. Der Drachen tanzte direkt über mir und das Holz am Ende der Leine schlitterte an mir vorbei. Es blieb irgendwo hängen, der Wind griff erneut an, der Drachen stieg, riss sich wieder los und trudelte weiter.

Ich sprang auf und lief ihm nach, rannte barfuß durch die Dünen, stolperte über Wurzeln, riss mir den Fuß auf. Diese Chance durfte ich mir nicht entgehen lassen. Ich musste diesen Drachen erwischen. Irgendwann umklammerten meine Hände tatsächlich das Holz, die Leine straffte sich, der Drachen stieg ein letztes Mal auf, während ich die Schnur einholte, stolz wie ein Fischer, der einen großen Fang gemacht hat.

„Hallo. Ich wollte euch den Drachen zurückbringen."

Ich war außer Atem und mein Fuß schmerzte. Die ganze Familie saß um das Feuer herum. Sie aßen aus einem Topf und schauten mich mit großen Augen an.

„Der ist doch von euch, oder?"

Ich hielt meinen Fang wie ein Schutzschild vor meinen Körper.

„Wat will die Jongen?", fragte der Mann.

„Ich bringe euch den Drachen zurück." Sie sahen mich an, als würden sie nichts verstehen, und ich versuchte mein Glück auf Platt: „Ek wel den Draake trükbrenge."

„Ik geloof, hij will de draak terugbrengen", sagte Henk.

„Laat die mof eerst de fiets terug brengen, die zijn vader gestolen heeft!"

Der Mann sah mich streng an. Dann bog er sich plötzlich vor Lachen.

„Es Fietes än Faarraat?"

„Ja."

„Ek heb ewwer keen Faarraat, blüaß dä Draake!"

„Wat zeg je nou?"

„Ek heb keen Faarraat-Fiets", wiederholte ich.

„Farad-fiets! Dat is goed. Waar heb jij dat Nederlands geleerd? Dat klinkt zo als Afrikaans! Waar kom jij vandaan?"

„Aus Deutschland", sagte ich tapfer. „Vom Niederrhein. Ich kann ein bisschen Platt sprechen. Platt spräke. Hürt sech aan wi holläntsch. Könnt gee mich ferschtohn?"

„Klar. Aber nur, wenn du Deutsch normal sprichst."

„Ihr sprecht Deutsch?"

„Na ja. Dat kann fast jede Kaaskop. Min oder weniger."

Ich übergab Henk den Drachen.

„Wie heißt du mit Namen?", fragte die Frau.

„Jakob."

„Jakob Drachentöter", sagte Henk grinsend. „Dragonkiller! Aber dat ding is niet van uns. Is geleend."

„Ausgeliehen?"

„Ja."

Alle schöpften mit ihren Löffeln etwas aus dem großen Topf, und ich wollte schon abziehen, als sich der Mann erneut einschaltete. „Pech gehabt. Wirklich! Ich kann den Mof zwar nit besonders leide, aber das war nicht korrekt."

„Was denn?"

„Das Endspiel. Bist du keen Fotballer?"

„Doch. Aber ich bin mit meinem Onkel hier. Er ist während des Spiels gefahren, weil da die Straßen frei waren."

„Was ist dat dan für eine Mensch?"

„Politiker."

„Politiker! Godver! Dat is ni gut."

„Und er hat Zwillinge. Eineiige."

„Eineiige? Mit einem Ei nur? Oh weia, die Eia! Und die Mama van die Zwillinge?"

„Die wohnt im Hotel."

„Ga zitten!" Ich verstand ihn nicht, aber anscheinend wollte er, dass ich mich setzte, denn er wies auf den freien Platz neben sich. Er drehte sich eine Zigarette. Er klebte drei Papierchen zusammen, tat Tabak hinein und bestreute ihn mit einem krümeligen Zeug aus einer kleinen Plastiktüte. Er zündete die komische Zigarette an und atmete tief ein. Zum Spaß blies er mir den Rauch ins Gesicht und mir wurde ein bisschen schummrig.

„Shit", sagte er grinsend. „Shit happens."

Und dann erzählte er mir in seinem komischen Deutsch, wie das Spiel gelaufen war. Ich verstand alles. Beim entscheidenden Tor war der Ball eindeutig vor der Linie gewesen, aber der russische Linienrichter hatte es nicht gesehen. Zwischendurch drückte die Frau mir einen Löffel in die Hand. Ich langte zu, ohne schlechtes Gewissen und ohne an die Konservendosen denken zu müssen. Es schmeckte herrlich, obwohl es nur Reis mit Gemüse gab.

Henk war ein komischer Typ. Er erinnerte mich ein wenig an Mück, jedenfalls hatte er die gleichen ausgefallenen Ideen. Vielleicht lag es daran, dass er jeden Tag den Rauch der Zigaretten seines Vaters einatmete. Er war mir manchmal geradezu unheimlich, weil er vor nichts und niemandem Angst hatte. Und er war ein Angeber, der so tat, als wäre er Robinson und die Insel gehörte ihm allein.

Nach ein paar Tagen wollte er mir ein besonderes Spiel zeigen. Seine Erklärungen verstand ich nicht, weil er jedes Mal ein unverständliches Holländisch nuschelte, wenn er es spannend machen wollte. Auf jeden Fall hatte das Spiel mit Drachen zu tun, denn er nannte mich andauernd ‚Jakob Dragonkiller' auf dem Weg zu einer verlassenen Ecke am Strand. Dort fischte er zwei Haken und eine Angelschnur aus der Hosentasche. Ich glaubte, dass er damit angeln wollte, aber Henk hatte etwas anderes vor.

Im Wasser weichte er ein Stück Weißbrot auf und knetete es durch. Dann befestigte er die Schnüre an den Haken. Er machte eine ziemliche Show, um mir zu imponieren, drückte die Angelhaken in die weichen Köder und legte sie zum Trocknen auf einen Stein. Ich dachte immer noch, dass es ums Angeln ging, aber Henk wollte wirklich Drachen fangen.

„Draaken?", fragte ich nach.

„Ja, Drachen. Die sin verdammich blöd. Vreten bijna alles."

Er streute den Rest des Weißbrots auf den Strand und legte die Köder dazwischen. Wir versteckten uns hinter einem Busch, hielten das Ende der Schnüre in den Händen. Es dauerte nicht lange, bis die ersten Möwen kamen. Zuerst nur vier oder fünf, aber es wurden rasch mehr. Henk stieß mich an. Er grinste. Die Möwen stolzierten um die Brotstückchen herum und taten so, als würden sie sie nicht sehen. Ich hoffte, dass sie schlau waren, die Gefahr ahnten und wieder davonflogen. Aber sie hoben immer nur kurz ab und landeten sofort wieder. Dann schnappte die erste zu und sofort wurden die anderen vom Futterneid gepackt. Die Schnäbel wippten und beinahe gleichzeitig verschlangen zwei Möwen die Köder. Henk zog ruckartig an seiner Schnur, wie ein Angler, wenn der Schwimmer untertaucht.

„Ik heb em“, zischte er, und im selben Augenblick spürte auch ich das Zucken der Schnur. Es war ekelhaft. Henk sprang auf und rannte auf die Möwen zu, die erschrocken aufflogen. Und wieder spürte ich das böse Zucken der Schnur. Ich musste aufstehen. Ich konnte nicht sitzen bleiben, während meine Möwe an der Schnur zerrte. Ich rannte zu Henk und schaute in den Himmel. Die Möwen tanzten tatsächlich wie Drachen in der Luft. Die Angelschnüre schienen ihnen aus den Schnäbeln zu wachsen. Sobald man an ihnen zupfte, flatterten die Möwen wild mit den Flügeln und stürzten ein paar Meter ab. Dann stiegen sie schreiend wieder auf. Ich konnte das nicht länger mit ansehen. Jedes Mal, wenn die Möwe an der Schnur zuckelte, grub sich der Haken ein Stück tiefer in meine Seele.

„Und jetzt?“, schrie ich. „Was jetzt?“

„Looping“, rief Henk. „Wer erster mit sein Möwendrachen Looping schafft, ist der Winner!“

„Scheiß Spiel!“

„Wat?“

„Scheiß Spiel, du blöder Heini!“, brüllte ich. „Das ist verdammte Tierquälerei.“

Ich ließ die Schnur los und rannte in die Dünen. Mein Möwendrachen flog davon und zog die Angelschnur wie einen Spinnwebfaden hinter sich her.

Mir war vorerst die Lust vergangen, mit Henk etwas zu unternehmen. Ich trieb mich hinter den Strandhäuschen herum. Sie waren alle gleich groß, nur in unterschiedlichen Farben gestrichen. Die meisten hatten auf der Rückseite eine Ritze oder ein richtiges Guckloch.

Das Strandhäuschen von Tante Agathe hatte ein besonderes Blau und im Guckloch steckte ein Tempo-Taschentuch. Jeden Augenblick musste sie aufkreuzen, denn bei gutem Wetter kam sie stets um diese Zeit. Ich drückte ein Auge an das Guckloch und kniff das andere zu, um besser sehen zu können.

Die Tür öffnete sich und Tante Agathes Schattengestalt erschien, von Sonnenstrahlen umkränzt. Sie schloss die Tür und das Licht fiel in Streifen durch die Ritzen. Sie hatte sich ein buntes Strandtuch um den Körper gewickelt. Darunter trug sie einen Bikini, dessen Oberteil von einem dünnen Faden auf dem Rücken festgehalten wurde.

Tante Agathe war anders als alle Mütter, die ich kannte. Sie kochte nicht, wusch nicht, und tat so, als wären die Zwillinge gar nicht ihre eigenen Kinder. Sie hatte sich geweigert, die Kinder auf normalem Weg zur Welt zu bringen, sodass ein Kaiserschnitt gemacht werden musste. Sie hatte angeblich keine Lust auf Geburtsschmerzen gehabt. Außerdem hatte sie das Datum und die Stunde der Geburt selbst bestimmen wollen, damit die Zwillinge unter einem günstigen Aszendenten geboren wurden. Sie hatte auch nicht gestillt, um ihre schönen Brüste zu behalten. Die Pflegearbeiten hatte sie einer erfahrenen Frau überlassen, die Onkel Herbert bezahlen musste.

Mama hatte solche Sachen über Tante Agathe erzählt, weil sie ein wenig eifersüchtig war. Aber selbst wenn die Geschichten stimmten, änderte das nichts daran, dass ich Tante Agathe mochte. Sie war etwas Besonderes, und das war auch der Grund, warum ich hinter ihre Strandhütte geschlichen war.

Sie hatte das Strandtuch abgelegt und zog sich aus. Meine nackte Tante sah sehr jung aus. Nichts erinnerte an Vergängliches. Sie strich mit den Händen über die Haut ihres mädchenhaften Körpers, als würde sie nach Unebenheiten suchen. Aber da war nichts. Sie sah aus wie eine Puppe, weil sie vollkommen unbehaart war. Sogar an den Stellen, wo sonst bei Erwachsenen immer Haare wuchsen, war bei ihr nichts. Je länger ich meine Tante betrachtete, umso weniger konnte ich mir vorstellen, dass die blöden Zwillinge tatsächlich ihre Kinder waren. Irgendwann wurde es mir zu viel, ich ließ mich nach hinten fallen, meine Ohren füllten sich mit dem Rauschen des Meeres und ich musste an Mareike denken. Ich hätte in diesem Augenblick gern mit ihr geweint.

„Jakob." Die Stimme war irgendwo über mir. „Du bist doch da hinten, oder?"

„Ja", sagte ich kleinlaut. „Ich bin hier."

„Dann komm mal rüber. Ich würde gern mit dir reden."

Plötzlich hatte ich den scharfen Salzgeruch des Meeres in der Nase und meine Füße versanken tief im Sand, während ich an den Häuschen vorbeiging. Tante Agathe lag auf ihrem Stuhl. Ihr großes Badehandtuch hing an den Seiten herunter und sie hatte die Augen geschlossen. Ihre Haut glitzerte in der Sonne. Ich hockte mich neben den Liegestuhl und schob Sand über meine Füße.

„Sind es schöne Ferien für dich?", fragte sie nach einer Weile, ohne die Augen zu öffnen.

„Das Meer ist klasse. Ich kann stundenlang am Strand stehen und langweile mich nicht."

„Und die Zwillinge? Kommst du mit ihnen klar?"

„Geht so. Sie tun, als wäre ich Luft und wollen nicht mit mir spielen. Aber das ist nicht so schlimm. Ich habe einen neuen Freund gefunden."

„Ich hab euch von meinem Balkon aus beobachtet. Ist das ein richtiger Freund?"

„Was heißt richtiger Freund? Ich kenne ihn ja kaum."

„Den Zwillingen darfst du nicht böse sein. Sie kennen es nicht anders und ich habe mich nie richtig um sie gekümmert. Ich wollte keine Kinder, weißt du. Aber Onkel Herbert hat mir keine Wahl gelassen. Seiner Meinung nach muss ein christlicher Politiker eine ordentliche Familie vorweisen können, sonst kann er keine Karriere machen."

„Mama sagt, Onkel Herbert wird vielleicht Minister."

„Schon möglich, aber das macht es nicht besser."

„Wieso?"

„Dein Onkel geht jeden Sonntag in die Kirche, aus Überzeugung. Es gibt immer Streit, weil ich mitgehen soll, schon wegen der Leute."

Tante Agathe stand auf und setzte sich neben mich in den Sand, ganz selbstverständlich, als wäre sie bei Vater im Stall.

Dann legte sie einen Arm um meine Schulter und ich spürte, wie der Atem durch ihren Körper floss.

„Sag mal: Ist es eigentlich schlimm für dich, dass euer Pastor Seligmann ein Betrüger war?"

„Nicht besonders. Nur Mama macht sich Sorgen, dass wir jetzt alle in die Hölle kommen."

„Und dein Vater?"

„Der nimmt das nicht so ernst."

„Dein Vater ist ein kluger Mann. Er hat im Krieg schlimme Geschichten erlebt. Andere Männer wären vielleicht daran zerbrochen, aber er pilgert einmal im Jahr nach Kevelaer und damit ist die Sache für ihn erledigt. Er ist übrigens der Einzige aus der Familie, der Verständnis dafür hat, dass ich nicht an Gott glaube. Meiner Meinung nach ist Gott eine Erfindung der Menschen, eine raffinierte Idee, die Menschen klein zu halten. Wenn die Idee eines Gottes sich erst einmal in den Köpfen festgesetzt hat, lassen sich die Menschen leichter lenken. Sie müssen ständig Angst haben, etwas falsch zu machen und dafür bestraft zu werden. Und natürlich macht man dauernd etwas falsch und hat ein schlechtes Gewissen. Gäbe es Gott nicht, das Leben wäre für viele Menschen leichter."

Ich spürte Tante Agathes Hand auf der Schulter und musste an Mama denken, die sich große Sorgen um unser Seelenheil machte. Ich wollte sie nicht im Stich lassen und meinte, sie verteidigen zu müssen.

„Muss das Leben denn leicht sein?"

„Ja. Die meisten haben es schon schwer genug."

„Warum ist das Leben denn schwer?"

„Na ja. Es gibt halt überall Probleme. Jeder Mensch ist anders. Denk doch nur mal an die Zwillinge. Es ist nicht deine Schuld, dass sie dich links liegen lassen, aber du bist der Leidtragende. Außerdem weiß ich, dass du gern eine Schwester gehabt hättest."

„Was hat das damit zu tun?"

„Sicher ist es für dich nicht einfach, nur Brüder zu haben."

„Das stimmt. Mein kleiner Bruder sollte eine Schwester werden und ich hatte mich darauf gefreut. Aber dann hat es wieder nicht geklappt."

„Eine Schwester wäre deine Verbündete."

„Eine Verbündete?"

„Ja. Mit ihr würdest du dich nicht so allein fühlen. Dein Vater macht sich Sorgen, weißt du. Er hat Angst, dass du den falschen Weg einschlägst."

Plötzlich musste ich daran denken, wie Vater mich weggeschickt hatte, als ich bei Tante Erika und Falschonkel Rainer gewesen war, und ich fühlte mich wieder so schwach und hilflos wie damals. Es schnürte mir die Kehle zu und mein Hals schmerzte. Tante Agathe griff in ihre Handtasche und steckte mir rasch einen Fünfzig-Gulden-Schein zu, weil die Zwillinge angerannt kamen.

„Der ist für dich", flüsterte sie. „Sag den beiden nichts davon."

Seitdem Henk wusste, dass ich Geld hatte, wollte er andauernd mit mir wetten. *Tippen* nannte er das. Wir lagen in den Dünen, starrten in den Himmel und rieten, wie viele Möwen in den nächsten drei Minuten über unsere Köpfe fliegen würden. Meistens gewann Henk, weil er sich besser auskannte. Ich hatte die ganze Zeit Angst, eine Möwe mit Angelschnur zu entdecken.

Henks eigentliche Spezialität waren Liebespaare, die sich in den Mulden der Dünen versteckten und sich für unsichtbar hielten, wenn sie miteinander beschäftigt waren. Henk entgingen sie nie. Er schien sie riechen zu können.

„Da drüben", flüsterte er. „Siehst du den wippenden Arsch? Was tippst du: Schlappschwanz oder Steher?"

Mit Liebespaaren kannte ich mich noch weniger aus als mit Möwen. Beim Tippen ging es nur um die Typen. Schlappschwänze drehten sich auf den Bauch, wenn sie entdeckt wurden, streckten der Sonne ihren Hintern entgegen und taten so, als wenn nichts wäre. Steher hingegen fackelten nicht lange, sprangen auf und kamen trotz Ständer angerannt, um einen zu vermöbeln.

„Die Steher sind gnadenlos", sagte Henk, „auch wenn sie einen Ständer haben. Vor die Leut muss man sich wirklich fürchte. Die Ständer macht sie verrückt wie Stier. Die kenne kein Pardon und poliere einem Fresse, wenn sie einen packen."

Noch waren wir nicht erwischt worden, aber ein paar Mal war es ziemlich knapp gewesen. Ich beobachtete den wippenden Hintern des Mannes und versuchte aus der Heftigkeit der Bewegungen zu ermitteln, um welchen Typen es sich diesmal handeln könnte.

„Steher!", entschied ich endlich.

„Schlappschwanz", sagte Henk. „Hänger! Zwei Gulden?"

„Okay."

Wir näherten uns dem Liebespaar. Als wir noch etwa zehn Meter entfernt waren und gute Sicht hatten, blieben wir stehen. Das Paar war noch zugange. Der Mann lag oben. Er stützte sich auf den Armen ab, als würde er Liegestützen machen und hatte den Kopf weit in den Nacken gelegt. Wir hörten das Stöhnen der Frau.

„Heh, Schlappschwanz!", rief Henk. „Is dat alles, wat je kunt?"

Der Mann senkte den Kopf. Er wagte nicht, zu uns herüberzublicken, glitt langsam zur Seite, sodass er sich hinter dem Körper der Frau verstecken konnte. Die Frau hatte langes schwarzes Haar und einen riesigen Hintern. Weil sie geschwitzt hatte, klebte er voller Sand und sah aus wie Schmirgelpapier.

„Heh, Schlappschwanz!", rief Henk noch einmal. „Wat es nu?"

Der Mann rührte sich nicht und Henk kassierte grinsend zwei Gulden. Wir gingen zum Strand zurück.

„Kommst du mit zu den Nackten?", fragte Henk.

„Da geh ich nicht mehr hin."

„Und warum nicht?"

„Die sind pervers. Einer hat mich blöd angequatscht."

„Das machen sie doch alle. Das ist ja die Vorteil. Die geilen oude Knacker kann je prima veräppele. Einem heb ijk vor Tagen zehn Gulden abgenomme."

„Und was musstest du machen?"

„Ich soll ihm de Fenger in der Arschloch stecken. Der schwule Sack war so blöd und betalt mich zuvörst."

Sientje traf ich in der ganzen Zeit nur ein einziges Mal allein an. Henk war mit seinen Eltern einkaufen und sie bewachte das Lager. Erst jetzt erfuhr ich, dass sie nicht sprechen konnte, taubstumm war und sich nur mittels Grimassen und Gesten ausdrücken konnte. Ich fand es total spannend, sich ohne Worte mit ihr zu unterhalten.

Als Henk mit seinen Eltern zurückkam, überließ Sientje mir zum Zeichen unserer Verbundenheit die Hälfte ihres Kaugummis. Ich zögerte keinen Augenblick, ihn mir in den Mund zu stecken.

Die Tage rauschten vorbei und das Ende der Ferien rückte näher. Henk kreuzte mit zwei Spaten auf. Es waren richtige Grabspaten, nicht diese kleinen Kinderschaufeln, die die Zwillinge hatten.

„Was hast du vor?"

„Graben", sagte Henk

„Und was?"

„Wart mal."

Es war Ebbe. Das Stück Strand, von dem das Meer sich zurückgezogen hatte, war glatt wie eine Eisfläche. Henk ritzte mit seinem Spaten eine Linie in den Sand und begann zu graben. Ich fing an der anderen Seite an. Als wir fertig waren, wollte Henk, dass wir einen Graben schaufelten, der den anderen genau in der Mitte kreuzte. Jeder hatte eine Länge von mindestens zehn Metern. Die Gräben waren so tief, dass man nicht gesehen wurde, wenn man sich hineinlegte. Wenn die Flut kam, würden sie sich mit Wasser füllen und in der Sonne glitzern.

Henk hatte eine ungeheure Energie und trieb mich an, als ginge es um eine ganz große Sache. Er wollte, dass wir die Enden der Gräben im rechten Winkel verlängerten. Es sollte aussehen wie ein Fensterrahmen mit Löchern. Wir gruben wie die Besessenen, während der Grund des Grabens sich mit Wasser zu füllen begann. Irgendwann saß ich in der Mitte und sah zu, wie das Wasser an meinen Beinen hochkrabbelte. Gleich würde man unser Bauwerk in voller Pracht sehen können. Bestimmt würde es bis zum Dünenkamm leuchten.

Erst in diesem Moment begriff ich, was wir gemacht hatten. Es war das Zeichen, das jeder kannte. Das Zeichen, das auf den alten Fotos zu sehen war, die es von Vater gab. Das Zeichen, das ihn mit seinem Freund Horst verband. Das Wasser stieg in den Gräben, ich sah Sientje, die mir winkend zu verstehen gab, dass ich verschwinden sollte. Aber da waren plötzlich jede Menge Leute. Sie hatten uns umzingelt. Es gab kein Entkommen. Die ganze Strandbevölkerung schien sich um mich und Henk versammelt zu haben, als gäbe es einen Ertrunkenen oder einen gestrandeten Wal zu bestaunen. Ich befand mich immer noch in der Mitte des Zeichens und sah, wie die Körpermasse näher rückte. Es lag ein böses Rumoren in der Luft und ich umklammerte den Stiel meines Spatens. Die Leute riefen etwas, aber ich verstand nichts. Ich schaute Hilfe suchend zu Henk hinüber. Er grinste blöd und mit einem Schlag wurde mir klar, dass er ein verdammter Verräter war und mich in eine Falle gelockt hatte. Jetzt war ich die Möwe, die an einer Angelschnur hing und nicht weg konnte. Henk kam auf mich zu, bückte sich und pfefferte mir eine Handvoll Sand ins Gesicht.

„Blöde Moff!“, schrie er. „Do fiese Nazi!“

Im selben Augenblick riss mir ein dicker Mann den Spaten aus der Hand. Er schnappte mich und schüttelte mich durch. Und dann war auch schon Onkel Herbert zur Stelle. Er stürmte auf mich zu, riss mich von dem Dicken los und stieß mich zur Seite.

„Was hast du gemacht?", schrie er. „Bist du verrückt geworden?"

Wie irrsinnig trampelte er auf dem Grabensystem herum, das Wasser spritzte und er schrie die ganze Zeit. Ich wusste nicht, ob wegen des Zeichens, wegen mir oder wegen der Leute. Onkel Herbert schrie, und ein paar ältere Holländer streckten den rechten Arm in die Luft und brüllten: „Heil Hitler! Heil Hitler!"

Da verlor Onkel Herbert die Kontrolle und verpasste mir eine Ohrfeige. Ich sah noch, wie die Gaffer grinsten, während mein Onkel mich hinter sich her zog. Seine Hand umklammerte meinen Oberarm wie eine eiserne Zange. Die Zwillinge rannten hinter uns her und schrien, weil sie ihre Sachen zurücklassen mussten.

Tante Agathe lag vollkommen entspannt auf ihrem Liegestuhl, als wir zu ihrem Strandhäuschen kamen.

„Zieh dich bitte an und pack deine Sachen. Wir reisen ab. Sofort", sagte Onkel Herbert.

„Warum denn? Ist was passiert?"

„Der blöde Jakob hat das Hitlerzeichen in den Sand gegraben!", brüllten die Zwillinge wie aus einem Mund. „Die Leute am Strand sind furchtbar wütend."

„Wir können jedenfalls unmöglich bleiben", sagte Onkel Herbert. „Wenn das publik wird, bin ich geliefert. In einer Stunde hole ich dich am Hotel ab."

Tante Agathe stand auf und schaute mich durchdringend an.

„Hast du das wegen deinem Vater gemacht?", fragte sie. Dann ging sie in das Häuschen und packte ihre Sachen zusammen.

Onkel Herbert zerrte mich weiter. Als wir wenig später am Ferienhaus ankamen, war es schon zu spät. Irgendwelche Leute hatten den Wagen mit Parolen und Hakenkreuzen beschmiert. Onkel Herbert schickte uns ins Haus. Ich packte meine Sachen zusammen. Die Konservendosen ließ ich stehen.

DIE SEUCHE

An einem Donnerstag wurde unser neuer Traktor angeliefert, ein grünes Monster mit gelben Felgen und einem Frontlader. Er stand auf dem Lieferwagen der Landmaschinenfirma. Wir betasteten die Profile der Hinterreifen, die sauber und unschuldig waren, weil sie noch keinen Bodenkontakt gehabt hatten.

Die Nachbarn waren der Ansicht, Vater hätte eine viel schwerere Maschine kaufen sollen, einen Traktor mit Zukunft, der in der Lage war, Fünfscharpflüge durch die Erde zu ziehen, aber Vater hatte noch mit Pferden gearbeitet und wusste zudem nicht, woher er das Geld für die Anschaffung eines größeren Pflugs und einer stärkeren Zugmaschine hätte nehmen sollen. Schon der Kauf des neuen Traktors war auf Pump geschehen. Im Gegenzug hatte die Bank einige Hektar Land beschlagnahmt. Es gab ein anderes Wort dafür, aber Vater sagte, dass die Leute von der Bank sein Land beschlagnahmt hätten und er jetzt ein Knecht der Bank wäre. Aber so lange er kein Land verkaufen musste, meinte er, alles unter Kontrolle zu haben.

Ein Mann von der Landmaschinenfirma kletterte mit Vater auf den Lieferwagen, um ihm Details zu erklären, während ein anderer die Rampe anbrachte, über die der neue Traktor auf unseren Hof rollen sollte. Das Beste an dem Monstrum war zweifellos der Frontlader, der mit einer Gabel für den Mist und eine Sandschippe ausgestattet war. Er würde uns sicher eine Menge Arbeit ersparen. Um das Gewicht auszugleichen, musste hinten ein Klotz angehängt werden, den Vater vom Russki aus Beton hatte gießen lassen. Er war so schwer, dass man ihn mit den Händen nicht von der Stelle bewegen konnte.

Vater thronte auf dem neuen Traktor, der kein einfaches Verdeck hatte, sondern eine Kabine, die den Fahrer vor Staub, Regen und Lärm schützte. Der Mann von der Landmaschinenfirma redete ununterbrochen auf Vater ein, dessen Hände hilflos auf dem Lenkrad lagen. Er hatte offensichtlich genug von den Anweisungen und wollte an die Arbeit gehen. Ihn irritierte die Tatsache, dass die neue Maschine kompliziert war und er instruiert werden musste. Er hatte geglaubt, er würde sich einen Gefallen tun, aber jetzt schmerzte ihn die Neuanschaffung mehr, als dass sie ihn erleichtert oder beglückt hätte.

Gerade als der neue Traktor vom Lieferwagen rollte, hörten wir das Martinshorn. Ein Krankenwagen donnerte die Bundesstraße entlang. Wenig später folgte ein Polizeiwagen und beide Fahrzeuge stoppten an der Bushaltestelle. Vater fuhr mit dem neuen Traktor den Weg zwischen den Wiesen entlang. Die Kühe scheuten und rannten mit erhobenen Schwänzen durch die Wiese. Das Knattern des Lanz kannten sie, aber die Geräusche der neuen Maschine machten sie nervös. Vater spielte während der Fahrt an den Hebeln des Frontladers herum. Es sah von Weitem aus, als würde ein steifer Arm mit einer riesigen Schaufelhand uns zuwinken.

Der Musikus bog mit seinem Auto in unsere Einfahrt ein. Er fuhr so schnell, dass die Reifen in den Kurven quietschten. Er stoppte neben Mama und kurbelte die Seitenscheibe herunter.

„Euer neuer Trecker?“

„Ja.“

„Da ist dein Alter wohl mächtig stolz?“

„Geht so. Weißt du, was auf der Bundesstraße passiert ist?“

„Da hat es ganz schön gescheppert.“

„Jemand aus dem Dorf?“

Mamas Hand umklammerte die Stelle an der Beifahrertür, wo die Scheibe versunken war.

„Soviel ich weiß, nicht.“

Der Musikus nutzte die Gelegenheit, seine Hand auf Mamas Hand zu legen. „Ein Lastwagen. Liegt im Straßengraben. Der Fahrer war wohl besoffen und hat die Kontrolle verloren. Hatte Erdnüsse geladen."

„Ist er schwer verletzt?"

„Sieht nicht besonders gut aus, aber der Krankenwagen ist ja da."

„Erdnüsse?", fragte ich dazwischen. „Der hatte Erdnüsse geladen?"

„Ja. Der ganze Graben ist voll."

„Können wir welche holen?", fragte ich Mama.

„Später vielleicht. Wenn Polizei und Krankenwagen weg sind."

„Hast du das mitgekriegt?", fragte ich meinen jüngeren Bruder. „Erdnüsse. Ein ganzer Haufen Erdnüsse!"

„Hast du etwas von Mareike gehört?", fragte Mama.

„Nur dass sie zur Fahndung ausgeschrieben wurde."

„Meinst du, ihr ist etwas passiert?"

„Glaub ich nicht. Diese jungen Dinger machen doch heute, was sie wollen. Das kleine Flittchen wird bestimmt einen reichen Knacker gefunden haben, der sie aushält. Die hat es doch faustdick hinter den Ohren."

Der Musikus hatte keine Ahnung. Er lächelte Mama an, aber ich wusste es besser. Mareike hatte es geschafft. Sie hatte das Dorf hinter sich gelassen, sah Lichtpferde und war glücklich. Sie war bestimmt im Süden, wo immer die Sonne schien.

rgendwann würde ich zu ihr fahren, um mit mir zu weinen. Der Musikus wendete das Auto und brauste davon. Vater hob im Vorbeifahren müde die Hand zum Gruß.

Ein paar Stunden später durften wir die Erdnüsse holen. Der Straßengraben war voll davon, weil man die Restladung abgekippt hatte, um den Lastwagen bergen zu können. Wir hatten eine Schubkarre dabei und Schippen. Die Schubkarre hatten wir mit Zeitungspapier ausgelegt.

Die Erdnüsse waren weiß und sahen aus wie frisch geschlüpfte Maden. Ich steckte mir ein paar in den Mund, spuckte sie aber gleich wieder aus. Wir beluden die Schubkarre, karrten die Maden nach Hause, wo wir sie im Rübenkeller auskippten. Dann machten wir uns wieder auf den Weg, aus Angst, jemand könnte uns zuvorkommen. Insgesamt holten wir fünf Karren Erdnüsse und standen am Ende benommen und ratlos vor dem weißen Haufen.

Mama meinte, die Erdnüsse wären noch nicht geröstet und gesalzen und würden deshalb nicht schmecken. Sie füllte ein Backblech und wir hockten vor dem Ofen und warteten, bis die Nüsse geröstet waren. Sie rochen intensiv, Mama salzte sie und wir fielen darüber her. Sie schmeckten immer noch nicht. Wir dachten an den Haufen im Rübenkeller, kauten und schluckten und der Haufen wurde immer größer. Schließlich beschlossen wir, das meiste wieder zurückzubringen, aber als wir am Unglücksort eintrafen, waren die Gemeindearbeiter da.

„Was wollt ihr denn?"

„Wir bringen die Erdnüsse zurück."

„Kommt gar nicht infrage! Wir sind gerade mit dem Aufräumen fertig."

Und so fuhren wir zurück und schämten uns unserer Gier. Zum Glück hatte Vater die Idee, das Zeug an die Schweine zu verfüttern. Die Schweine fraßen die Nüsse tatsächlich, aber wir konnten nur ein paar davon auf das normale Futter streuen, sonst rührten sie es nicht an.

Mein Rad hatte einen Platten und in der Werkzeugkammer, die sowieso eine Rumpelkammer war, konnte ich den passenden Schraubenschlüssel nicht finden. Ich ging zum Nachbarn. Der legte Wert auf Ordnung und hatte die Umrisse der Werkzeuge an die Wand gemalt, damit jeder wusste, wo sie hingehörten. Ich rief – aber es schien niemand da zu sein. Ich nahm den Schraubenschlüssel, den ich brauchte und den ich schnell zurückbringen wollte, um die Leerstelle wieder zu füllen. Vater stand steif in der Toreinfahrt, als ich zurückkam, wie festgefroren. Nur seine Hand mit dem Schlüssel des neuen Traktors bewegte sich leicht hin und her.

„Wo hast du das Werkzeug her?"

„Ausgeliehen."

„Von wem?"

„Vom Nachbarn."

„Hast du gefragt?"

„Es war niemand da!"

„Bring es sofort zurück!"

„Ich muss mein Rad reparieren und in unserer Rumpelkammer findet man nichts!"

„Du sollst das Ding zurückbringen."

„Und warum?"

„Weil wir grundsätzlich nichts mehr von den Nachbarn leihen! Das ist ein für allemal vorbei!"

Ich musste den Schraubenschlüssel an seinen Platz zurückhängen, obwohl ich bis vor Kurzem überall nach Belieben ein- und ausgegangen war und mir hatte ausleihen können, was ich wollte. Die Hintertüren hatten offen gestanden und die alten Bauersleute, die in den Küchen saßen, hatten sich gefreut, wenn man vorbeischaute und sie Geschichten von früher erzählen konnten. Die Nachbarn hatten sich gegenseitig geholfen, wenn Not am Mann war, eine Kuh schwer kalbte oder das Heu schnell noch vor einem Gewitter eingebracht werden musste. Nicht jeder Bauer hatte seine eigenen Maschinen, das wäre viel zu teuer gewesen. Irgendwo im Dorf stand die Maschine, die man gerade brauchte und man hatte sie sich geholt.

Diese Zeiten waren vorbei. Der Kampf ums Überleben hatte begonnen, und jeder Bauer wollte dem anderen beweisen, dass er der Stärkere war. Man ging nicht mehr zum Frühschoppen, wo man sich früher besprochen und Streitigkeiten bei einem Bier beigelegt hatte. Man redete kaum noch miteinander. Jeder belauerte den anderen.

Ich fragte Vater, was los war, warum ich kein Werkzeug mehr ausleihen durfte, warum alle scheinbar so wütend aufeinander waren, und er sagte, es wäre wegen der Seuchengefahr. Alle hätten Angst, ihren Viehbestand zu verlieren. Ich glaubte ihm nicht. Ich spürte die Zersetzung ringsum. Ich konnte die Trostlosigkeit mit Händen greifen, wenn ich durch das Dorf fuhr. Und dann kam noch die Geschichte mit Heini dazu. Er war verhaftet worden und es stand groß in der Zeitung. Er hatte eine junge Frau umgebracht und furchtbar zugerichtet.

Ich musste sofort an Mareike denken.

„Die Einschläge kommen näher", sagte Vater. Er hatte vergeblich versucht, fünfzehn fette Schweine an den Schlachthof zu liefern. Unser Hof gehörte zum Sperrgebiet und vorerst durfte kein Tier ihn lebend verlassen. Vater trieb das Großvieh vorsichtshalber nicht mehr auf die Weide, um die Ansteckungsgefahr zu verringern. Beinahe täglich trafen amtliche Schreiben ein, Mitteilungen zum Seuchenschutzgesetz, Richtlinien und Verhaltensmaßregeln für den Fall, dass Tiere erkrankten. Wenn wir durch den Schweinestall gingen, wurden wir unruhig. Es gab vermehrt Schwanzbeißer und oft fraßen die Schweine schlecht.

„Was ist eigentlich in dem Fischmehl drin?", fragte ich.

„Fische, nehme ich an."

„Ganze Fische?"

„Nur die Abfälle. Sie werden getrocknet und gemahlen und dann an die Schweine verfüttert."

„Auch die Gräten und Schuppen?"

„Ich denke schon."

„Mögen Schweine denn Fische?"

„Schweine sind Allesfresser, Jakob. Außerdem ist das Fischmehl mit Zusätzen versehen, damit es den Schweinen besser schmeckt."

„Die Fische könnten doch krank gewesen sein. Vielleicht ist das der Ursprung der Seuche."

„Und eure Erdnüsse? Woher willst du wissen, dass die gesund für Schweine sind?“

Ich nahm eine Hand voll Fischmehl und ging damit auf den Hofplatz. Es war ein unheimliches Zeug, ganz anders als der Muschelschrot. Es glänzte und funkelte, wenn ich es in die Sonne hielt. Das mussten die Schuppen der Fische sein. Das Fischmehl schmeckte aber überhaupt nicht nach Fisch, sondern nach Chemie.

Bei Bauer Henges hing ein rotes Verbotsschild an der Hoftür. Wir wussten nicht, ob es sich um eine Vorsichtsmaßnahme handelte oder sein Betrieb verseucht war. Im Nachbarort waren zwei Höfe betroffen, das stand fest. Vater las die Landwirtschaftszeitung, um mehr über die Ausbreitung der Maul- und Klauenseuche in Erfahrung zu bringen, aber die Experten waren sich nicht einig, wie das Virus übertragen wurde.

Als Vater das erste tote Ferkel fand, lud er es auf die Schubkarre und deckte es mit Stroh zu. Er brachte es zum Misthaufen, wo er es vergrub. Er machte ein sehr tiefes Loch, damit es keine Viren verbreiten konnte. Er meldete den Fall nicht den Behörden, obwohl es Vorschrift war. Stattdessen legte er mit Desinfektionsmitteln durchtränkte Lappen auf alle Türschwellen. Bevor wir einen Stall betraten, mussten wir unsere Stiefelsohlen an den Lappen abreiben, als wären wir in Hundescheiße getreten.

Vater mistete wieder mit der Hand, obwohl es mit dem neuen Traktor viel leichter gewesen wäre. Noch war er nicht warm geworden mit der Maschine und traute ihr nicht über den Weg.

Er holte die Flinte vom Speicher und hängte sie an die Tür zum Milchzimmer. Sie war geladen und wir durften sie nicht anrühren. Vater ging jede freie Minute auf die Jagd, weil er davon überzeugt war, dass wildlebende Tiere die Seuche übertrugen. Spatzen, Amseln, Krähen, Ratten, Mäuse, nichts war vor ihm sicher. Sogar fremde Brieftauben, die auf unseren Dächern landeten, verschonte er nicht.

Dann sah ich zufällig, wie er mit dem Taubenkorb zum Misthaufen stiefelte. Mit der Gabel schaufelte er eine Mulde, die aussah wie ein Nest. Dann öffnete er den Korb mit einer Hand und fischte mit der anderen eine Taube heraus. Den Deckel des Korbs ließ er fallen. Seine linke Hand umschloss den Körper der Taube. Die rechte Hand war eine halb geschlossene Faust. Den Kopf der Taube klemmte er zwischen Zeige und Mittelfinger. Die Finger schlossen sich, ein wütender Ruck ging durch Vaters Körper, als er der Taube den Kopf abriss. Er ließ den Körper über dem Misthaufen ausbluten. Dann warf er den Kadaver in die Mulde, öffnete den Korb und das Ganze ging von vorn los, bis alle Tauben tot in der Mulde des Misthaufens lagen. Ein Nest mit toten Vögeln, das er mit Mist zudeckte, damit sie nicht frieren mussten.

Am gleichen Tag kam ein Tierarzt. Es war nicht der, der sonst immer zu uns kam, wenn ein Tier krank war. Es war ein Spezialist vom Veterinäramt.

„Was wollen Sie?“, fragte Vater.

„Ich muss gemeinsam mit einem Kollegen Ihren Bestand kontrollieren.“

„Und warum? Wir haben keine kranken Tiere.“

„Davon muss ich mich selbst überzeugen, Herr Schoepmanns. Das ist Vorschrift. Sie wollen doch auch nicht, dass sich die Seuche weiter ausbreitet.“

„Und wenn Sie sie mir in den Stall schleppen, was dann?“

„Keine Sorge, Herr Schoepmanns. Wir sind gut gerüstet. Kleidung und Gerätschaften sind desinfiziert. Und wir natürlich auch.“

„Wissen Sie denn inzwischen, wie das Virus entsteht und sich verbreitet?“

„Bislang gibt es nur Mutmaßungen.“

„Kann es am Futter liegen? Könnten Erdnüsse Schuld sein?“

„Erdnüsse? Wie kommen Sie denn darauf? An Erdnüssen liegt es sicher nicht!“

Wenig später verschwanden die Männer im Schweinestall. Sie trugen helle Plastikanzüge und einen Mundschutz. Vater ging nicht mit. Er saß auf einem Strohballen und wartete auf das Ergebnis. Er hatte vor allem Angst, seine geliebten Kühe zu verlieren. Einmal hatte eine Kuh tot auf der Wiese gelegen und Vater hatte gesagt, *sie hätte gehimmelt.* Anscheinend gab es für ihn so etwas wie einen Kuhhimmel. Endlich kamen die Männer zurück auf den Hofplatz.

„Wir sollten schnell reagieren", sagte der Mann. „Sonst ist womöglich auch ihr Großviehbestand betroffen."

„Wie reagieren?"

„Ich werde das Notwendige veranlassen. Ihr Schweinebestand wird heute noch geholt und gekeult."

„Auch die Gesunden?"

„Herr Schoepmanns! In Ihrem Stall gibt es kein gesundes Schwein mehr. Die haben sich alle angesteckt. Bei denen noch nichts zu sehen ist, dauert es nicht mehr lange."

„Und dann?"

„Dann desinfizieren Sie die Ställe. Die Desinfektionsmittel werden Ihnen gestellt. Wenn Sie Glück haben, bleiben Ihre Kühe verschont."

„Und wenn nicht?"

„Dann müssen auch die gekeult werden."

„Und meine Brieftauben? Kann die Seuche sie irgendwie beeinflussen?"

„Erst Erdnüsse und jetzt Brieftauben! Sie haben vielleicht Ideen, Herr Schoepmanns! Aber keine Sorge. Eine Brieftaube hat weder Maul noch Klauen. Der passiert nichts."

Vater hatte nach seiner Rückkehr aus der Gefangenschaft und der Übernahme des Hofes in Ostfriesland sein erstes Großvieh gekauft. Drei schwarzbunte Kühe mit großen Eutern und hervorragender Milchleistung. Er kannte noch immer ihre Nummern und Namen. Aus ihnen war im Laufe der Zeit ein Bestand hervorgegangen, der sich sehen lassen konnte. Und weil er diesen Bestand nicht gefährden wollte, stimmte er zu, dass unsere Schweine noch am gleichen Tag abgeholt wurden.

Zwei riesige Transporter rollten auf den Hofplatz. Einer der Männer hatte einen Ausschlag an der Lippe, als hätte er sich angesteckt. Er benutzte einen elektrischen Viehtreiber, um die Schweine auf den Transporter zu jagen. Die Schweine stießen spitze Schreie aus. Die Männer machten sich nicht die Mühe, die einzelnen Koppeln voneinander zu trennen. Trächtige Sauen, Mastschweine und Ferkel drängten sich zusammen und bissen sich blutig. Nie hatte ich unsere Schweine so schreien gehört, aber die Männer, die die Reifen des Transporters mit einer ätzenden Flüssigkeit reinigten, schienen taub zu sein.

Vater saß am Küchentisch und starrte vor sich hin. Er wusste, dass es Unsinn war, aber er gab dem neuen Traktor die Schuld an unserem Unglück. Für Mama war die Seuche hingegen eine Strafe Gottes. Sie wünschte sich, dass wir noch einmal getauft wurden und solange das nicht geschehen war, waren wir für sie Heidenkinder und der Teufel hatte seine Hand im Spiel. Wir wurden früh ins Bett geschickt, lagen wie unschuldige Sünder unter den schweren, daunengefütterten Oberdecken, schwitzten und schwiegen.

Am nächsten Morgen schleppte Vater die Milchkannen an den Straßenrand, damit der Milchfahrer nicht auf unseren Hof fahren musste. Dann spannte er eine Kordel quer über die Einfahrt. Niemals zuvor war mir unser Hof so trostlos und verlassen vorgekommen. Wir mussten helfen, die Schweineställe zu säubern. Wir spritzten die Wände und die Decke ab. Mama schrubbte mit einer Bürste die Trennwände. Sie scheuerte so wütend, dass die Farbschicht abplatzte. Dann ließ sie die Bürste plötzlich fallen und verschwand für Stunden im Haus.

Vater erlegte zwei streunende Katzen und nagelte sie an das Scheunentor. Die Schwänze pendelten hin und her, wenn man das Tor bewegte. Die Rollen, an denen es hing, hätten längst geölt werden müssen und quietschten. Es war, als würden die toten Katzen schreien.

In den Futtersärgen faulte das Mehl, die Mühle auf dem Kornspeicher schwieg und von den Wasserleitungen tropfte es. Die Desinfektionsmittel stanken zum Himmel. Wenn das Zeug versehentlich mit der Haut in Kontakt kam, verursachte es Verätzungen. Unsere Hände waren aufgequollen, unsere Gesichter gerötet, unsere Bewegungen hart und rücksichtslos.

Wir reinigten und reinigten, und von Tag zu Tag wurden wir schweigsamer. Die Sprache hatte uns verlassen. Worte waren uns fremd geworden. Wir schrien, wenn wir etwas sagen wollten, brüllten uns an oder waren beängstigend still. Das Tschirpen der Spatzen fehlte, selbst die Tauben waren verstummt, nur das Krächzen der Krähen war hin und wieder zu hören. Keiner von uns hatte Worte für das, was wir fühlten. Wir konnten nicht mehr reden, nur da sein und bis zum Umfallen arbeiten, damit wir nicht denken und reden mussten. Um uns herum schien eine Steppe zu wachsen und das Gras in den Wiesen hatte seine Farbe verloren. Es hätte geschnitten und geheut werden müssen, aber Vater schob die Arbeit vor sich her. Die Feldfrüchte kamen uns krank und verdorben vor, als hätte sie jemand vergiftet. Viele Kartoffeln waren hohl. Wildkaninchen mit großen, vereiterten Augen kamen einem auf dem Feldweg entgegengerannt, sodass man es mit der Angst zu tun bekam.

Wir gingen nicht in die Kirche. Am Sonntagmorgen saßen wir vor dem Radio und hörten uns die Übertragung einer Messe aus dem Aachener Dom an. Die Welt war uns unwirklich geworden und wir hatten das Gefühl, dass es immer so bleiben würde.

Um den Geruch der Desinfektionsmittel loszuwerden, badeten wir jeden Abend. Zu zweit oder dritt stiegen wir in die Wanne, um Wasser zu sparen. Wir behielten die Unterhosen an, weil sie auf diese Weise vorgewaschen wurden. Wir gehorchten. Die Lust am Streiten und Experimentieren war uns endgültig vergangen. Manchmal hielten wir gemeinsam den Atem an, um zu hören, was unsere Eltern miteinander besprachen. Wir warteten darauf, dass sie das Ruder packten und den Schlingerkurs beendeten, auf dem sich die Familie befand. Aber irgendwann hörten wir Mama weinen, stiegen aus der Wanne, trockneten uns ab, zogen die Schlafanzüge an und verschwanden auf unseren Zimmern.

Nach drei Wochen wurde die Quarantäne aufgehoben, weil man die Seuche angeblich unter Kontrolle hatte. Vater entfernte die Kordel an der Einfahrt und Mama hatte Bescheid aus Münster bekommen. Beim Jahrgedächtnis sollten wir noch einmal getauft werden. Paten würden nicht nötig sein, da wir inzwischen alt genug waren, die Antworten selbst zu geben. Nur mein ältester Bruder blieb von der Prozedur verschont, weil er noch vom alten Vermeuhlen getauft worden war. Die erste heilige Kommunion musste nicht wiederholt werden. Der Bischof hatte Mama versichert, es wäre kirchenrechtlich alles in Ordnung.

Ich fuhr mit dem Rad zur Kapelle, wo ich Mareike zuletzt gesehen hatte. Seitdem sie spurlos verschwunden war, musste ich andauernd an sie denken. In meinen Gedanken war sie so lebendig, dass mir ihr Verschwinden immer unwahrscheinlicher vorkam. Wohin konnte ein Mensch wie Mareike gehen? Hatte der Busfahrer sie auf eine lange Reise mitgenommen? Oder hatte sie jemanden gefunden, der sie verstand und mit dem sie weinen konnte?

Ich suchte nach dem Gefühl, das mich mit ihr verband, stellte mein Rad ab und sah einen Lichtschimmer hinter den Fenstern. Jemand musste in der Kapelle eine Kerze angezündet haben, vielleicht im Gedenken an Mareike.

Ich sah nach. Die Kapellentür war nur angelehnt. Ich schob sie vorsichtig auf, weil ich nicht stören wollte. Aber da war niemand, der Raum war leer. Auf dem Altar stand eine Kerze, und daneben lag der Kapellenschlüssel. Die Kerze war viel dicker und größer als die normalen Opferkerzen, die man für zwanzig Pfennige erwerben konnte. Sie war schon weit heruntergebrannt, das Zeichen des Kreuzes war nicht mehr zu erkennen, aber es sah ganz so aus, als wäre es die Kerze, die Pastor Seligmann immer mitgebracht hatte. Wachs war auf das gestickte Altartuch getropft. Ich wagte nicht, die Kerze auszublasen und trug sie brennend zur Madonna hinüber, vor der das Metallgerüst für Opferkerzen stand. Ich presste das weiche Wachs in die Metallspitzen, bis die Kerze festsaß und nicht umfallen konnte.

Dann ging ich zum Altar zurück, um das übergelaufene Wachs zu entfernen und den Schlüssel an mich zu nehmen. Erst jetzt fiel mir die Plastiktüte auf, obwohl die bunten Aufschriften wie ein greller Schrei in der stillen Einfalt des schmucklosen Raums wirkten.

Ich streckte meine Hand nach der Tüte aus und für einen Augenblick flackerte die Kerze in meinem Rücken auf. Erschrocken wandte ich mich um. Es musste ein Windstoß gewesen sein. Ich packte die Plastiktüte und ging damit nach draußen. Ich schloss die Kapellentür ab und ließ den Schlüssel stecken. Dann setzte ich mich an den Platz, von dem aus ich Mareike und die drei Kerle gehört hatte. An der Bushaltestelle hing ein Bild von ihr. Es war ein unscharfes Foto, auf dem man sie kaum erkennen konnte. Ich war mir nicht sicher, ob es gut oder schlecht für sie war. Wenn sie abgehauen war und nicht gefunden werden wollte, war es ein gutes Bild. Wenn sie in Not war und Hilfe brauchte, schlecht.

Zwei Pferde standen hinter der Hecke vor dem weißen Zaun und äugten zu mir herüber. Sie hatten die Ohren aufgestellt und schnaubten aufgeregt, während meine Hand in die Plastiktüte glitt. Ich ertastete etwas, das mich zittern ließ. Wenig später starrte ich auf ein Bündel Scheine, das von einem dünnen Gummiband zusammengehalten wurde. Nie zuvor hatte ich so viel Geld in der Hand gehabt.

DAS JAHRGEDÄCHTNIS

Das Jahrgedächtnis für die Lebenden und Verstorbenen der Familien Schoepmanns und Hofner fand auf unserem Hof statt. Das war von meinen Großeltern väterlicherseits testamentarisch so bestimmt worden. In der Woche zuvor wurden die Ställe gesäubert, die Wände gekälkt und die Dachrinnen frisch gestrichen. Diesmal war es nicht so viel Arbeit, weil die Schweineställe wegen der Seuche noch leer waren.

Morgens besuchten wir die Messe. Es war in diesem Jahr eine besondere Feier, weil wir anschließend noch einmal getauft werden sollten. Pastor Vemeuhlen hatte den Gottesdienst mit Mühe und Not überstanden. Eigentlich war dem alten Mann diese zusätzliche Aufgabe nicht mehr zumutbar, aber Mama war unerbittlich gewesen.

Wir standen um das Taufbecken herum, in das Mück damals im hohen Bogen gepinkelt hatte, und warteten auf Vermeuhlen. Endlich kam er. Er trug eine weiße Stola, gab jedem von uns seine zittrige Hand und machte das Kreuzzeichen, das wir brav nachahmten.

„Was begehrt ihr von der heiligen Kirche Gottes?"

„Die Taufe", sagte Mama. „Ich erbitte sie für meine Söhne."

„Gut", sagte Vemeuhlen und wandte sich an uns. „Widersagt ihr dem Satan, dem Urheber des Bösen?"

„Wir widersagen."

„Und all seiner Bosheit?"

„Wir widersagen."

„Glaubt ihr an Gott, den Vater, den Schöpfer des Himmels und der Erde?"

„Wir glauben."

„Glaubt ihr an Jesus Christus, seinen eingeborenen Sohn, unsern Herrn, geboren von der Jungfrau Maria, der gelitten hat und begraben wurde, von den Toten auferstanden ist und zur Rechten des Vaters sitzt?"

„Wir glauben."

„Glaubt ihr auch an den Heiligen Geist, die heilige katholische Kirche, Gemeinschaft der Heiligen, Vergebung der Sünden, Auferstehung der Toten und das ewige Leben?"

„Wir glauben."

Wir glaubten alles, während Mama unsere Taufkerzen, die sie sorgsam aufbewahrt hatte, aus einer Tüte holte. Die angebrannten Dochte wurden erneut entzündet. Das übernahm Onkel Theo mit einem billigen Feuerzeug. Danach bekamen wir nacheinander einen Guss von dem Pipiweihwasser über den Kopf – und das war es. Jetzt waren wir keine Heidenkinder mehr und Mama konnte aufatmen. Sie strahlte vor Erleichterung und steckte Pastor Vermeuhlen einen Fünfzig-Mark-Schein zu. Der Alte ließ das Geld blitzschnell im Ärmel verschwinden, als könnte er damit noch etwas anfangen. Vor der Kirche reichte Vater jedem von uns die Hand, als hätten wir die Meisterschaft in Familienharmonie gewonnen.

Nach der Messe holte Mama wie jedes Jahr Oma Gertrudis. Sie hatte manchmal ein schlechtes Gewissen, weil sie meinte, sich mehr um ihre Mutter kümmern zu müssen. Oma Gertrudis lebte auf Mamas Stammhof, der von ihrem Bruder Theo mehr schlecht als recht bewirtschaftet wurde. Onkel Theo hieß bei den anderen der *Trockene Theo,* weil er ein Alkoholiker war, der schon mehrere Entziehungskuren hinter sich hatte.

Ich liebte Oma Gertrudis. Sie hatte ein freches Mundwerk, erzählte schmutzige Witze und konnte einen anstecken mit ihrem Lachen. Leider hatte sie in der letzten Zeit stark abgebaut, und wenn sie bei uns war, wurde mir klar, was Altsein bedeutete. Man schrumpfte, wurde vergesslich und verstand die Welt nicht mehr. Aber das tat meiner Zuneigung keinen Abbruch.

Mama ging mit ihrer Mutter in die Küche. Auf dem Tisch lag ein Haufen Kartoffeln, beinahe ein halber Zentner, viel mehr als gebraucht wurde. Wenn Oma Kartoffeln schälte, fühlte sie sich nicht so unnütz, war meistens mit sich zufrieden und machte keinen Ärger. Was von ihrer Arbeit übrig blieb, verfütterten wir an die Schweine.

„Möchtest du etwas trinken?“, fragte Mama. Sie gab sich wirklich Mühe, wenn Oma zu Besuch war, aber Oma fühlte sich bei uns zunehmend fremd.

„Ich will nach Hause!“, jammerte sie.

„Ich bringe dich ja heute Abend wieder zurück.“

„Warum nicht jetzt sofort? Was habt ihr mit mir vor?“

„Es ist Jahrgedächtnis und wir wollen dich ein wenig verwöhnen. Schäl erst Mal Kartoffeln, dann sehen wir weiter.“

„Immer diese blöden Kartoffeln, die hängen mir allmählich zum Hals heraus!“

„Möchtest du lieber Bohnen schnippeln?“

„Bohnen? Willst du mich vergiften?“

„Mutter! Was willst du denn?“

„Einen Schnaps!“, sagte Oma trotzig.

„Gut. Ein Schnäpschen kann nicht schaden.“

Mama holte zwei Gläser und den Korn. Sie stieß mit ihrer Mutter an. Oma Gertrudis kippte den Schnaps in sich hinein, ohne das Gesicht zu verziehen.

„Auf einem Bein kann man aber nicht gut stehen!“

Mama schenkte nach und auch der zweite Schnaps verschwand ruckzuck in Oma Gertrudis Gebissmund.

„Und jetzt bringst du mich auf der Stelle nach Hause, du blöde Gans!“

„Ach Mutter“, sagte Mama. „Warum bist du so böse zu mir? Was habe ich dir getan?“

„Du störst mich. Du warst schon als Kind eine kleine Hexe.“

„Das sagst du nur so.“

Mama wollte Oma Gertrudis umarmen, aber die stieß sie weg.

„Lass mich in Ruhe, du Schlampe!“, schrie sie.

Mama wischte sich verstohlen die Tränen aus den Augen und kam zu uns in den Kuhstall, wo alle mit Reinigungsarbeiten beschäftigt waren.

„Was ist los“?“, fragte Vater.

„Oma beschimpft mich und glaubt, ich wollte sie vergiften. Sie ist wirklich ziemlich durcheinander.“

„Sie ist verrückt.“

„Sag das nie mehr“, fauchte Mama. „Meine Mutter ist alt und vergesslich, aber deshalb noch längst nicht verrückt.“

Sie ging zur Treppe, die zu den Taubenschlägen führte, packte die Gummistiefel und warf sie an die Wand, dass es klatschte.

„Mama, was soll denn das?“

„Nichts. Lass mich in Ruhe!“

„Und warum schmeißt du die Stiefel durch die Gegend?“

„Ich muss die Treppe putzen.“

„Ach, Mama. Das hab ich doch schon erledigt.“

„Pass auf, Jakob. Tu mir einen Gefallen. Halt einfach die Klappe und schau zwischendurch mal nach Oma. Ich schaff das im Augenblick nicht.“

„Tag Oma“, sagte ich, als ich in die Küche kam.

„Wer bist du denn?“, schrie sie.

„Ich bin der Jakob.“

„Und was willst du von mir?“

„Ich wollte dir bloß ‚Guten Tag‘ sagen.“

„Hast du nichts Besseres zu tun, als mir nachzuspionieren? Siehst du nicht, dass ich eine Menge Arbeit habe? Die Kartoffeln müssen geschält werden. Scher dich zum Teufel, sonst lass ich dich vergasen!“

„Ist ja gut, Oma. Bin schon weg.“

Ich wusste aus Erfahrung, dass es keinen Zweck hatte, Oma in solchen Augenblicken zur Vernunft bringen zu wollen. Am besten war, man ließ sie eine Zeit lang in Ruhe und hoffte auf einen baldigen Stimmungsumschwung. Oft hatte Oma beim nächsten Versuch alles vergessen und war wieder lustig und freundlich.

Im Kuhstall ging ich weiter auf Spinnenjagd, damit nachher beim Rundgang über den Hof niemand aus der Verwandtschaft etwas zu meckern hatte. Mama war mit der Treppe fertig. Die Stiefel hatte sie wieder in Reih und Glied aufgestellt, aber sie war nirgends zu sehen. Ich strich eine Zeit lang mit dem Reisigbesen über die Deckenbalken, dann ging ich zu Oma zurück, um nach dem Rechten zu sehen. Im Flur stank es nach Fliegenspray.

Die Fliegen waren wirklich ein Problem. Niemand wusste genau, wo sie herkamen und keiner konnte mir sagen, wo sie ihre Nester hatten, sonst hätte ich sie zerstört. Sie waren plötzlich da, auch wenn wir die Fenster geschlossen hielten und die Tür zum Kuhstall ganz schnell öffneten und wieder schlossen. Und wenn sie da waren, dann gleich in Massen. Mama sagte, dass es daran lag, dass es Eintagsfliegen waren, die sich aufgrund der kurzen Lebenszeit rasend schnell vermehren mussten.

Mama hatte das Fliegenvernichtungsspray auf dem Schrank stehen lassen und Oma hatte es gefunden. Als ich die Küchentür öffnete, blieb mir die Luft weg. Der Fußboden war mit halbtoten Fliegen bedeckt. Die Fliegenkörper knackten unter meinen Füßen, als ich zu Oma rannte, die wie ein Häufchen Elend in ihrem Stuhl hing. Ihr Kopf war zur Seite gefallen, ihr Hals furchtbar dünn und ihr Gebiss lag auf dem Boden. Es sah ganz so aus, als ob sie sich selbst vergast hätte. Ich riss das Fenster auf. Keine einzige Fliege traute sich herein. Entweder sie rochen die toten Artgenossen oder das Gift.

„Oma", schrie ich und schüttelte sie. „Was machst du für Sachen!"

Die alte Frau rührte sich nicht. Sie hatte eine kleine, kreisrunde Glatze hinten auf dem Kopf, die mir vorher nie aufgefallen war. Ich hielt mein Ohr an ihren Mund und hörte sie atmen. Ich schüttelte sie erneut, bis sie endlich aufstöhnte und die Augen öffnete.

„Mensch Oma, alles in Ordnung?"

„Lass mich sofort los!", fauchte sie. „Du fieser Kerl, sonst rufe ich die Polizei!"

Es hörte sich komisch an, weil Oma keine Zähne im Mund hatte. Ich reinigte ihr Gebiss im Spülbecken und schob es ihr in den Mund. Dann griff ich zum Besen, kehrte die Fliegen zusammen und schloss das Fenster.

„Jakob", sagte Oma. Sie hörte sich mit einem Mal wieder vollkommen klar und vernünftig an. „Tust du mir einen Gefallen?"

„Na klar."

„Ich brauche ein Schnäpschen. Ich habe einen furchtbaren Geschmack im Mund."

„Das kommt bestimmt vom Fliegenspray", sagte ich.

„Fliegenspray? Ich dachte, das wär für die Haare!"

Ich ging zum Kühlschrank und holte den Schnaps. Oma kippte das Zeug schnell herunter, schmatzte genüsslich und griff zum Kartoffelmesser.

Sie summte zufrieden vor sich hin, während sie sich Mühe gab, die Kartoffeln hauchdünn zu schälen, weil ihr jemand eingeredet hatte, die wertvollen Vitamine befänden sich direkt unter der Schale.

Am Nachmittag, bevor der Rest der Verwandtschaft eintrudelte, wurde Skat gespielt. Mama holte die Zigarrenkiste aus dem Schrank, in der Omas Gewinne der letzten Jahre aufbewahrt wurden. Ich schichtete die Münzen zu Häufchen und musste die Karten mischen, wenn Oma an der Reihe war.

„Hast du dir auch die Hände gewaschen?", fragte sie. Ich schaute auf meine Hände und Oma lachte. Für Augenblicke sah sie wie ein glückliches Mädchen aus. Sie gewann die meisten Spiele und meinte, ich wäre ein richtiger Glücksbringer.

Früher hatte ich geglaubt, die anderen würden Oma Gertrudis absichtlich gewinnen lassen. Inzwischen hatte ich begriffen, dass sie wirklich eine hervorragende Skatspielerin war. Manchmal mochte sie nicht mehr wissen, wer sie war und wo sie sich befand, aber die Karten konnte sie nachhalten. Es war nicht zu erklären. Sie vergaß alle Namen, vergaste sich beinahe selbst und pinkelte den Sessel voll, wenn man nicht aufpasste, aber sie reizte wie ein Profi und wusste immer, wer falsch gespielt hatte und eine andere Karte hätte aufspielen müssen. Gerade hatte sie die dritte Schnapsrunde gewonnen.

„Jetzt müsste Oma aber mal aufs Klo", sagte Vater. „Jakob. Sei so lieb und zeig ihr den Weg."

„Warum denn gerade ich?"

„Weil du ihr Glücksbringer bist."

Ich half Oma aus dem Sessel und machte mich mit ihr auf den beschwerlichen Weg zum Klo. Anscheinend hatte sie zu viele Schnapsrunden gewonnen, denn sie kam nur mühsam voran. In der Mitte des Flurs wehrte sie sich plötzlich und weigerte sich, auch nur einen einzigen weiteren Schritt zu machen.

„Komm", sagte ich. „Reiß dich zusammen, Oma. Es ist nicht mehr weit. Wir haben es gleich geschafft."

„Wo führst du mich hin, du kleiner Scheißer!", zischte sie. „Willst du mich entführen oder was?"

„Oma. Ich will dir doch nur helfen."

„Du bist mir aber keine Hilfe."

„Was soll ich denn tun?"

„Am besten gar nichts. Du machst ja sowieso alles falsch."

„Ich bringe dich doch zum Klo. Oder musst du gar nicht?"

„Zum Klo? Dann aber schnell, sonst ist es zu spät."

Ich schob Oma ins Klo. Ich war mir nicht sicher, ob sie den Rest allein schaffte, aber mehr konnte ich beim besten Willen nicht für sie tun. Ich schloss die Tür und ging ins Wohnzimmer zurück.

„Und?", fragte Vater.

„Alles in Ordnung.“

Ich nahm die Karten vom Tisch und sah sie mir an. Sie waren alt und schmutzig. Ich wusste inzwischen, dass der Bauer ein wertvoller Trumpf war und man mit ihm mehr ausrichten konnte als mit dem König oder der schicken Dame. Das gefiel mir. Die Bauern triumphierten in diesem Spiel, obwohl sie auf den Bildern nicht besonders siegessicher aussahen.

„Sieh mal, wo Oma bleibt“, sagte Mama nach einer Weile.

„Muss das sein?“

„Du hast sie hingebracht und sie regt sich bestimmt auf, wenn ein anderer sie abholt. Du weißt doch, wie sie ist.“

Ich wusste, dass Widerstand zwecklos war und fügte mich murrend in mein Schicksal. Als ich zum Klo kam, war die Tür zu. Oma hatte aus Versehen von innen abgeschlossen. Jetzt meinte sie, jemand hätte sie eingesperrt und schrie wie am Spieß.

„Hilfe! Polizei!“

„Oma, ganz ruhig. Ich bin es, der Jakob, dein Glücksbringer. Ich komme, um dich zu befreien!“

„Verdammte Bande! Warum habt ihr mich eingeschlossen? Ihr verfluchten Scheißer, euch werde ich es zeigen!“

„Oma!“, schrie ich zurück. „Der Schlüssel! Du musst den Schlüssel umdrehen!“

„Das würde euch so passen, wie! Eine wehrlose Frau auf dem Klosett! Ihr verdammten Russen! Mich kriegt ihr nicht noch einmal!“

„Oma“, sagte ich leiser. „Hier sind keine Russen. Der Krieg ist vorbei. Du bist auf unserem Hof. Es ist Jahrgedächtnis. Du spielst Skat mit meinen Eltern. Ich glaube, du hast gewonnen.“

„Skat?“, schrie Oma Gertrudis. „Verdammich! Mir fehlt noch ein Grand.“

Ich hörte, wie der Schlüssel sich im Schloss drehte und öffnete erleichtert die Tür. Oma saß auf der Klobrille, wie es sich gehörte. Sie hatte den dunklen Rock hochgerafft, und ihre große, weiße, unheimliche Unterhose hing um ihre Knie. Sie schrie wieder laut um Hilfe, als sie mich erkannte, obwohl ich derjenige war, der jetzt Hilfe gebraucht hätte, denn Oma erhob sich und stand unmittelbar vor mir, zitternd und nackt.

„Hier", sagte sie und zeigte auf das, was ich nicht sehen wollte. „Hier sind sieben Kinder herausgekommen, von deen drei tot sind. Das kannst du dir ruhig mal genauer ansehen."

„Oma", stammelte ich.

„Du bist mir ja einer!", schimpfte sie und riss wütend ihre Unterhose hoch. Das Kleid fiel automatisch an ihr herunter. Ich drückte die Spülung und hakte Oma unter, um sie ins Wohnzimmer zu geleiten. Im Flur blieb sie wieder stehen.

„Geht es jetzt nach Hause?", fragte sie.

„Ich denke schon. Du bist wahrscheinlich total kaputt."

„Das geht aber nicht", sagte Oma.

„Und warum nicht?"

„Weil ich mit denen da drinnen noch nicht fertig bin." Sie kniff mir verschwörerisch in den Arm. „Ich muss doch noch den Grand gewinnen!"

Mama hatte Oma nach Hause gebracht und als sie wiederkam, sah sie einigermaßen mitgenommen aus. Sie machte sich Gedanken, wie es mit ihrer Mutter weitergehen sollte, zog sich in die Küche zurück, fing an zu kochen und wollte auf keinen Fall gestört werden.

Tante Agathe kreuzte pünktlich zur Melkzeit auf, ohne Onkel Herbert, der sich wegen wichtiger Termine in Bonn entschuldigen ließ. Sie zwinkerte mir zu, als sie das sagte. Ich hockte unter einer Kuh, massierte das pralle Euter und musste an Tante Agathes haarlosen Körper denken. Ich spitzte die Ohren, um zu hören, was sie und Vater diesmal zu bereden hatten. Es war nichts Besonderes. Vater erzählte den neuesten Tratsch aus dem Dorf und gab einen Witz zum Besten, was er sonst nie tat. Er benahm sich ganz anders, als ich ihn kannte. Die beiden kamen mir wie frisch Verliebte vor, denen es egal war, was sie sagten oder taten, wenn sie nur zusammen sein durften.

Dann kreuzte Patenonkel Ludwig auf. Er hielt der Kuh, unter der ich hockte, eine Rübe vor das Maul und schnitt Grimassen. Onkel Ludwig hatte immer gute Laune und verrückte Ideen. Beim letzten Jahrgedächtnis hatte er von Vater wissen wollen, wie eine Kuh aufsteht, und seit Jahren diskutierte er mit ihm, auf welcher Seite Kühe ihr linkes Ohr hatten. Musste man es von der Kuh her betrachten oder von dem Menschen, der vor der Kuh stand?

Vater nervten diese sinnlosen Diskussionen. Er konnte seinen Bruder nicht besonders gut leiden. Onkel Ludwig war der Älteste, deshalb hatte er nicht in den Krieg gemusst. Er war zu Hause geblieben und hätte sich um den Hof kümmern sollen. Stattdessen hatte er nur *den starken Mann markiert,* wie Vater sich ausdrückte. Rillos rauchend war er von Hof zu Hof gezogen und hatte sich um die einsamen Frauen im Dorf gekümmert. Zur Strafe war ihm der Hof abgesprochen worden. Vater wurde als Hoferbe eingesetzt und Onkel Ludwig musste auf einen kleinen Aussiedlerhof einheiraten.

Er lebte dort mit zwei Frauen. Mit der einen war er verheiratet, die andere war die ehemalige Magd, aber sie wohnte mit im Wohnhaus, sodass Fremde nicht wussten, wer die eigentliche Hausfrau war. Als ich in den Ferien bei ihnen gewesen war, war mir das alles ganz selbstverständlich vorgekommen. Die drei hatten sich gut verstanden und es war nie ein böses Wort gefallen.

Nach meiner Rückkehr hatte ich überlegt, ob es auch für Vater gut wäre, eine zweite Frau zu haben. Ich fand den Gedanken nicht abwegig. Nur ein zweiter Mann im Haus wäre mir unvorstellbar gewesen.

„Tag Bruderherz!", rief Onkel Ludwig meinem Vater zu. Tante Agathe saß auf dem Melkhocker und machte sich klein, um nicht gesehen zu werden.

„Ach, der Ludwig. Schon Hunger oder was?"

„Warum ist es hier so ruhig?", fragte Onkel Ludwig, ohne auf die kleine Stichelei einzugehen. „Ich habe gehört, dass sie in den modernen Ställen Musik abspielen. Klassische Musik. Wolfgang Amadeus Mozart soll besonders heilsam auf Kühe wirken. Wenn sie seine Sinfonien hören, geben sie angeblich mehr Milch."

„Wat do all hürst", sagte Vater und schüttelte den Kopf.

Onkel Ludwig winkte mir noch zu, dann ging er zu Mama in die Küche. Es dauerte, bis das Euter der Kuh leer war, unter der ich hockte. Vater hängte die Maschine ab und trug den Melkeimer zur Milchkanne. Vorsichtig schüttete er die frische Milch in das Sieb. Tante Agathe stand daneben und schaute interessiert zu. Plötzlich tauchte sie ihren Zeigefinger mit dem roten Nagellack in die warme Milch und steckte ihn sich in den Mund. Sie kicherte wie ein Mädchen, das sich eine kleine Unverschämtheit erlaubt hatte. Als Vater die volle Kanne ins Milchzimmer brachte, schlich sie ihm nach.

Nachdem Vater mit der Arbeit fertig war, sich geduscht und umgezogen hatte, machte er die Hofbegehung. Er führte zuerst den neuen Traktor vor, startete den Motor, betätigte den Frontlader und erklärte, was man alles damit machen konnte. Alle sahen gespannt zu, nur der *Trockene Theo* nicht. Irgendetwas stimmte mit ihm nicht, das sah man sofort. Sein Gesicht war verschwitzt und er zog nervös an den breiten Hosenträgern, die sich über seinen Bauch spannten. Er steckte sich eine filterlose Zigarette zwischen die Lippen und klappte das Feuerzeug mit seinen nikotingelben Fingern auf.

„Wie teuer ist so eine Maschine?", fragte Onkel Rainer, als Vater den Motor abgestellt hatte. Es war ein kleines Wunder, dass Onkel Rainer es wagte, den Mund aufzumachen. Seit seinem Klinikaufenthalt war er kleinlaut geworden. Seine Schultern hingen herab und er wagte es kaum, seinem Gegenüber in die Augen zu schauen. Die Familie ließ ihn gewöhnlich links liegen und er wurde nicht mehr ernst genommen. Alle taten so, als hätte er eine unheilbare, unsichtbare

Krankheit, die ihn sein Leben lang begleiten würde. Ein gebrochener Fuß ließ sich heilen, aber eine gebrochene Seele war für immer verloren. Das war die Ansicht der Familienmitglieder, und niemand fragte je nach, was wirklich mit Onkel Rainer gewesen war und wie es ihm jetzt ging. Es war, als hätten sie Angst, sich anzustecken. Dabei war Onkel Rainer seit seinem Klinikaufenthalt ein freundlicher und zurückhaltender Mann geworden und nichts erinnerte mehr an den Falschonkel, der er in meinen Augen einmal gewesen war.

„Teuer genug", sagte Vater. „Es wird Jahre dauern, bis das Ding abbezahlt ist."

„Warum machst du den Unsinn denn mit und kaufst dir eine solche Monstermaschine?", fragte Onkel Ludwig. „Fortschritt um jeden Preis, was?"

„Halt du dich da raus", schnauzte Vater. „Du hast doch in deinem ganzen Leben noch keine neue Maschine gekauft."

„Das nennt man Werterhalt", sagte Onkel Ludwig und grinste.

„Blödsinn. Du lässt alles laufen, damit du mehr Zeit hast, auf die Jagd zu gehen."

„Wir wurden jedenfalls nicht von der Seuche heimgesucht", entgegnete Onkel Ludwig.

„Du hast ja nur drei Schweine, weil du zu faul zum Arbeiten bist!"

Für Augenblicke wurde es unheimlich still. Dann schaltete Onkel Winfried, der Oberlehrer, sich ein.

„Du hast aber nur die Schweine verloren, oder?"

„Nur? Du bist gut! Wir haben mit einem Schlag hundertdreißig Mastschweine verloren, die Sauen nicht mitgerechnet. Das ist wie ein Schlag ins Genick. Ich weiß im Augenblick wirklich nicht, wie es mit uns weitergehen soll."

„Und was ist mit den Tieren passiert?"

„Die wurden gekeult."

„Und dann?"

„Verbrannt, nehme ich an."

„Mein Gott, wo soll das nur alles hinführen?"

Im verödeten Schweinehaus gab es überhaupt nichts zu sehen, aber die Männer wollten es unbedingt besichtigen. Ich schlich hinter dem kleinen Tross her, obwohl ich den Anblick der leeren Boxen kaum ertrug. Dabei beschlich mich das Gefühl, bestohlen worden zu sein, und ich malte mir aus, wie trostlos die Welt ohne Tiere wäre.

Der gelbe Wasserschlauch, mit dem wir die Boxen gesäubert hatten, lag noch auf dem Futtergang. Das Wasser hatte die Spinnweben aus den Ecken gefegt und an einigen Stellen den Putz von den Wänden gekratzt. Jetzt roch man so gut wie nichts mehr von den Schweinen, die hier einmal gelebt hatten, und in den Särgen war der Rest des Futtermehls feucht und klumpig geworden.

Onkel Winfried war froh, seinen Anzug nach der diesjährigen Hofbesichtigung nicht in die Reinigung bringen zu müssen. Die Männer gingen von Box zu Box und warfen fachmännische Blicke in das trostlose Innere.

„Wie lange müssen sie noch leer stehen?", fragte Onkel Winfried.

„Das weiß ich nicht. Wir warten auf den Bescheid vom Veterinäramt. Jedenfalls sind in den letzten Tagen keine neuen Fälle aufgetreten. Sieht so aus, als wäre der Spuk vorbei und sie hätten die Sache endlich im Griff."

„Habt ihr eine Entschädigung erhalten?"

„Ja. Aber die reicht vorn und hinten nicht. Außerdem haben die Ferkelpreise kräftig angezogen. Die Nachfrage bestimmt bekanntlich den Preis."

„Und wenn du sie noch eine Zeit lang leer liegen lässt? Dann hättet ihr weniger Arbeit."

„Oben lagert die Gerste. Die muss gemahlen und verfüttert werden, sonst wird die Hälfte von den Mäusen gefressen. Außerdem weiß ich nicht, was ich sonst mit den Ställen anfangen soll."

„Du könntest zum Beispiel Hunde halten."

„Hunde? Was soll ich denn damit?"

„Man muss neue Ideen haben. Stillstand ist Rückschritt. Außerdem kennst du dich doch in der Zucht aus. Bei den Tauben funktioniert es und für Rassehunde zahlen die Leute eine schöne Stange Geld."

„Und das Gebell? Was sollen die Nachbarn denken?"

„Die Nachbarn sollten dir egal sein. Weißt du denn, was die alles anstellen, um über die Runden zu kommen? Vielleicht züchten sie Schnecken."

„Ein Bauer, der Hunde oder Schnecken züchtet, ist kein Bauer mehr", sagte Vater.

„Und Pilze? Wie wäre es damit? Die bellen ja nicht!"

„Du hast vielleicht Ideen", stöhnte Vater.

„Champignons werden immer gebraucht und machen nicht viel Arbeit. Das Klima hier drin ist ideal. Du müsstest eigentlich nur die Fenster verdunkeln."

„Ich mag aber keine Pilze", brummte Vater. „Außerdem fressen Pilze keine Gerste."

Normalerweise saßen die Familien bei feierlichen Anlässen in getrennten Räumen. Die Hofners kamen ins gute Zimmer und die Schoepmanns in die Alltagsstube. Diesmal funktionierte es nicht. Tante Agathe wollte unbedingt neben Vater sitzen und Mama war zu den Hofners geflüchtet.

Mein Platz war neben Onkel Rainer auf dem Sofa. Der arme Kerl konnte einen wirklich leid tun. Tante Erika hatte sein Gewächshaus abreißen lassen, damit sie den Garten besser überblicken konnte. Auch das Tretbecken war zugeschüttet worden, damit Onkel Rainer sich nicht darin ersäufen konnte. Gerade füllte Tante Erika seinen Teller und reichte ihn herüber.

„Denk an die Serviette!", sagte sie.

Früher hatte ich sie bemitleidet, jetzt verachtete ich sie, auch wenn sie vielleicht unter Onkel Rainer gelitten hatte und meinte, sich rächen zu müssen. Sie saß uns gegenüber und ließ ihren Mann keinen Augenblick aus den Augen.

Wenn mich jemand so beobachtet hätte, ich hätte auch alles falsch gemacht.

„Wie geht es dir eigentlich?", fragte ich so leise, dass die anderen es nicht hören konnten.

„Ganz gut, aber ich muss Medikamente nehmen. Sie haben Nebenwirkungen."

„Was hast du denn genau?"

„Depressionen", sagte Onkel Rainer. Das Wort kroch so schleppend und zäh über seine Lippen, dass ich ahnte, was es für ihn bedeutete.

„Kommt so etwas plötzlich?"

„Na ja. Man weiß es nicht. Die Forschung tappt im Dunkeln. Aber ich hatte schon immer das Gefühl, dass irgendwas mit mir nicht in Ordnung ist. Ich habe funktioniert, aber es fühlte sich alles nicht gut an."

„Als ich bei euch war, damals, da habe ich einiges falsch verstanden", sagte ich.

„Und ich habe so gut wie alles falsch gemacht, stimmt's?"

Onkel Rainer sah mich mit seinen kleinen, traurigen Augen an, aber in seinen Mundwinkeln war ein Lächeln verborgen, das nur darauf wartete, geweckt zu werden.

„Ihr wolltet mich an Kindes statt annehmen, oder?"

„Ja. Wir wollten dich tatsächlich adoptieren. Sei froh, dass es anders gekommen ist!"

Onkel Rainer schaute schnell zu seiner Frau hinüber.

„Weißt du, was ich damals verstanden habe? Ich habe gedacht, ihr wolltet mich in die Kinderstadt abgeben. Deshalb habe ich in dem Spielzeugladen so ein Theater gemacht. Ich hatte das einfach falsch verstanden."

„In die Kinderstadt abgeben?", fragte Onkel Rainer. Und dann war es so weit. Er musste lachen. Das Lachen platzte aus ihm heraus, als hätte jemand es über Jahre in seinem Körper eingeschlossen. Er steckte mich an und auch ich prustete los.

„Was ist denn in euch gefahren?", fragte Tante Agathe.

„Ich habe einen Witz erzählt", log ich.

„Wenn der so witzig ist, warum erzählst du ihn dann nicht laut?“

„Der Witz war nur für Onkel Rainer gedacht.“

Unter dem Tisch, für niemanden sichtbar, stieß Onkel Rainer sein spitzes Knie gegen mein Bein und ich biss mir auf die Zunge. Nie mehr würde er für mich ein Falschonkel sein.

Nach dem Essen wurden Getränke gereicht. Vater trank wie jedes Jahr süße Bowle, die Mama extra für ihn machte. Tante Agathe nahm ein Glas Sekt und die anderen, bis auf Onkel Theo, griffen zum Bier. Wir wurden befragt, wie es in der Schule ging und was wir einmal werden wollten. Wir sagten irgendetwas, um unsere Ruhe zu haben. Nur unser ältester Bruder fühlte sich auserkoren, unserer Familie zum intellektuellen Durchbruch zu verhelfen. Den hatten die meisten der Hofners eine Generation zuvor geschafft. Bald würde er sein Abitur machen, wusste aber nicht, was er studieren sollte, der Arme.

„Was würdest du denn am liebsten machen?“, fragte Oberlehrer Winfried.

Ich hätte es ihm sagen können. Mein Bruder wollte immer Recht behalten und zu Weihnachten wünschte er sich einen Packen Rotstifte, mit denen er meine Schulhefte korrigieren konnte. Er vergab Noten und setzte seine Unterschrift darunter. Mein Bruder war der geborene Lehrer, das stand fest.

„Wenn ich Medizin studiere, kann ich anderen Mensch helfen. Das würde mir Spaß machen.“

Ich glaube dir kein Wort, dachte ich. Du würdest das nur wegen der Kohle machen, die du dann verdienst. Aber was macht die Kohle mit dir? Hast du dich das jemals gefragt?

„Medizin ist gut. Jura wäre besser“, sagte Oberlehrer Winfried.

Jura. Jawohl! Mein schlauer Bruder wird Richter, und später, wenn ich auf die schiefe Bahn geraten bin, was wahrscheinlich unvermeidlich ist, verknackt er mich. Oder er wird Vorsitzender am Bundesgerichtshof und plädiert für die Wiedereinführung der Todesstrafe.

„Und wieso?", fragte er.

Wieso? Wieso? Frag nicht so blöd, du Duckmäuser!

„Weil Juristen normalen Menschen gegenüber einen Vorteil haben. Sie wissen, was möglich ist und können die Gesetzeslücken nutzen. Außerdem landen Juristen oft im diplomatischen Dienst. Da lernt man die Welt kennen und muss sich keine finanziellen Sorgen machen. Nur schade, dass Bruder Herbert nicht da ist. Der könnte dir sicher wertvolle Tipps geben."

Onkel Herbert hatte mir gerade noch gefehlt. Er hätte wahrscheinlich sein neuestes Wahlplakat ausgerollt und es mir als Souvenir überlassen. Dann hätte er sich mit meinem schlauen Bruder zusammengesetzt und sie hätten die politische Weltlage erörtert. Und ganz nebenbei hätte Onkel Herbert meinen Bruder dazu gebracht, in seine christliche Partei einzutreten.

Ich konnte das Geschwätz nicht mehr ertragen. Ich hätte gern mit Onkel Rainer einen Spaziergang gemacht, aber Mama ließ das nicht zu. Sie schickte mich stattdessen in die Küche, damit ich Vaters Bowleglas auffüllte. Als ich dort ankam, erwischte ich den *Trockenen Theo* am Bowletopf. Er stand wie versteinert da, hatte die Schöpfkelle an den Lippen und erinnerte mich an ein Kind, das in der Fastenzeit beim Naschen erwischt wird.

„Schmeckt's?", fragte ich beiläufig.

„Verrat mich nicht", sagte er und langte schnell noch einmal zu. Er schlürfte die Bowle direkt aus der Kelle, was ich ziemlich ekelhaft fand. Dann ging er zum Spülbecken und füllte den Bowletopf mit Leitungswasser auf, um seinen Diebstahl zu kaschieren.

„Keine Sorge, ich bin keine Petze."

Petzen war nicht nötig, denn Onkel Theo verriet sich selbst. Es war nämlich so, dass er nicht zu bremsen war, wenn er erst einmal auf den Geschmack gekommen war.

Immer häufiger ging er in die Küche, nicht nur wegen der wässrigen Bowle, denn er hatte die Schnapsflasche im Kühlschrank entdeckt. Er machte sich nicht die Mühe, ein Glas zu füllen, setzte die Pulle an die Lippen und trank mit gierigen Schlucken. Dann packte ihn kurzzeitig die Einsicht, er starrte die Flasche an, streckte dem Etikett die Zunge heraus und verbannte sie wieder im Kühlschrank. Mit entschlossenen Schritten ging er zur Tür, besann sich aber im letzten Moment eines anderen, machte auf der Stelle kehrt, genehmigte sich noch einen. Mit wackeligen Schritten kehrte er ins Wohnzimmer zurück.

„Was ist denn mit der Bowle passiert?", fragte Vater.

„Nichts", sagte Mama, „Die ist wie immer."

„Schmeckt aber nicht so. Die ist wässrig. Probier doch selbst mal."

Mama nahm einen Schluck. Dann glitt ihr Blick zum *Trockenen Theo* hinüber. Sie wusste, dass er es gewesen war, aber sie hatte Angst vor der Wahrheit.

Onkel Winfried hatte ein neues Thema gefunden. Den Oberlehrer interessierte neuerdings die Namensforschung und er behauptete, die Namensgebung wäre kein Zufall.

„Jeder Name ist ein sprechender Name", sagte er. „Alle Namen haben eine Bedeutung. Man muss nur ihre Geschichte erforschen. Das nennt sich übrigens Etymologie."

„Scheiße", warf Onkel Theo ein. Die Wirkung des Alkohols war bereits unüberhörbar. „Ich heiße Scheiße. Und? Was hat das deiner Meinung nach zu bedeuten?"

„Ist das der Vor- oder Nachname?"

„Heiße Scheiße", sagte Onkel Theo. „Vorname ‚Heiße'. Nachname ‚Scheiße'. Das ist doch nicht so schwer zu kapieren!"

Er sprang von seinem Platz auf und fuchtelte mit den Armen. Es lockte ihn schon wieder in die Küche, aber dann hatte er ein Einsehen und ließ sich zurück auf den Stuhl fallen.

„Sag mal Theo. Hast du was getrunken?", fragte Mama.

„Nur ein Schlückchen Bowle, Ehrenwort!"

„Ein Schlückchen ist bei dir zu viel. Das solltest du inzwischen wissen!", sagte Onkel Winfried streng.

„Hab dich doch nicht so und spiel hier nicht den Moralapostel!"

„Mensch Theo, du bist krank. Du darfst das Zeug nicht anrühren, sonst wirst du rückfällig."

„Was geht dich das eigentlich an?"

„Eine ganze Menge! Schließlich bin ich dein Bruder und unsere Mutter ist auch noch da. Wenn du säufst, kümmerst du dich einen Scheißdreck um sie."

„Weiß du was!", schrie der *Trockene Theo*. „Das ist mir jetzt einfach zu blöd hier. Ihr labert nur, aber wer von euch kommt mal und hilft mir bei Oma? Ihr seid Klugscheißer, sonst nichts. Ihr könnt mich mal!"

Er stand wieder auf, marschierte schnurstracks in die Küche, stärkte sich ein letztes Mal an der Schnapsflasche und machte sich aus dem Staub. Alle wussten, dass er nicht mehr fahren durfte, aber nicht aufzuhalten war. Sie blieben am Tisch sitzen und hörten, wie er losfuhr. Ein paar Minuten wurde diskutiert, wie es mit ihm und Oma Gertrudis weitergehen sollte, dann kehrte Onkel Winfried zu seinem augenblicklichen Lieblingsthema zurück.

„Also, bei der Etymologie geht es nicht so sehr um die Vornamen. Die sind oftmals willkürlich. Es sei denn, eine Familientradition wird fortgesetzt."

„Und worum geht es dann?", fragte mein schlauer Bruder.

„Die Nachnamen sind entscheidend."

„Erzähl."

„Du weißt schon. Müller, Becker, Bauer, Fassbinder. Das sind alles sprechende Namen."

„Und wie ist das bei uns?"

„Auch unsere Namen sagen etwas. Ein Hofner ist der mit dem Hof. Wie ich aus alten Quellen ermitteln konnte, befindet sich unser Hof tatsächlich seit Jahrhunderten in Familienbesitz. Das belegen die Urkunden. Wir sind die mit dem Hof."

„Und die Schoepmanns?", fragte mein überschlauer Bruder.

„Bei den Schoepmanns ist das anders. Die bekamen anno dazumal nicht den Hof, sondern nur ‚de Schop', also den Schuppen. Das war zu der Zeit, als Napoleon das Erbrecht noch nicht reformiert hatte. Davor wurden die Höfe immer mehr geteilt, damit alle Kinder ihr Auskommen hatten. Die Hofner sind reiche Hofherren, die Schoepmanns arme Schuppenbewohner! So ist das nun mal."

Onkel Winfried lachte, als hätte er einen guten Witz gemacht.

„Und wie sind wir zu unserem Hof gekommen?" Mein Bruder war nicht bereit, klein beizugeben.

„Ganz einfach. Euer Ururururgroßvater war ein ‚Kruupiin'. So nennt man Leute, die kein Geld haben aber schlau genug sind, sich einen andern Hof durch Heirat unter den Nagel zu reißen."

„Und wenn schon!", fuhr mein Bruder dazwischen und lieferte der Verwandtschaft eine Kostprobe seines durchtriebenen Denkvermögens. „Wir Schoepmanns mögen den Hof später bekommen haben, aber wir werden ihn auf jeden Fall länger behalten als ihr."

„Wieso?", fragte Onkel Winfried irritiert.

„Weil unser Vater arbeitet wie ein Tier, wogegen euer Theo säuft wie ein Stier!"

Danach war die Stimmung endgültig hinüber, und es dauerte nicht lange, bis wir wieder unter uns waren. Mama stand in der Küche herum. Sie trank einen Schnaps und kratzte die Reste von den Tellern. Vater schüttete die wässrige Bowle in die Kloschüssel. Ich brachte die Töpfe in den Keller, setzte mich auf den angebrochenen Kasten Bier und hörte eine Zeit lang zu, wie die Wasserpumpe arbeitete – eine uralte Maschine, die unheilvoll brummte, bevor sie ansprang. Ich musste an das Geld denken, das ich in der Kapelle gefunden hatte. Ich hatte es auf dem Speicher versteckt. Obwohl ich es nicht gezählt hatte, würde es reichen, mich notfalls aus dem Staub zu machen, wie Mareike es getan hatte.

Mama tauchte die schmutzigen Teller in das dampfende Spülwasser. Ihre Schultern zuckten.

„Das hält doch kein Mensch aus", sagte sie. Ihre Stimme war weich und wässrig. „Diese Familie ist ein einziger Schrecken."

„Es ist nicht unsere Schuld", sagte Vater. „Wir haben uns nichts vorzuwerfen!"

„Manchmal denke ich, meine Schwester hat es richtig gemacht. Die sitzt hinter ihren Klostermauern und lässt den lieben Gott einen braven Mann sein. Die hat mit dem ganzen Kram nichts zu tun."

„Du hast gesunde Kinder", sagte Vater. „Du solltest nicht undankbar sein."

„Und was wird aus meiner Mutter? Bei meinem Bruder Theo kann sie unmöglich bleiben. Was hältst du davon, wenn wir sie zu uns holen?"

„Aber sie fühlt sich doch nicht wohl hier."

„Weil sie es nicht gewöhnt ist. So kann es jedenfalls nicht weitergehen."

Wie sich am nächsten Tag herausstellte, hatte Mama sich unnötig Sorgen gemacht. Oma Gertrudis hatte sich beschwipst ins Bett gelegt, bestimmt von einem grandiosen Grand geträumt und war nicht wieder aufgewacht.

HORST

Vater hatte das Bad nicht verriegelt und ich öffnete versehentlich die Tür. Ich wolle sie schnell wieder schließen, aber er hatte mich bemerkt.

„Jakopp", sagte er. „Bist du das?"

„Ja."

„Komm rein. Ich muss mit dir reden."

Ich betrat das Bad, schloss die Tür und setzte mich auf die große Holzkiste, in der wir die schmutzige Wäsche sammelten. Die Luft war feucht und schwer. Ich sah auf Vaters Glatze, die mich an eine Lichtung erinnerte. Wenn ich an seinem Kopf vorbeischaute, tauchte die weiße Fleischinsel seines Bauches auf.

Er rieb sich mit dem Schwamm über den Nacken und stöhnte leise. Der Nacken war von der Sonne gebräunt, genau wie seine Oberarme, bis zu der Stelle, wo das ärmellose Hemd aufhörte. Alles andere an ihm war kalkweiß.

Mir war unheimlich zumute, allein im Bad mit meinem nackten Vater, der Hühner und Tauben köpfte und sich die blutverschmierten Hände an der Hose abrieb. Jetzt lag er in der Badewanne und wollte mit mir reden.

„Was ist denn?"

„Ich fahre nachher zum Bahnhof, Horst abholen", sagte Vater, ohne den Kopf zu wenden.

„Ich weiß."

„Und weißt du auch, warum ich dich nicht mitnehme?"

„Keine Ahnung."

„Weil ich Angst habe, dass du dich in etwas hineinsteigerst."

Er machte eine Pause und bearbeitete mit dem Schwamm seinen Bauch. Ich fürchtete, sein Geschlecht zu sehen – das Organ, das mich gezeugt hatte.

„Ich glaube, du verstehst einiges falsch. Wenn man etwas gar nicht versteht, ist das nicht schlimm. Aber das, was man falsch versteht, setzt sich im Kopf fest. Erst ist es vielleicht nur ein einziger Gedanke, ein falsch verstandener Satz, aber dieser Satz breitet sich aus, erzeugt neue Sätze, und irgendwann hat man eine Geschichte im Kopf, die mit der Wirklichkeit nichts zu tun hat."

Er weiß es, dachte ich. Er weiß alles. Er weiß, dass ich ein Tonband im Schrank des guten Zimmers aufgestellt habe, um ihn zu belauschen, und er weiß, dass ich diesen Film gesehen habe, obwohl er es mir verboten hat. Er spielt den Unwissenden, weil er mich in seine dunkle Geschichte hineinziehen will. Er will sie mit mir teilen und auf diese Weise seine Last halbieren. Vater will mich zum Mitwisser machen und mir seine Schuld vererben.

„Weißt du, was ich meine?"

„Ich glaub schon."

„Und verstehst du, warum ich dich nicht mehr mitnehme?"

Erst jetzt sah ich sein Gesicht im Spiegel. Er hatte mich die ganze Zeit beobachtet.

„War es eigentlich schlimm im Krieg?"

Vater drehte sich ruckartig um. Seine Hand umklammerte den Schwamm, presste ihn zusammen und das Wasser klatschte in die Wanne. Vaters Gesicht war rund, seine Wangen gerötet und das Resthaar klebte wirr an seiner Stirn. Er rieb mit dem Schwamm über sein Gesicht, als hätte er einen Doppelzentner Weizen die Speichertreppe hinaufgeschleppt und würde sich den Schweiß abwischen.

„Warum fragst du immer danach? Wieso interessierst du dich so für den Krieg?"

„Nur so."

„Sei lieber froh, dass du so etwas nicht erleben musst."

Vaters Körper glitt tiefer in die Wanne. Sein Kopf verschwand im Badewasser. Seine Knie ragten spitz empor. Ich wartete darauf, dass sein Kopf wieder auftauchte.

„Kann ich jetzt gehen?"

Vater sagte nichts und ich wünschte mir, dass er den Stopfen zog und alles, was ich wusste oder ahnte, mit dem schmutzigen Badewasser im Abfluss verschwand.

Vaters Kriegskamerad Horst kam stets an einem bestimmten Tag. Er lebte in Berlin und wir hörten ansonsten nie etwas von ihm. Ich konnte mich gut erinnern, wie ich mit Vater einmal auf dem Bahnsteig gestanden hatte, der Zug eingefahren und quietschend zum Stillstand gekommen war. Die Türen sprangen auf, Menschen strömten heraus und hasteten zu den Aufgängen, als würden sie dorthin geprügelt. Vaters Freund Horst verließ ganz zum Schluss den Zug. Er sah aus wie jemand, der eine wahnsinnig lange und anstrengende Reise hinter sich hatte, ging mit schweren, schleppenden Schritten, ließ seinen Leinenrucksack fallen und begrüßte Vater. Das war ein unheimlicher Augenblick für mich. Die Männer umarmten sich, ihre Köpfe lagen auf der Schulter des anderen, wie bei müden Kriegern, die einen langen Kampf hinter sich hatten. Es sah aus, als würden sie still zusammen weinen oder lachen. Ich konnte es nicht entscheiden. Jedenfalls klopften sie sich auf die Schultern, während eine Zugverspätung durchgesagt wurde. Ich schaute zu den Stadttauben auf, die trotz des Lärms reglos auf den Lautsprechern sitzen blieben.

„Junge, du lebst ja noch", hörte ich Vater sagen.

„Unkraut vergeht nicht", antwortete Horst.

„Kannst du inzwischen besser schlafen?"

„Wenn ich nicht allein bin und gepimpert habe, geht es."

„Immer noch der alte Draufgänger, was!"

„Man tut, was man kann!"

Es dauerte eine Weile, bis Horst auch mich begrüßte und mir die Hand gab. Dabei hatte ich das Gefühl, dass er mich nicht richtig wahrnahm. Meinen Namen hatte er auch vergessen. Vater nahm den Leinenrucksack, wir gingen den Bahnsteig entlang, stiefelten die Treppe hinunter und Horst kaufte in der Bahnhofshalle einen Strauß Blumen.

Auch diesmal hatte Horst den Leinenrucksack in der einen und den Blumenstrauß für Mama in der anderen Hand, als er aus dem Auto stieg. Er war ein großer, schlanker Mann mit auffallend schmalen Händen. Früher hatte er sicher gut ausgesehen, aber jetzt ging er ein wenig gebückt und zog das linke Bein nach. Er trug immer Anzüge und schmierte sich eine Paste ins Haar, damit es glänzte und platt auf dem Schädel lag. Seine Augen waren schön, aber ein Lid zitterte, als würde es frieren oder hätte Angst.

Wir Kinder wussten inzwischen, was Horst in seinem Rucksack hatte: eine Zahnbürste, die er jedes Jahr auf der Ablage vor dem Spiegel liegen ließ und die Mama irgendwann wegwarf, zwei Flaschen Wodka, und für jeden von uns eine Tafel Schokolade, die etwas Besonderes sein sollte, da man sie nur im Osten kaufen konnte. Das Zeug schmeckte scheußlich, aber keiner von uns traute sich, dem Horst zu sagen, dass er im kommenden Jahr normale Schokolade mitbringen sollte.

Er begrüßte Mama und überreichte ihr mit einer altmodischen Verbeugung die Blumen. Mama bedankte sich und suchte im Schrank nach einer passenden Vase. Horst setzte sich an den Küchentisch und erzählte vom Wetter in Berlin, von der Mauer, an der wieder Flüchtlinge erschossen worden waren, wie lange er im Zug gesessen hatte und wie oft er hatte umsteigen müssen. Er wartete nur darauf, mit Vater in der guten Stube verschwinden zu können.

Gewöhnlich kochte Mama nach Gefühl, und abgesehen von der schrecklichen Zeit, als sie mit dem Pimmelbruder aus dem Krankenhaus gekommen war, schmeckte das, was sie zubereitete, hervorragend. Sie musste keine Rezepte lesen, brauchte keinen Messbecher und keine Waage. Sie kochte nach Gefühl. Nur wenn Horst kam, schaute sie im Kochbuch nach, weil Vater wollte, dass es an diesem Tag etwas Besonderes gab. Er verschwand mit seinem Freund im guten Zimmer, und Mama klopfte an, wenn sie ihnen das Essen brachte. Sobald sie die Tür öffnete, verstummten die beiden. Nach dem Essen, wenn Mama abgeräumt hatte, holte Horst den Schnaps aus dem Rucksack und sie fingen zu trinken an. Vater trank gewöhnlich keinen Alkohol, nur manchmal Mamas süße Bowle, doch wenn Horst da war, war alles anders. Wir mussten die Stallarbeit übernehmen, ein Nachbar molk die Kühe, Vater arbeitete nicht, badete am Nachmittag und trank abends Wodka.

„Was machen die im guten Zimmer?"

Mama spülte die Teller und Töpfe.

„Sie reden."

„Und worüber?"

„Über den Krieg nehme ich an."

„Was hat Vater denn im Krieg gemacht? Was weißt du darüber? Du bist doch seine Frau. Er dürfte keine Geheimnisse vor dir haben."

„Welche Geheimnisse denn?"

„Ich weiß nicht. Irgendwas von damals."

„Was für ein damals?"

„Als ihr euch noch nicht gekannt habt und er im Krieg war."

„Natürlich hat er davon erzählt."

„Und was?"

„Jakopp! Du kennst die Geschichten doch", sagte Mama.

„Und etwas anderes hat er dir nicht erzählt? Hast du nicht das Gefühl, dass er etwas verschweigt. Vielleicht sieht er deshalb manchmal so grimmig aus."

Mama sah mich an und schüttelte langsam den Kopf. Sie hatte den Film nicht gesehen und begriff meine Dringlichkeit nicht. Sie schien nicht zu bemerken, dass das Gesicht ihres Mannes beim Erzählen mitunter fahl und leer wurde. Dann verlor Vater sich im Dunst der Vergangenheit und eine dunkle, wabernde Wirklichkeit wurde spürbar, für die er keine Worte fand, weil das Unfassbare, das ihm widerfahren war, ihn sprachlos machte.

„Warum kann ich mich nicht einfach zu ihnen ins gute Zimmer setzen?"

„Papa will nicht gestört werden."

„Was bereden sie denn da, von dem niemand etwas wissen soll?"

„Das hast du mich schon gefragt. Ich nehme an, sie tauschen Erinnerungen aus."

„An den Krieg?"

„Sie waren viele Jahre gemeinsam im Feld. Horst ist verwundet worden und Vater hat ihn gerettet."

„Haben sie auch geschossen?"

„Das weiß ich nicht."

„Bestimmt haben sie geschossen. Das machen doch alle Soldaten im Krieg. Meinst du, Vater hat viele Russen erledigt?"

„Jakopp! Hör auf damit!"

„Warum erzählt er denn nie, was wirklich gewesen ist? Warum verkriechen sie sich im guten Zimmer, wenn sie über den Krieg sprechen?"

„Wenn du mit deinem Freund etwas Wichtiges zu bereden hast, willst du auch nicht, dass andere mithören, oder?"

„Sie haben etwas zu verbergen!"

„Jeder Mensch hat sein Geheimnis", sagte Mama, schob einen Stuhl vor den großen Wandschrank und kramte in einem der oberen Schränke herum, wo nur Gummis und andere Sachen herumlagen, die man zum Einmachen benötigte.

„Hat Vater dir nie was erzählt?", fragte ich.

„Doch", sagte Mama. Sie sah mich nicht an und ihre Stimme zitterte. „Doch, doch."

„Redet er auch manchmal im Traum?"

„Jakopp, bitte. Hör auf damit!"

„Warum trinkt er immer Wodka, wenn Horst da ist?"

„Lass ihm doch das Vergnügen. Es ist ja nur das eine Mal im Jahr. Sei lieber froh, dass er sonst nicht trinkt."

„Es ist aber gar kein Vergnügen für ihn. Das ist es ja gerade. Er muss trinken, weil er es sonst nicht aushält."

„Woher willst du das wissen, du Schlaumeier?"

„Weil er hinterher nach Kevelaer dackelt, um wieder zu sich zu kommen. Warum geht er immer allein? Was glaubst du, macht er unterwegs?"

„Er hat es versprochen im Krieg. Er hat ein Gelübde abgelegt."

„Und wie hieß das?"

„Er hat versprochen, einmal im Jahr nach Kevelaer zu pilgern, wenn Gott ihm zur Seite steht und er den Krieg unbeschadet übersteht. Das hat er mir gesagt."

„Und? Hat er ihn unbeschadet überstanden?"

Mama sagte nichts mehr.

Ich ging ins Wohnzimmer, setzte mich auf das Sofa und schaute mir das Album mit den alten Fotos an. Sie hatten gezackte Ränder und inzwischen wusste ich, wer von den Soldaten Vater war, obwohl er damals anders aussah und die gleichen Sachen anhatte, wie die anderen Soldaten. Zum Glück trug er keine schwarze Uniform. Im Film hatten die grausamen deutschen Soldaten schwarze Uniformen angehabt und blitzblanke Lederstiefel getragen.

Und dann entdeckte ich ein Bild, das ich nie beachtet hatte, weil Vater darauf nicht zu sehen war. Es musste in der Nacht aufgenommen worden sein, denn der Himmel war schwarz. Eine Gruppe von Menschen blickte in das Licht von Scheinwerfern, schaute gleichzeitig mit großen Augen in die Kamera, aber die Gesichter waren verschwommen.

Ich riss das Foto aus dem Album, schlich in den Flur, setzte mich auf den Boden und lehnte meinen Rücken gegen die Tür, hinter der Vater und Horst mit der Wahrheit kämpften. Ich starrte auf das Foto, bis ich meinte, Gesichter erkennen zu können. Es war, als würden die Menschen durch meinen Starrblick zum Leben erweckt, Frauen und Kinder, vor einer Kirche angetreten. Rechts und links von ihnen stehen Soldaten in schwarzen Uniformen, Männer, starr wie Totengräber, mit Gewehren statt Spaten in den Händen. Vater und Horst sind nicht dabei! Sie müssen woanders sein, irgendwo ganz in der Nähe, denn ich kann ihre Stimmen hören.

„Natascha", sagen sie und lachen. „Ja, ja. Die Nataschas."

Das muss die junge Frau in der hinteren Reihe sein, die direkt neben einem der Totengräber steht. Ihr Haar leuchtet und sie überragt die gekrümmten Gestalten in den Reihen davor. Sie hat den Kopf erhoben und schaut ins Nichts, als wollte sie nicht sehen, was um sie herum geschieht. Die Kinder in der ersten Reihe öffnen die Münder, als würden sie singen.

Ein weiterer Soldat taucht auf, ebenfalls in schwarzer Uniform. Er ist jung, schreitet die Reihen ab und mustert die Gesichter. Seine Stiefel reflektieren das Licht der Scheinwerfer. Sie sind das einzig Lebendige ringsum. Flackernde Lichtsterne auf poliertem Leder. Er öffnet den Mund und ich höre seine schneidige Stimme.

Spricht jemand deutsch?

Stille.

Kann jemand mich verstehen? Deutsch jemand?

Eine alte Frau tritt vor und verneigt sich vor dem Mann mit der schwarzen Uniform.

Wenn Sie erlauben.

Ja, ich erlaube.

Mein Name Olga. Wie kann ich behelflich sein?

Behelflich sein. Das ist gut. Sehr gut sogar.

Der Mann legt seinen Arm um die Schulter der alten Frau. Er könnte ihr Sohn sein. Er dreht ihren Körper, als wolle er mit ihr tanzen. Er dreht ihr Gesicht in die Richtung der anderen Dorfbewohner.

Hast du Kinder?

Kinder?

Ja. Söhne. Töchter.

Söhne, drei.

Wo sind sie?

Irgendwo im Krieg. Tot vielleicht. Weiß nicht.

Du weißt nicht?

Weiß nicht.

Aber du willst mir behelflich sein. Eine gute Frau willst du sein.

Da.

Kennst du die Menschen hier?

Da. Sicher.

Gut. Dann zeige mir, wer von ihnen Jude ist!

Stille.

Olga! Du wolltest mir doch behelflich sein, oder?

Die Hand des Mannes umfasst das Kinn der alten Frau. Seine Finger graben sich tief in die faltige Haut.

Sag mir, wer von den Leuten hier Jude ist.

Stille.

Verstehst du? Wer Jude ist, soll vortreten!

Niemand rührt sich.

Wenn Sie so gut sein möchten ...

Oh ja. Ich möchte so gut sein! Ich möchte besonders gut sein.

Der Mann stößt die alte Frau in die Reihe zurück. Dann geht er zu einem der Kinder. Ein Junge. Vielleicht vier Jahre alt. Der Mann tätschelt seinen Kopf. Er nimmt den Jungen an die Hand. Der Junge schaut den fremden Mann fragend an. Der Mann zieht den Jungen hinter sich her. Er marschiert mit ihm ein wenig hin und her, wobei er die Knie sehr hoch hebt. Ich kann seine Schritte hören und das schwere Atmen des Jungen. Der Junge versucht, ebenfalls im Stechschritt zu gehen. Der Mann bleibt stehen. Er lächelt. Er stellt sich hinter den Jungen und zieht seine Pistole. Er setzt die Mündung auf den Hinterkopf des Jungen und drückt ab. Der Junge fällt vornüber in den Dreck des Dorfplatzes.

Stille.

Die Soldaten links und rechts der Reihen heben ihre Waffen, um schneller reagieren zu können. Aber es geschieht nichts. Ein Junge ist tot. Sonst nichts.

Juden vortreten! Verdammtes, feiges Judenpack! Zeigt euch!

Der Mann in der schwarzen Uniform steigt über den toten Jungen hinweg wie über einen herabgefallenen Ast und schreitet erneut die Reihen ab. Dann bleibt er stehen. Er hat Natascha gesehen und geht auf sie zu. Sie ist auffällig, nicht zu übersehen. Er nimmt ihre Hand und zerrt sie mit sich.

Bist du Jüdin?

Er hält Natascha anders als die alte Frau und natürlich auch anders als den Jungen, den er erschossen hat. Er ist beinahe zärtlich zu ihr, so zärtlich wie ein Totengräber sein kann, ein böser Gott, der nach Belieben Leben schenkt oder nimmt.

Jüdin?

Der Mann greift in das blonde Haar und reißt Nataschas Kopf so weit zurück, dass sie nur noch den Nachthimmel sieht. Dann greift er erneut zur Pistole. Das Bild zittert, während ich Schüsse höre und Schreie. Die Totengräber werfen die Arme hoch und stürzen in die Nacht. Der Mann mit der Pistole lässt Nataschas Haar nicht los und reißt sie mit sich zu Boden. Dann rennt Horst ins Bild, das Gewehr in der Hand. Er kniet sich neben Natascha. Er entreißt sie der Hand des Totengräbers, umarmt und küsst sie. Er sagt etwas. Er schreit. Er winkt, winkt jemandem zu, Vater, es ist Vater, der auf die eigenen Männer geschossen hat und plötzlich die Tür aufreißt, sodass ich nach hinten falle und wie ein hilfloser Käfer rücklings auf dem Teppichboden des guten Zimmers liege.

„Was machst du denn hier?"

Vater schaute auf mich herab. Seine Augen brannten. Irgendwie kam er mir verjüngt vor und nichts erinnerte an den Mann, den ich vor ein paar Stunden in der Badewanne gesehen hatte.

„Lass mich vorbei", sagte er. „Ich muss mal."

Ich schaute zu Horst hinüber, der lässig auf dem Sofa saß.

„Mit der Tür ins Haus gefallen", sagte er lächelnd. „Setz dich."

Ich wusste nicht, wie ich mich verhalten sollte. Sicher hatten sie das Tonbandgerät im Schrank entdeckt und würden mich zur Rede stellen.

„Ich weiß nicht."

„Ach, komm schon."

Ich stand auf, ging zu einem Sessel und setzte mich. Ich schaute auf den Teppich, verlor mich an den Anblick des Musters. Ich wollte mich nicht zur Wehr setzen. Ich war bereit, bedingungslos zu kapitulieren.

„Jakob." Ich wunderte mich, dass Horst meinen Namen kannte. „Hast du die Mondlandung im Fernsehen verfolgt?"

„Ja. In der Dorfkneipe."

„Und was meinst du. Sind die Amis tatsächlich auf dem Mond gewesen? Sind da oben wirklich Menschen herumgelaufen?"

„Natürlich. Sie haben es doch im Fernsehen gezeigt."

„Und wenn das nur eine Studioaufnahme war? Wenn die Amis die ganze Welt belogen haben, um zu zeigen, dass sie die besten sind?"

„Glaub ich nicht."

„Könnte aber sein, oder?"

„Worauf wollen Sie hinaus?"

„Du kannst mich ruhig duzen, Jakob. Ich wollte dir mit dem Beispiel nur klar machen, dass man nicht alles glauben sollte, was man hört und sieht. Du belauschst uns. Warum machst du das?"

„Weil ich die Wahrheit erfahren will."

„Welche Wahrheit?"

„Vaters Wahrheit. Eure Wahrheit. Ich will wissen, was damals geschehen ist."

„Weißt du, es gibt viele Wahrheiten."

„Nein. Es gibt nur eine Wahrheit und viele Lügen."

„Das habe ich auch einmal gedacht, Junge. Aber du kannst es mir glauben. Es gibt viele Wahrheiten."

„Und Natascha?“

„Natascha?“

„Ja. Ihr habt von ihr geredet. Was ist mit ihr?“

„Keine Ahnung, welche Natascha du meinst. Es gibt viele Nataschas. So haben wir damals die russischen Frauen genannt. Wir kannten sie ja nicht wirklich, deswegen hatten alle den selben Namen. Die Frauen hießen Natascha und die Männer Iwan. So war das eben.“

Horst lachte verschämt in sich hinein.

„Habt ihr euch auch mal verliebt?“

„Verliebt? Junge, es war Krieg. Im Krieg gibt es keine Liebe. Im Krieg gibt es nur Krieg und sonst nichts!“

Vater kam vom Klo zurück und schloss die Tür. Er setzte sich neben Horst und beide schauten mich an. „Jetzt sind wir zu dritt und könnten einen Skat dreschen“, sagte er. „Du würdest bestimmt gewinnen, Jakob. Oma Gertrudis hat dir sicher eine Menge Tricks beigebracht.“

„Ich kann nicht Skat spielen.“

„Sollte ein Witz sein“, sagte Vater. „Was hast du denn da für ein Foto?“

„Das ist ein Bild aus dem Krieg. Ein Foto von Natascha und den bösen schwarzen Männern, die Juden erschossen haben.“

„Blödsinn. Davon gibt es keine Bilder. Und von Natascha schon gar nicht. Es war streng verboten, mit der Zivilbevölkerung Kontakt aufzunehmen. Wer dabei erwischt wurde, ist standrechtlich erschossen worden. Gib mal her.“

Zögerlich überreichte ich Vater das Foto. Er sah es sich an und rieb sich dabei die Augen.

„Du hast den Film gesehen, stimmt’s?“

„Ja.“

„Das war nicht klug von dir, Jakob. Jetzt hast du Bilder im Kopf, die du nicht mehr los wirst. Bilder und Szenen, die du vielleicht nie mehr vergessen kannst und die durch deinen Kopf spuken, als hättest du das alles selbst erlebt.“

„Und was ist mit dem Bild?“

„Das ist ein Hochzeitsbild“, sagte Vater. „Ein Foto von dem Tag, als ich deine Mutter geheiratet habe. Leider misslungen. Die Gesichter sind nicht zu erkennen. Mama wollte es trotzdem nicht wegwerfen.“

„Und die Soldaten links und rechts?“

„Das sind doch keine Soldaten, Jakob. Das sind Mitglieder des Schützenvereins. Sieh dir morgen mal das Bild an, das gelungen ist. Da kannst du die Gesichter klar erkennen und auch die Schützen.“

Ich saß da und das Brummen des Tonbandgeräts, das ich heimlich im Schrank deponiert hatte, schien immer lauter zu werden. Ich hatte unbedingt die Wahrheit erfahren wollen und jetzt kam mir dieser Plan absolut lächerlich vor. Wahrscheinlich war es wirklich so, dass es viele Wahrheiten gab, die zu ein paar Geschichten verschmolzen. Und von einem Leben im Krieg blieb am Ende nichts anderes übrig als die immer gleichen Geschichten. Die Jahre wurden zu Episoden und der Rest wurde gelöscht, verdrängt, für immer vergessen.

„Ich bin müde“, sagte ich. „Tut mir Leid, dass ich euch gestört habe.“

„Schon gut“, sagte Vater.

Er stemmte sich aus dem Sofa hoch. Dann stand er vor mir. Er sah mich an mit einem Blick, der mir durch Mark und Bein ging, und ich begriff mit einem Schlag, dass ich meinen Vater gar nicht richtig kannte. Ich hatte ein Bild von ihm in meinem Kopf. Ich saß noch immer als kleiner Junge auf dem Notsitz des Lanz, saß neben meinem in die Ferne schauenden Vater und wünschte mir sehnlichst, dass er sich mir zuwandte, mit mir sprach und mich in seine starken Arme schloss. Ich begriff, dass ich Vater Unrecht getan hatte. Es war ein starkes Gefühl, ein furchtbarer Schmerz, der gleichzeitig gut tat. Und dann umarmte er mich und ich musste weinen, weil mir klar wurde, dass ich mich mein ganzes Leben lang nach der schützenden Nähe meines Vaters gesehnt hatte.

DIE VERWANDLUNG

„Komm rein."

Im Haus roch es wie immer und doch war etwas anders als sonst. Aus der Küche war Musik zu hören, Tanzmusik. Auf der Anrichte stand ein Plattenspieler mit zwei Boxen. Griet drehte die Musik laut auf, sodass ich nichts anderes mehr hören konnte. Dann fing sie an zu tanzen. Sie drehte sich im Kreis und breitete dabei ihre Arme aus, als wollte sie jemanden damit einfangen. Dann fing sie plötzlich laut zu lachen an. Es kam mir falsch und ungehörig vor, ohne dass ich wusste, warum. Ich schaute auf das alte Radio, das an seiner gewohnten Stelle stand und sonst immer sehr leise gewesen war, nicht mehr als ein Flüstern.

„Vater! Mein Vater!", rief Griet. Sie trällerte die Worte wie ein Kanarienvogel, der aus seinem Käfig ausgebrochen war.

Wieder lachte sie und zwar ziemlich verrückt. Ich spürte, dass irgendetwas passiert sein musste. Griet hörte zu lachen auf, trat ans Fenster und schaute in den Garten, wo eigentlich nichts zu sehen war, nur ein Stück Rasen, ein Zaun und die Rückseite der Schmiede. Die Musik war immer noch schrecklich laut und ich musste daran denken, wie Griets Vater mir einmal die Tür geöffnet, mich mit irren Augen angestarrt und geschrien hatte, dass ich verdammt noch mal zu früh käme.

„Hau ab!", hatte er gebrüllt. „Ich trete noch nicht ab, Herrgott! Mach, dass du wegkommst!" Dann hatte er mir die Tür vor der Nase zugeschlagen. Die Kirchenzeitung hatte ich hinter den Türknopf geklemmt und mich schnell aus dem Staub gemacht.

„Mein Vater", sagte Griet wieder.

„Was ist mit ihm?“

„Er ist tot.“

„Tot?“

„Ja, tot.“

Sie schwieg. Dann drehte sie sich zu mir um und sah mich an.

„Es ist eine Erlösung, weißt du. Für ihn und für mich. Jetzt sind wir endlich frei.“

Ich sagte nichts. Manchmal machte es mir Angst, wenn Leute von Freiheit redeten, weil dann Dinge geschahen, die ich nicht verstand. Griet ging zum Plattenspieler und schaltete ihn aus. Es wurde still. Endlich hatte ich das Gefühl, bei ihr zu sein.

„Weißt du Jakob, mein Vater war kein guter Mensch“, sagte Griet. „Er hat niemandem etwas gegönnt und mir, seiner einzigen Tochter, schon gar nicht. Nach dem Tod meiner Mutter wurde er eigen, und als er das Bett nicht mehr verlassen konnte und merkte, dass es ans Sterben ging, war es die Hölle mit ihm. Er dachte, alle Menschen wollten ihm Schlechtes. Er machte jeden für sein Leid verantwortlich und mich besonders. Ich glaube, mein Vater konnte die Vorstellung nicht ertragen, dass nach seinem Tod alles weitergehen würde. Es ärgerte ihn, dass die Menschen weiterhin Spaß haben und Fußballspiele anschauen würden oder irgendjemand vergnügt mit seinem Auto durch die Gegend fahren könnte, während er in der dunklen Erde lag und von Würmern zerfressen wurde. Am liebsten hätte er alle Menschen mit ins Grab genommen. Wäre es nach seinem Willen gegangen, die Menschheit wäre mit seinem Tod ausgerottet worden, so hasserfüllt, lebensfeindlich und selbstbezogen war er am Ende. Ich bin froh, dass es endlich vorbei ist.“

Jetzt stand Griet vor mir. Sie hatte schimmernde Augen, aber sie weinte nicht.

„Hast du Lust, mit mir zu tanzen?“

„Ich kann nicht tanzen.“

„Jeder kann tanzen.“

„Ich hab es aber noch nie gemacht und will das jetzt nicht."

„Gut. Aber du solltest es bald lernen. Außerdem meine ich, dass du zu alt bist, um noch die Kirchenzeitung auszutragen. Machst du das wegen des Trinkgelds?"

Griet holte ein großes Einmachglas aus dem Küchenschrank. Es war gefüllt mit Fünfzig-Pfennig-Stücken, jedes einzelne sorgsam in Zeitungspapier eingewickelt.

„Das hat meine Mutter gemacht. Sie wollte sicher gehen, dass wir auch nach ihrem Tod die Kirchenzeitung bekommen. Jetzt kann ich sie endlich abbestellen. Es hat sowieso nie jemand einen Blick hinein geworfen. Ich hätte das schon früher gemacht, aber ich habe dir das Geld gegönnt. Hier. Das Glas ist für dich."

„Ich brauche kein Geld", sagte ich leise. „Ich glaub, ich bin reich."

„Reich?" Griet lachte.

„Na ja. Nicht wirklich. Aber ich habe ziemlich viel Geld. Ich habe es in der Kapelle gefunden. Die Tür stand offen. Das Geld lag in einer Plastiktüte auf dem Altar, neben einer brennenden Kerze. Sie sah aus wie die Kerze, die Seligmann immer angezündet hat, wenn er die Messe gefeiert hat."

„Mensch Jakob, das ist ja fantastisch!"

„Meinst du das Geld ist von Seligmann?"

„Wahrscheinlich. Der wollte vielleicht eine Schuld begleichen. Außerdem hatte er einen Schlüssel für die Kapelle. Ich wette, er hat ihn mit Absicht liegen lassen. Was für ein Glück, dass niemand sonst das Geld gefunden hat. Die Kirche hat Geld genug."

„Du meinst, ich soll es behalten?"

„Na klar."

„Das ist doch Diebstahl, oder?"

„Du gleichst das aus, indem du stattdessen die Fünfzig-Pfennig-Stücke meiner Mutter in den Opferstock wirfst. Los, hilf mir, sie auszupacken."

Griet schüttete die umwickelten Münzen auf den Küchentisch und wir begannen mit der Arbeit.

„Ist er noch da?“

„Wer?“

„Dein Vater. Liegt er da oben?“

„Ach was. Der ist längst abgeholt worden und nur noch ein Häufchen Asche. Hör mal, hast du Lust am nächsten Wochenende etwas mit mir zu unternehmen?“

„Was denn?“

„Lass dich überraschen.“

Zeit seines Lebens hatte Griets Vater nicht geduldet, dass jemand außer ihm seinen Wagen fuhr, auch die letzten Jahre nicht, als er sterbenskrank und ans Bett gefesselt war. Die Autobatterie hatte er sicherheitshalber ausgebaut, Schlüssel und Papiere unter der Matratze versteckt.

Das Auto war ein Zweisitzer, den Griet inzwischen auf Vordermann und durch den TÜV hatte bringen lassen. Jetzt saß sie am Steuer und spielte mit dem Gaspedal, damit der Motor sein Triumphgeheul über den stummen, grimmigen, toten Vater anstimmen konnte.

Wir waren auf dem Weg in die Stadt, das Radio lief, und wenn ein Lied kam, das Griet mochte, sang sie laut mit. Zwischendurch schaute sie mich von der Seite an und zog Schnuten, um mich zum Lachen zu bringen. Das war nicht so einfach, weil ich das Gefühl hatte, ihr toter Vater säße hinter mir auf dem Notsitz. Außerdem brannte das Geld in meinen Hosentaschen.

„Hast du eigentlich keine andere Hose?“

„Was hast du gegen meine Sonntagshose?“

„Nichts. Aber eine Jeans würde dir besser stehen und dich erwachsener machen.“

„Muss ich denn erwachsen sein?“

„Vielleicht.“ Griet lächelte.

„Weil wir ins Kino gehen? In einen Film ab achtzehn?“

„Ins Kino können wir auch. Aber vorher machen wir etwas anderes.“

„Was denn?“

„Einkaufen, nach allen Regeln der Kunst!“

Griet leckte sich die Lippen, und ich merkte, wie sich ein kleiner Stachel des Misstrauens in mein Hirn bohrte. Wahrscheinlich hatte sie mich nur in die Stadt gelockt, weil sie es auf mein Geld abgesehen hatte, das Bündel Scheine in der linken und den Hunderter in der rechten Hosentasche.

„In Kaufhäusern kriege ich immer Erstickungsanfälle.“

„Mit mir bestimmt nicht! Glaub mir: Du wirst eine Menge Spaß haben. Wie viel Geld hast du denn dabei, reicher Mann?“

„Genug.“

„Und du willst wirklich bezahlen, wie ein echter Kavalier?“

„Klar.“

„Dann zeige ich dir, was Frauen Spaß macht.“

„Was denn zum Beispiel?“

„Neues ausprobieren. Sich schön machen. Sündhaft teure Parfums versprühen. Neue Klamotten auf der Haut spüren. Ein bisschen verrückt sein. Auf Schuhen mit furchtbar hohen Absätzen herumstöckeln. All so was!“

„Das ist doch langweilig.“

„Keine Sorge. Langweilen wirst du dich bestimmt nicht!“

Sie streichelte aufmunternd meinen Nacken und mich streifte eine Ahnung, dass sie recht haben könnte.

Wir schlenderten durch die Innenstadt. Griet bewegte sich gekonnt auf ihren hochhackigen Schuhen, die ihre Beine schlank und lang machten. Sie war unbeschwert und voller Tatendrang, als wollte sie ihrem Vater im Nachhinein beweisen, dass das Leben schön war, auch wenn man irgendwann sterben musste. Ich hörte das Stakkato ihrer schnellen, kurzen Schritte auf den Gehwegplatten und merkte, dass die ihr zugewandte Seite meines Körpers wärmer war, als die andere. Manchmal griff Griet wie zufällig nach meinem Arm, um Halt zu suchen oder mich in eine andere Richtung zu lenken. Dann spürte ich überdeutlich den Druck ihrer

Hand. Es war, als würde ich von einem Wärmeblitz getroffen oder auf liebevolle Weise gebrandmarkt. Um mich zu beruhigen, betastete ich zwischendurch das Geldbündel in meiner Hosentasche.

Wir hatten abgemacht, für diesen Tag Geschwister zu sein. Es war Griets Idee. Sie meinte, wir könnten auf diese Weise unbefangener miteinander umgehen und niemand würde auf dumme Gedanken kommen. Tatsächlich achtete niemand auf uns und ich war wahrscheinlich der Einzige, der dumme Gedanken hatte.

Der erste Laden, in den sie mich bugsierte, war eine Parfümerie. Schon in der Tür erfasste mich ein leichter Schwindel, als hätte ich meine Nase über ein Weihrauchfass gehalten. Griet steuerte auf ein Regal zu und ich sah mich verstohlen um. Überall hatte man kleine Altäre aufgebaut, auf denen Fläschchen mit goldenen Deckeln standen, Heiligtümer, die man sicher nicht anfassen durfte. Eine Dame hinter der Verkaufstheke beobachtete jede meiner Bewegungen. Sie hatte ein Maskengesicht und ihre Wimpern klimperten auf und ab wie bei einer Puppe. Wahrscheinlich dachte sie, ich wollte klauen.

„Entschuldigung, junger Mann. Kann ich etwas für dich tun?"

Sie sah mich an. Ihre Augen waren groß und glänzten, ihr Haar war steif wie eine Perücke und sie zeigte mir ihre milchweißen Zahnreihen.

„Danke. Ich bin mit Griet hier", sagte ich schnell.

„Griet?"

„Meine große Schwester", sagte ich und schaute Hilfe suchend zu Griet hinüber.

„Das ist deine Schwester?" Die Frau lächelte.

„Ja."

„Sie sieht dir aber gar nicht ähnlich."

„Kann vorkommen."

„Du hast sie ziemlich gern, was?"
„Ja."
Ich merkte, wie mir das Blut ins Gesicht schoss. Es war nicht wegen der kleinen Geschwisterlüge oder weil ich ahnte, dass die Frau unser Spiel durchschaute. Es war, weil ich vor dem erschrak, was aus mir herausgeplatzt war. Es war die Wahrheit, aber das hatte ich nicht gewusst oder nicht wissen wollen. Ich hörte mich aussprechen, was ich bis dahin vor mir selbst geheim gehalten hatte. Ich hatte Griet wirklich gern. Aber das war nicht alles. Da war noch etwas, das ich mir eingestehen musste: Ich hatte Angst vor ihr. Ich fürchtete mich vor dem weiblichen Körper, vor dieser machtvollen, unergründlichen Fülle. Deshalb war ich irgendwann auch froh gewesen, dass ich keine kleine Schwester, sondern einen Pimmelbruder bekommen hatte. Was hätte ich mit einer kleinen Schwester denn anfangen sollen? Mit ihren Puppen spielen, Plätzchen backen, den Puppenwagen durch den Schweinestall schieben? Was hätte ich ihr sagen, was mit ihr bereden können? Hätte ich sie jemals verstanden? Und wie hätte ich mit ihrem Körper umgehen sollen?
„Riech mal", sagte Griet und hielt mir ihr Handgelenk unter die Nase. „Woran erinnert dich das?"
Ich hatte kein Erinnerungsvermögen mehr, war betäubt von ihrem Geruch, ihrer Nähe, ihrem Dasein – und allmählich dämmerte mir, welches Geschenk sie mir gerade machte. Sie versuchte, mich von meiner Angst zu erlösen. Und tatsächlich schrumpfte die Angst und ich genoss es. Am liebsten hätte ich die Zeit verlangsamt und die Augenblicke bis zur Unerträglichkeit gedehnt, während Griet noch andere Parfums ausprobierte, mich mehrmals an ihrem Handgelenk schnuppern ließ und zum Schluss ein paar Kleinigkeiten kaufte, die sie selbst bezahlte.
„Und jetzt?", fragte ich, als wir draußen waren.
„Jetzt geht es richtig los."
Sie fasste mich am Arm und zog mich weiter. Wir tauchten in den Strom der Passanten ein.

Es war das erste Mal, dass ich mit einer richtigen Frau unterwegs war, das erste Mal, dass ich Teil hatte an der ziellosen Leichtigkeit gemeinsamen Schlenderns, der unwillkürlichen Koordinierung von Schritten, dem einstimmigen Lachen beim Anblick anderer Menschen, die eigentlich gar nicht zum Lachen sind. Es war das erste Mal, dass ich ahnte, was es bedeuten musste, verliebt zu sein.

„Dreh dich um und mach die Augen zu", befahl Griet.

Ich hatte ein wahnsinniges Gefühl von Wachheit, wie in Vollmondnächten, wenn ich mit geschlossenen Augen dalag und Wunschbilder auf der Leinwand meines Bewusstseins erschienen. Meine Ohren hatten den Dienst der Augen übernommen, ließen sich nicht das leiseste Geräusch entgehen, sodass ich zu sehen meinte, wie Griet einen Reißverschluss aufzog, Häkchen aus Ösen fummelte, Knöpfe öffnete. Ich konnte das Rascheln ihrer Kleidung hören, riechen, schmecken und fühlen. Griets Sachen schwebten in meiner Vorstellung vom großen Baum der Erwartung als zarte, blasse Blütenblätter auf den Boden der Umkleidekabine.

„Jetzt darfst du dich umdrehen."

Ich öffnete die Augen und drehte mich langsam um. Griet stand vor mir, ihr Körper zum Greifen nahe. Ich konnte sie von hinten und von vorn gleichzeitig betrachten, wegen des großen Spiegels. Sie trug schwarze Unterwäsche. Ihre Brüste wurden von hauchzarten Spitzen umrahmt und die Haut schimmerte wie Elfenbein. Es sah aus, als würden mir Griets Brüste, mit denen sie sicher Zwillinge nähren konnte, von schmalen, dunklen Händen dargeboten. Ein kostbares Geschenk, bei dessen Anblick meine Beine zu zittern begannen und ich auf den Hocker sank.

„Hast du so etwas schon mal gesehen?", fragte sie.

„Was meinst du?"

„Eine Frau in Unterwäsche."

„Ja. Bei Mama. Aber es waren nicht so feine Sachen."

„Und wie war es?"

„Ich weiß nicht."

„Hat deine Mama es dir gezeigt?"

„Nein."

„Hat sie gewusst, dass du sie heimlich beobachtet hast?"

„Ich weiß nicht."

Ich log. Ich wusste es sehr wohl, aber ich konnte es nicht sagen. Nicht hier, in dieser Kabine, im Beisein von Griet, die so wunderbar in den wenigen Sachen aussah. Natürlich hatte Mama nichts gewusst. Ich lag auf dem schmutzigen Kokshaufen vor dem Badfenster und vergrub meinen Mund in dem schwarzen Zeug, weil ich mir nicht anders zu helfen wusste, als an Kohlestücken zu lecken. Ich hätte das Zeug am liebsten gefressen, um meine unschuldige, nichts ahnende und doch schon verdorbene Seele damit zu füttern. Das Fenster war beschlagen, wodurch Mamas Umrisse nur verschwommen zu sehen gewesen waren und alles noch aufregender wurde. Mama war da und gleichzeitig war sie eine Chimäre, ein heimliches Versprechen, eine unbekannte Hoffnung, dass irgendwann alles anders werden würde. Mamas verschwommener Körper hinter dem beschlagenen Badfenster war für mich ein ahnungsloser Blick in meine Zukunft als Mann.

Jetzt gab es kein Fenster, das beschlagen, keinen Kokshaufen, auf den ich klettern konnte, kein schmutziges Stück Kohle, in das ich mich hätte verbeißen können. Ich war an die Gegenwärtigkeit verloren, und die Furcht lockte mich nach draußen, die Angst schickte mich auf einen einsamen Beobachtungsposten, aber Griet hielt mich zurück. Sie hatte mich durch das Fenster in ihr Bad steigen lassen und es war so klein, dass ich mich nirgendwo verstecken konnte. Sie wollte, dass ich wirklich da war. Sie wollte von mir angeschaut werden. Ich hatte Angst, Angst, dass sie mich erkannte, meinen Blick durchschaute und mehr über mich erfuhr, als ich selbst wissen wollte.

„Du guckst ja gar nicht richtig hin", beschwerte sie sich. „Ich mach das extra für dich und du schaust nicht hin!"

Ich saß auf dem wackeligen Hocker und schaute schüchtern und schamhaft zu ihr auf, während sie sich vor dem großen Spiegel geschmeidig wie eine Tänzerin bewegte. Sie drehte dabei ihren Kopf zur Seite und wedelte mit den Händen, sodass die Düfte immer gewaltiger und intensiver von ihrem Körper aufstiegen.

„Wie sieht es von hinten aus?", fragte sie mit ungeheurer Selbstverständlichkeit.

„Gut."

„Was ist gut?"

„Alles."

„Wie ist es mit den Pobacken? Sie müssen glatt und stramm aussehen. Sieht man was von der Ritze?"

„Nein."

„Und an den Beinen? Werden sie gequetscht? Ich kann es nicht leiden, wenn sich da Wülste bilden wie bei alten Frauen. Es muss aussehen, als wäre das Höschen eigens für mich gemacht."

„Alles ist wie für dich gemacht", flüsterte ich. „Du kannst anziehen, was du willst. Die Sachen sehen umwerfend aus!"

„Die Sachen oder ich?" Griet lachte, und ich wusste nicht mehr, wo ich hinschauen sollte.

„Jetzt zeig ich dir die Nachthemden", sagte sie. „Oder hast du schon genug?"

„Nein, nein. Die Nachthemden würde ich gern noch sehen."

„Dann umdrehen und Augen zu, sonst ist die Show zu Ende, junger Mann!"

Es war zum Verrücktwerden. Ich saß eingeklemmt in der engen Kabine und betrachtete mich im großen Spiegel. Griet hatte sich angezogen, die Sachen zusammengerafft und war auf dem Weg zu den Nachthemden. Mein Blick klebte an dem dunklen Dessous, das sie vergessen oder mit Absicht zurückgelassen hatte. Es hing neben dem Spiegel, ein schwarzes Nichts mit zärtlich bestickten Säumen. Ich schob meine Hand vorsichtig ins Innere, dorthin, wo gerade noch Griets Körper gewesen war, ihre Haut, ihr Geruch, ihr Wesen. Ich meinte, ihre Wärme zu spüren und jetzt, mit mir allein, überwältigte mich plötzlich das heiße Gefühl der Erregung, kommentierte mein Körper die Geschehnisse, als hätte er mehr Interesse an der Erinnerung als an der Gegenwart. Meine Hose spannte sich im Schritt, während meine Finger das Preisschild betatschten, das an einem obszönen weißen Fädchen baumelte.

Dieses Nichts eines Kleidungsstücks kostete ein Vermögen. Ich fasste den Saum des Dessous und rieb ihn mir unter die Nase. Ich öffnete den Mund, schnappte wie ein Fisch nach dem Preisschild und atmete immer lauter, während das weiße Pappstück in meiner Mundhöhle seine Konturen verlor. Im selben Augenblick wurde der Vorhang zur Seite gerissen.

„Was soll das denn hier werden?"

Die Verkäuferin erfasste die Situation mit einem Blick. Ich war sicher nicht der erste junge Mann, den sie auf frischer Tat ertappte. Ihr abweisender Blick fixierte die verräterische Beule in meiner Hose und ein mitleidiges Lächeln umspielte ihre Mundwinkel.

„Ich ... ich warte auf meine Schwester."

„Deine Schwester? Das kann jeder sagen. Wo ist sie denn?"

„Bei den Nachthemden."

„Ach so, bei den Nachthemden. Das wird ja immer schöner. Soll das hier eine Modenschau werden oder was?"

„Da fragen Sie besser meine Schwester."

Die Verkäuferin riss das sündhaft teure Negligé an sich. „Das gute Stück wird dann wohl nicht mehr gebraucht. Besser, ich nehme es mit, sonst kommst du noch auf dumme Gedanken. Außerdem sind ja jetzt die Nachthemden an der Reihe, oder?"

Ich fürchtete, dass sie das aufgeweichte Preisschild entdeckte, aber sie verzog nur den Mund.

„Sollte deine Schwester nicht in zwei Minuten zurück sein, verschwindest du hier. Haben wir uns verstanden?“

Zum Glück steckte Griet Augenblicke später ihren Kopf an der Seite des Vorhangs durch, wobei sie lachte wie eine Kasperlefigur.

„Hallo Brüderchen“, sagte sie. „Hast du lange warten müssen? Tut mir leid. Ich hoffe, du hast dich nicht gelangweilt.“

Sie schob den Vorhang beiseite. Ihr Arm war mit Nachthemden beladen und sie strahlte über das ganze Gesicht.

„Seide ist dabei“, sagte sie und zog den Vorhang zu. „Ich wollte immer schon mal wissen, wie sich dieses Zeug auf der Haut anfühlt.“

„Griet“, sagte ich und schaute auf den Boden, wo zum Glück eine Stecknadel lag, auf die ich mich konzentrieren konnte. „Das ist ziemlich viel auf einmal. Vorhin war eine Frau da. Sie war nicht besonders freundlich. Ich glaube, sie will, dass wir wieder verschwinden.“

„Kommt gar nicht infrage. Kümmere dich einfach nicht um die Schnepfen, die hier arbeiten. Die können doch denken, was sie wollen. Der Kunde ist König. Du bist mein Bruder und wir haben keine Geheimnisse voreinander. Oder?“

„Trotzdem. Können wir das mit den Nachthemden nicht auf das nächste Mal verschieben?“

„Jakob!“ Griet legte die Sachen beiseite. Dann trat sie ganz nah an mich heran und umfasste meinen Kopf mit ihren duftenden Händen. „Überleg es dir gut. Es könnte sein, dass es nur dieses eine Mal gibt. Du solltest nicht blöd sein und die Gelegenheit nutzen.“

Ihr Lachen nahm den Druck von meiner Seele und ich begann allmählich zu begreifen, dass sie mich einweihen wollte in ein ungeahntes Glückgefühl. Sie schaffte es, den Lauf der Zeit zu verändern und beschenkte mich mit einem großen, langen, unwahrscheinlichen Augenblick, den ich wahrscheinlich nie wieder vergessen würde.

Tatsächlich waren die Nachthemden das Beste, obwohl Griet eins dabei hatte, das mich an Mama erinnerte. Es war ein altertümliches Modell, und als sie es über ihre anderen Sachen zog, sah das ziemlich lächerlich aus. Sie steckte ihre Haare hoch, machte sich einen kleinen Turm auf dem Kopf, der bei jeder Bewegung wippte, und betrachtete sich im Spiegel.

„Spieglein, Spieglein an der Wand ..." Sie schnitt ein paar blöde Grimassen, dann wandte sie sich um.

„Weißt du, mein Vater hat mir nie etwas Schönes gegönnt. Ich musste immer wie eine Putzfrau aussehen und die kratzigen Nachthemden meiner Mutter anziehen, so Dinger wie dieses hier. Wenn er nachts nach mir geschrien hat, weil er etwas brauchte oder einfach nur wollte, dass ich da war, und ich etwas anderes an hatte als so ein blödes Ding, wurde er wütend und hat mich beschimpft. Mein Vater war ein Tyrann, ein Machtmensch, ein Monster. Bis zu seinem Tod hat er mich gequält und erst allmählich begreife ich, was es bedeutet, frei zu sein. Nur weil ich frei bin, kann ich das hier mit dir machen."

Sie beugte sich vor, gab mir einen Kuss auf die Wange, streifte das kratzige Nachthemd über ihren Kopf und schmiss es achtlos auf den Boden.

„Augen zu!", zischte sie wieder.

Ich gehorchte, aber diesmal boten mir meine geschlossenen Augen nur das runzelige Gesicht ihres Vaters und die Nachthemden meiner Mama. Griets Vater riss den Mund auf wie ein gefräßiges Raubtier, um mich zu beißen. Dabei fiel ihm das Gebiss heraus und er schrie vor Wut.

Zum Glück erlöste Griet mich aus dieser dumpfen Bilderwelt und das Gesicht ihres toten Vaters war wie weggewischt, als ich die Augen öffnete. Das Leben war voller Überraschungen und ich verstand nicht, warum mir das bis zu diesem Moment niemand gezeigt hatte.

„Diese Sachen sind herrlich", sagte Griet. „Man braucht sie eigentlich nicht, aber vielleicht liegt gerade darin ihr Zauber."

Sie strahlte eine mütterliche Wärme aus, eine Vertrautheit, in der ich mich unendlich geborgen fühlte. Gleichzeitig hatte sie etwas Unbedarftes, wie ein Mädchen, das einen Geigenkasten auf dem Rücken trägt und glaubt, alle Menschen würden bei ihrem Anblick an das Geigenspiel denken. Und doch fragte ich mich erneut, warum Griet eigentlich mit mir in die Stadt gefahren war. Was war der wahre Grund? Was hatte sie davon? Was steckte in Wirklichkeit dahinter?

Anscheinend bemerkte sie, dass ich nicht mehr richtig bei der Sache war, denn sie zog nur zwei weitere Nachthemden an, obwohl sie mindestens ein halbes Dutzend zur Auswahl hatte.

„Es wird dir zu viel, hab ich recht?"

„Ja", sagte ich.

Die Sprache kennt kein kürzeres Wort für eine Lüge.

Griet saß vor dem großen Spiegel. Sie hatte sich angezogen und hantierte mit den Schminkutensilien herum. Mit einem Pinsel betupfte sie ihre kleine Nase und mit einem Stift brachte sie einen Pickel am Kinn zum Verschwinden. Zwischendurch schaute sie mich im Spiegel an.

„Willst du vielleicht auch?"

„Was?"

„Geschminkt werden."

„Spinnst du?"

„Wieso? Ich fände das spannend."

„Bei uns wird sich nicht geschminkt. Mama macht das nie. Nur eine meiner Tanten schminkt sich, aber die ist sowieso etwas Besonderes. Mama sagt immer, Schminken sei Lüge."

„Wie kommst sie denn darauf?"

„Weil man anders aussehen will als in Wirklichkeit. Da kann man sich ja gleich operieren lassen."

„Jakob, jetzt hör mal zu", sagte Griet streng. „Man muss nicht sein ganzes Leben lang der sein, für den man gehalten wird oder sich hält. Man kann zwischendurch ruhig mal etwas Neues ausprobieren und mit den Möglichkeiten spielen, die das Leben bietet. Das ist doch nichts Schlimmes. Hast du keine Lust, für ein paar Stunden ein anderer zu sein?"

„Und was hab ich davon?"

„Die Leute werden dich anders anschauen. Du wirst dich anders fühlen, dich anders bewegen, dich neu entdecken. Alles wird anders sein. Versuch es doch mal. Außerdem wolltest du doch ins Kino."

„Was hat das denn damit zu tun?"

„Du willst doch sicher keinen Kinderfilm sehen, oder?"

„Natürlich nicht."

„Wir könnten versuchen, dich älter zu schminken. Und dann kaufe ich dir noch ein Hemd und eine Jeans. Ich wette, die lassen dich dann in jeden Film."

Griet strich mit einem Ding über ihre Wimpern, das aussah wie eine winzige Klobürste. Dann zog sie mit einem Stift ihre Lippen nach, sodass ihr Mund groß und saftig wurde, wie der von Mareike. Ich betrachtete mein Gesicht im Spiegel. Und plötzlich kam es mir seltsam vor, dass ich nie auf die Idee gekommen war, ein anderer sein zu wollen, obwohl ich mich seit jeher anders gefühlt hatte.

Stattdessen hatte ich gegen die Übermacht meiner linken Hand angekämpft, weil es von mir verlangt wurde. Ich hatte die Lederhosen und zu klein gewordenen Klamotten meiner älteren Brüder angezogen, mir ihre Bosheiten gefallen lassen, ohne mich zu wehren. Ich hatte das gemacht, obwohl ich im Grunde etwas ganz anderes wollte. Nur hatte ich nie gewusst, was. Ich hatte mich unter ein fremdes Joch gebeugt wie ein Ochse, der willenlos durch das Leben trottet. Warum war ich so gehorsam gewesen? Aus welchem Grund hatte ich mich nie ernsthaft gewehrt? Warum hatte ich noch immer das Gefühl, etwas zu verlieren, wenn mein Leben sich änderte?

„Schmink mich!", sagte ich.

„Bist du dir sicher?"

„Ja."

„Gut, aber nicht hier. Weiß du, es gibt für alle Frauenwünsche geheime Erfüllungsorte. Bei den Männern ist es übrigens genauso. Aber die Männer sehnen sich meistens nach Schmutz und Dreck. Sie fühlen sich glücklich, wenn sie sich besudeln können. Deshalb gehen sie in stinkende Kneipen oder besuchen heruntergekommene Puffs. Sie brauchen das. Uns Frauen erfreut die Schönheit und die Männer suchen den Schmutz. Heute schlägst du dich auf die Seite von uns Frauen, okay?"

Griet hatte ein seidenes Nachthemd für sich ausgesucht und ich kramte die Geldscheine aus der Hosentasche.

„Lass stecken", sagte sie. „Ich will nicht, dass du bezahlst. Womöglich kommst du noch auf die blöde Idee, ich wäre nur scharf auf dein Geld."

„Ich würde aber gern."

„Von mir aus kannst du gleich den Kittel bezahlen. Gestern hat mich eine alte Frau mit Blut bespuckt und ich brauche einen neuen. Im Gegenzug spendiere ich dir dann eine Jeans und ein neues Hemd. Es wird Zeit, dass du mal was anderes trägst als die Sonntagsklamotten deiner Brüder."

„Und was sag ich zu Hause?"

„Sind wir hier bei dir zu Hause?"

„Nein."

„Na also."

Griet zahlte und wir gingen in die Abteilung mit der Arbeitskleidung. Sie wühlte in den weißen Kitteln und suchte nach der richtigen Größe. Sie probierte das Ding nicht einmal an. Es war eine Sache von Minuten und sie kostete mich fünfzehn Mark und neunzig Pfennig.

„Danke", sagte Griet.

„Wofür?"

„Dass ich das hier erleben darf. Die nächsten Tage kann ich während der Arbeit an etwas anderes denken als an die Arbeit."

Ich war noch nie in meinem Leben bei einem richtigen Friseur gewesen. Mama schnitt uns die Haare und dabei ging es zu wie beim Militär. Wir saßen in Reih und Glied in der Küche wie Verurteilte und Mama fertigte einen nach dem anderen ab. Alle waren froh, wenn die Prozedur vorbei war. Mama kehrte unsere Haare zusammen und wir verschwanden im Bad, um uns die Köpfe zu waschen, damit es im Nacken nicht so juckte.

Ich dachte lange, das wäre überall so, bis ich zufällig beobachtete, wie ein Mann beim Friseur verwöhnt wurde. Es war ein ziemlich junger Mann. Er lag in einem gepolsterten Stuhl und hatte den Kopf ganz weit nach hinten gereckt. Direkt hinter ihm stand eine junge Frau und der Mann hatte die Augen geschlossen. Ich konnte durch die Scheibe sehen, wie sich sein Adamsapfel bewegte. Es sah aus, als würde eine aufgeregte Maus durch seine Kehle rennen. Die junge Frau hatte eine prachtvolle Löwenmähne und begutachtete sich unentwegt im Spiegel, während sie mit langsamen, mechanischen Bewegungen das schaumgekrönte Haupt des Mannes massierte. Sie wusch ihm nicht die Haare, das begriff ich sofort. Sie wollte ihn verwöhnen, seinen Adamsapfel zum Hüpfen bringen, und ihre Augen waren glasig. Sie war so abwesend, dass sie mich nicht bemerkte, obwohl ich lange vor dem Schaufenster stand und mich selbst im Frisierspiegel sehen konnte.

Wenn Mama uns die Haare schnitt, benutzte sie eine Maschine, mit der normalerweise Hunde geschoren wurden. Angeblich wurden die Messer dieser Maschine nicht so schnell stumpf und es ziepte weniger. War ich an der Reihe, spürte ich die Vibrationen des Geräts als harte Schläge auf meiner Schädeldecke. Die Maschine fuhr ruckelnd über meinen Kopf, immer hin und her, ein kleiner Mähdrescher, der ein hässliches Stoppelfeld hinterließ. Ich merkte gar nicht, dass Mama da war, spürte keine Berührung, keine Nähe, keine Zärtlichkeit. Sie hielt die schwere Maschine in der einen Hand und die andere umfasste mein Kinn wie eine

Zange, damit ich den Kopf nicht bewegte. Sie fertigte mich ab. Und sie ärgerte sich jedes Mal über den Wirbel an meinem Hinterkopf. Wenn sie ihn bearbeitete, fasste sie besonders hart zu.

Seitdem ich den Mann im Friseursalon gesehen hatte, träumte ich davon, einmal genauso verwöhnt zu werden. Aber ist wagte nicht, meinen Wunsch zu äußern, unterwarf mich wie meine Brüder willenlos der Prozedur und bildete mir ein, Mama würde nur deshalb so ruppig mit mir umgehen, weil ich nur einen kleinen Adamsapfel hatte.

Jetzt war ich zwar immer noch nicht beim Friseur, aber ich empfand etwas Ähnliches wie der Mann, den ich damals beobachtet hatte. Ich saß bequem in einem Stuhl und spürte die Bewegungen zärtlicher Hände und Finger. Ich war sehr konzentriert, damit mein Gehirn jede Berührung der buschigen Quasten und sahnigen Stifte abspeicherte, die kitzelnd über meine Haut huschten. Ich bewegte mich nicht, aus Angst, es könnte jeden Augenblick vorbei sein. Ich vergaß die Zeit, war ganz Haut und musste andauernd schlucken, weil mir das Wasser im Mund zusammenlief. Ich hörte Stimmen, ohne ein Wort zu verstehen. Es war, als würde der verlockende Gesang der Sirenen mich umnebeln und es war zum Glück niemand da, der mir Wachs in die Ohren stopfen konnte.

Als es vorbei war, hatte ich das Gefühl, aus einem Traum zu erwachen. Ich schaute in den Spiegel, schaute in mein Gesicht und erkannte mich nicht. Die Frau, die mich geschminkt hatte, fragte, ob es mir gefiel. Ich konnte nicht antworten, so erstaunt, erschrocken und gleichzeitig hingerissen war ich. Zum ersten Mal im Leben begegnete ich mir in anderer Form. Zum ersten Mal sah ich in mein wirkliches Gesicht, das unter der Maske der Gewohnheit verborgen gewesen war.

Es war eine umwerfende Entdeckung, und je länger ich mich betrachtete, umso mehr verlor sich die Erinnerung an den Geruch des Schweinestalls, die Dunstwolke über dem Misthaufen, die Marmeladenkleckse auf dem Wachstischtuch und das verschlossene Gesicht meines Vaters. Sogar die unschuldigen Wiesen und Äcker verschwanden und mit ihnen die mageren Rücken der Kühe, das Melkgeschirr, die Milchkannen, das Scharren der Kaninchen, das Schreien der Schweine, das aufgeregte Gackern der Hühner und das undeutbare Gurren der Tauben. Die dunkel behaarten Beine des Viehhändlers lösten sich auf, die dröhnende Stimme des Leichennachbarn, das wesenlos gewordene Reh.

Meine Augen atmeten auf. Sie waren nicht länger ein Widerschein der Wärmelampen im Sauenstall oder des Flackerns der geweihten Kerzen bei unseren Gewittergebeten. Der Hof, die Tiere, meine Brüder und Eltern, alles trat in den Hintergrund. Nur noch mein Gesicht war da, das Gesicht, das zu dem Wesen gehörte, nach dem ich mich immer gesehnt hatte.

„Gefällt es dir?", fragte Griet.

Ich konnte immer noch nichts sagen, starrte in meine Augen und merkte, wie sie sich mit Tränen füllten.

„Fang jetzt bloß nicht an zu heulen", sagte Griet lächelnd. „Sonst verschmiert das Zeug und alles war umsonst."

Ich trug mein Gesicht wie eine Trophäe durch die Stadt. Hinzu kam das kratzige Gefühl des Jeansstoffs an den Beinen. Mein Gang veränderte sich. Ich meinte, mit jedem Schritt zu wachsen. Die alten Klamotten hatte ich in eine Einkaufstüte gestopft, die an meiner rechten Hand hing. Ich war mehrmals drauf und dran, die Tüte in einem Mülleimer zu versenken.

Alle Leute schienen mich anzuschauen. Sie waren neugierig und musterten mich von Kopf bis Fuß, jedenfalls kam es mir so vor. Ich achtete auf jeden Blick, der mich streifte. Gleichzeitig sah auch ich die Menschen an, die mir bis dahin gleichgültig gewesen waren. Ich brauchte sie, brauchte ihre Augen, wollte, dass sie starrten und glotzten. Ich sehnte mich nach Blicken, die mich auf ungeahnte Weise lebendig machten.

Was ich bei der Verwandlung der Hostie nie erlebt hatte, wurde gerade Wirklichkeit. Ich hatte mich verwandelt, war der Verwandelte, und Griet hatte dieses Wunder an mir vollbracht, sodass mir plötzlich Worte einfielen, die ich nie gehört und an die ich nie gedacht hatte. Ich verstand sie so gut, dass sie auf meiner Zunge kitzelten. Sie wollten herausgeschrien werden, obwohl sie sehr zart waren und mir so nah, dass ich sie nur hätte flüstern können.

Es war ein Gefühl glücklicher Verlorenheit. Ich befand mich am Rand eines Lebensabgrunds, an der Grenze zum Nichts, das gleichzeitig alles war, dort, wo es einen schwindelt vor lauter Freiheit und Entgrenzung. Ich fühlte mich enthoben und auserkoren, schritt durch eine Fußgängerzone und spreizte wie ein Pfau die stolzen Federn meiner kurzen und gleichzeitig immerwährenden absurden Daseinslust.

In diesem Augenblick beschloss ich, das Dorf und den Hof für immer zu verlassen und mich in einem Internat anzumelden.

Dann sah ich den dicken Maihart. Er saß an einem runden Tischchen vor einer Eisdiele. Er sah von Weitem aus wie ein alter Mann, krank, ausgezehrt und abgemagert. Seine Gesichtszüge waren erschlafft, seine Lippen dünn, der Glanz seiner Augen erloschen. Sein buntes Hemd war verblasst und dennoch schien er immer noch mehr Kraft und Entschlossenheit zu haben als die trägen Menschen um ihn herum. Er kam mir wie ein ruhender Vulkan vor, der jeden Augenblick explodieren konnte.

Als er mich erkannte, wurde die Totenmaske seines Gesichts kurzzeitig lebendig und sein Körper straffte sich. Er wollte aufspringen, jedenfalls sah es so aus. Es war aber nur ein kurzes Zucken, das seinen Körper erschütterte wie eine heftige Erinnerung. Seine Hände umklammerten die Stuhllehnen, er stemmte sich gegen die Zeit, aber es war zu spät, die Gegenwart holte ihn ein und er sank auf seinen Stuhl zurück.

Neben ihm saß ein rothaariger Bursche, der mit dem Strohhalm in seiner Limonade herumrührte, als wollte er Sahne schlagen. Plötzlich sprang er auf, schüttete dem Maihart den Rest der Limo ins Gesicht und verschwand im Inneren der Eisdiele.

Für Augenblicke saß Maihart reglos da, starrte ins Nichts, während die klebrige Limo über sein Gesicht lief und auf sein Hemd tropfte. Dann riss er das weiße Tischtuch an sich und rieb sich damit das Gesicht ab. Mehr konnte ich nicht sehen, denn Griet zog mich weiter.

Neben dem Eingang zum Kino gab es eine zweite Eisdiele. Ich warf einen Blick auf die verführerisch verzierten Eisberge, die mir wie kleine schneebedeckte Misthaufen vorkamen. Ich wandte mich den Schaukästen zu. Der Eindruck der Bilder und Gesichter war überwältigend. Die Fotografien waren Versprechungen, die mich in eine andere Zeit schickten, eine Traumwelt, die nichts mit dem zu tun hatte, was ich kannte. Sie entführten mich in ein fremdes, zauberhaftes Land, eine geschminkte Zukunft, in der sich die gefrorenen Misthaufen meiner Kindheit in verzierte Eisberge verwandelten.

„Welchen Film möchtest du sehen?"

Ich wusste es nicht. Ich wusste gar nichts. Ich konnte nicht einmal mehr die Worte entziffern, die auf den Plakaten standen und Auskunft über den Inhalt der Filme gaben.

„Entscheide du", sagte ich.

Griet umfasste meinen Arm und ich spürte wieder den sanften Druck ihrer Hand. Sie gab mir Zeichen, die ich nicht verstand, aber ich vertraute ihr inzwischen. Insgeheim entschuldigte ich mich bei ihr, weil ich gedacht hatte, sie würde mich ausnutzen und wäre bloß auf mein Geld aus. Gemeinsam traten wir vor das Kassenhäuschen.

Und dann sah ich Mareike. Sie saß hinter der Scheibe, wie in einem Käfig, und schaute nicht auf. Ich war mir nicht sicher, ob sie es tatsächlich war. Sie hatte sich sehr verändert und ihre Bewegungen waren verlangsamt, als könnte sie nie wieder weinen und müsste in Zeitlupe leben. Ich sah ihr struppiges Haar, während sie mit gesenktem Blick die Eintrittskarten und das Wechselgeld durch die schmale Öffnung in der Glaswand schob.

„War das Mareike?", fragte ich Griet auf dem Weg zum Kinosaal.

„Ja."

„Was ist mit ihr?"

„Ich weiß es nicht. Anscheinend hat sie sich in sich selbst zurückgezogen – so weit, dass sie mit niemandem etwas zu tun haben will. Sie ist schon eine ganze Zeit so. Man kann nichts machen. Sie weigert sich, mit einem zu sprechen."

„Ist sie krank?"

„Sie ist sehr traurig. Ich weiß den Grund nicht, aber jedes Mal, wenn ich ins Kino gehe und sie sehe, kommt sie mir verlorener vor."

In die Nachmittagsvorstellung waren kaum Besucher gekommen. Wir gingen durch die leeren Reihen und ich ließ meine Hand von einem hochgeklappten Sitz zum nächsten springen. Wir wählten einen Platz in der Mitte des Saals, und kaum hatten wir uns gesetzt, ging das große Licht aus. Ganz langsam, beinahe tastend, umfing mich eine tagtrübe Nacht und um mich herum wuchsen Sterne aus den Wänden. Der Vorhang öffnete sich und hinter mir strahlte eine Lichtquelle auf, als hätte sich der Tabernakel geöffnet und das Allerheiligste würde erstrahlen. Dann galoppierten Lichtpferde über die Leinwand und ich begriff, was Mareike damals gemeint hatte.

„Du hast es geschafft", flüsterte Griet.

Ich wusste nicht genau, was sie damit andeuten wollte, aber es war sicher mehr als die Tatsache, dass ich einen Film sehen würde, den ich eigentlich noch nicht sehen durfte. Ich sank tief in den weichen Sessel und spürte, wie Griets Hand über die Tastatur meiner Finger strich, während die ersten Bilder auf der Leinwand erschienen und gleichzeitig im Hintergrund Musik vom zarten Mo zu hören war.

„Jetzt kannst du von mir aus heulen, wenn dir danach ist", flüsterte Griet.

Und ich heulte los, schluckte die dicken Herzenstränen, weinte über mein Glück und das Unglück, nie wieder mit Mareike weinen zu können.

ENDTOUR

Niemand von uns hätte es jemals gewagt, die Uhr anzurühren, die auf dem Schrank in der guten Stube stand, wenn am nächsten Tag eine Taubentour stattfand. Es war ein altmodischer, quadratischer Holzkasten, aus dem oben eine Metallkurbel herausragte und der an der Seite ein winziges Zifferblatt hatte. Das Ding war verplombt und das Ticken in seinem Inneren erinnerte an eine Bombe. Kehrte eine Taube von der Reise zurück, musste der Züchter den Gummiring vom Fuß ziehen, ihn in eine Metallhülse stopfen und diese in die vorgesehene Öffnung der Uhr drücken. Drehte er dann an der Kurbel, wurde die Ankunftszeit der Taube auf einen Papierstreifen gedruckt. Die Uhr machte dabei ein eigentümliches Geräusch, als würde die Zeit tatsächlich angehalten und der Augenblick für die Ewigkeit abgestempelt.

Vater hatte ein Händchen für Tauben. Das bewiesen nicht nur die Urkunden, die überall im Haus herumhingen. Seine Tauben hatten auch Medaillen und goldene Uhren gewonnen, die Mama in der Schublade mit ihren Wertsachen aufbewahrte.

In der Regel schickte Vater nur männliche Tauben, die er in Witwerschaft hielt, um die monogame Veranlagung der Vögel auszunutzen. Die Paare wurden zwei Tage vor Beginn einer Tour getrennt. Erst kurz bevor die Männchen auf die Reise gingen, zeigte Vater ihnen das Weibchen. Es war ein Ritual, bei dem niemand stören durfte. Er wartete, bis die schmachtenden Vögel ihre Flügel ausbreiteten und mit dem Schwanz zu wippen begannen. Dann erst steckte er sie in den Korb. Vater war der festen Überzeugung, dass er dieser Methode einen Großteil seiner Erfolge zu verdanken hatte.

In diesem Jahr hatte er gute Chancen, *Deutscher Meister* zu werden. Bei Tisch war nur noch von Tauben die Rede. Tage vor der Endtour riefen wildfremde Leute an und fragten, ob sie vorbeikommen und mitfiebern durften. Vater fühlte sich geschmeichelt, und Mama erklärte sich bereit, für das leibliche Wohl der Gäste zu sorgen.

Mich interessierte das ganze Theater nicht sonderlich, aber ich weidete mich insgeheim an Vaters wahnhafter Erregung. Nur während der Erntezeit befiel ihn bisweilen ein ähnliches Fieber. Stundenlang wertete er Listen aus, errechnete Fluggeschwindigkeiten, saß am Küchentisch und spekulierte über das Wetter und den möglichen Verlauf der Endtour.

Es war ein Über-Nacht-Flug, weil die Tauben die Distanz von über siebenhundert Kilometern nicht an einem Tag bewältigen konnten. Vater rechnete, wie weit seine Tauben am ersten Flugtag kommen würden. Er überlegte, wo sie am besten übernachten könnten. Er fürchtete, sie könnten auf einem Kirchturm landen, sich mit dreckigen Stadtkrätzern zusammentun und nie wieder heimkehren. Aber noch mehr ängstigte ihn die Vorstellung, sie könnten verunglücken, gegen eine Stromleitung fliegen oder erschossen werden.

Am zweiten Tag der Endtour stieg ich morgens die Treppe zu den Taubenschlägen hinauf. Ich war lange nicht mehr dort gewesen, weil ich Vater aus dem Weg ging. Ich hatte Frieden mit ihm geschlossen, aber er lag nach wie vor wie ein Fels im Fluss meines Lebens. Das Wasser der Zeit hatte ihn rund werden lassen, aber er war zu groß und zu schwer, als dass ich ihn endgültig hätte aus dem Weg räumen können. Manchmal, wenn wir zusammen am Tisch saßen, schaute er mich mit seinem Spiegelblick an, als würde er auf eine Entschuldigung warten.

Ich hatte meinen Beobachtungsposten unter dem Dachfirst bezogen. Es würde das letzte Mal sein, das war mir klar. Das Internat hatte mich angenommen und bald würde ich den Hof und das Dorf verlassen. Ich hatte Geld, würde frei sein oder gefangen in anderen Verhältnissen. Jetzt hörte ich das Gurren der Tauben und das Kratzen ihrer Fußkrallen auf den Höckerchen. In der Ferne bellte unser Hund. Endlich kam Vater die Treppe hinauf. Er hatte seinen hellgrünen Kittel an und die dunkelblaue Kappe verbarg seine Glatze. Amüsiert sah ich zu, wie er hin und her lief und irgendwelche sinnlosen Dinge machte, um seiner Erregung Herr zu werden. Ein alter Hahn, der über eine zertrampelte Wiese stolzierte und so tat, als würde er im Matsch nach Körnern suchen.

Vater war alt geworden. Manchmal, wenn er den Löffel vom Suppenteller zum Mund führte, zitterte seine Hand. Ich sah seinen großen Kopf, seine massige, gedrungene Gestalt, die schwieligen Hände, deren Fingernägel er sonntagmorgens in der Küche mit dem Messer reinigte, bevor er zur Kirche fuhr, sah seinen staunenden, bisweilen ratlosen Gesichtsausdruck, der manchmal plötzlich in die Schockstarre des Erinnerns fiel.

Ich sah meinem hilflosen Vater zu, und mit einem Schlag wurde mir klar, dass ich kein Interesse mehr an der Wahrheit seines Lebens hatte. Die Tonbänder mit den Horst-Gesprächen würde ich mir wahrscheinlich nie anhören. Ich hatte mit ihm abgeschlossen und weigerte mich, sein Erbe anzutreten.

Vor Mittag war nicht mit der Ankunft einer Taube zu rechnen, aber schon um elf holte Vater die Taubenuhr vom Schrank und brachte sie auf den Schlag, damit er keine Zeit verlor, wenn es so weit war. Die ersten Neugierigen waren eingetroffen und Onkel Ludwig bezog wie stets unter dem Torbogen Stellung, um die Ausflüge zu bewachen. Die anderen Männer standen auf dem Zufahrtsweg, diskutierten und jonglierten mit Bierflaschen. Zwischendurch gesellte Vater sich dazu, ohne es lange bei ihnen auszuhalten. Seine Nervosität trieb ihn immer wieder den Weg zwischen den

Wiesen hinaus, in die Felder, wo nichts seinen suchenden Blick störte.

„‚Hundertdreiundzwanzig.‘ Das ist genau sein Wetter!“

„Hast du den Wetterbericht gehört? Unterwegs kann alles anders sein.“

„Egal. ‚Hundertdreiundzwanzig‘, das ist der Bomber. Der macht sein Ding bei jedem Wetter. Eins, zwei, drei, schon ist er da.“

„Und was ist mit ‚Neunundneunzig‘? Der ist doch die eigentliche Granate!“

„Das ist ein Schönwetterflieger!“

„Wir werden ja sehen.“

„Eins, zwei, drei.“

„Neunundneunzig.“

Die Nummern hatten magische Wirkung, wie die Namen von Marilyn Monroe und Brigitte Bardot. Die Tauben standen für die Männer den Sexbomben an Explosivität und Sprengkraft in nichts nach. ‚Neunundneunzig‘ hatte ein geschecktes Gefieder, war pfeilschnell und ausdauernd, aber nicht besonders zuverlässig. Man konnte ihn leicht in der Luft erkennen. ‚Eins, zwei, drei‘ war dagegen eine biedere Kämpfernatur, auf den bei jedem Wetter Verlass war. Vater liebte beide. Wie immer konnte er sich nicht entscheiden. Und wie immer würde er seine wahre Vorliebe erst nach dem Ende der Tour offenbaren. Ich hielt mich abseits. Von weit her hörte ich Russki mit seinem Akkordeon.

„Jakopp!“ Vater winkte mich zu sich. Ich spürte seine Anspannung, die nicht allein von den Tauben herrührte. „Junge“, sagte er. „Geh ein Stück mit mir den Weg rauf. Vielleicht bringt das ja Glück.“

Er lachte kurz auf. Es klang unecht. Ich ging neben ihm her. Links und rechts die Wiesen, die Kühe, Tränken, Weidepfähle und Elektrozäune. Meine Kindheit. In der Ferne leuchteten die Gelben Wunder, die diesmal alle aufgegangen waren. Bald hörten die Wiesen auf und die Felder begannen. Die Rüben standen gut, in Reih und Glied sozusagen, aber das Laub der Kartoffeln war vertrocknet. Ich hatte ein ungutes Gefühl. Vater schwieg, wie er damals beim Pflügen geschwiegen hatte, und mit jedem Schritt wurde sein Schweigen bedrückender. Ich musste an die Tonbänder denken, die zusammen mit dem Geld in meinem Versteck auf dem Speicher lagen.

Plötzlich blieb er stehen und trat an mich heran. Ich fürchtete, dass er mich umarmen wollte und biss die Zähne zusammen.

„Hast du dir die Sache mit dem Internat auch gut überlegt?“

„Ich glaub schon.“

„Es ist eine wichtige Entscheidung. Du stehst an einer Kreuzung deines Lebensweges. Wenn du gehst, wirst du nie mehr zurückkehren.“

„Ich weiß.“

„Na ja. Vielleicht ist es besser so“, sagte er, und sein Blick verlor sich an die Ferne. „Du bist kein Junge für das Land. Das ist dir alles zu hart und zu eng hier. Trotzdem solltest du nie vergessen, wo du herkommst!“

Er drehte sich um und ging mit schnellen Schritten zum Hof zurück, aus Angst, die Ankunft der ersten Taube zu verpassen. Er hätte sich tatsächlich keine Minute länger mit mir aufhalten dürfen, denn wenig später geschah es. Zunächst war nur ein kleiner, unscheinbarer Punkt am Himmel zu erkennen, aber er näherte sich rasch und wurde größer.

„Da kömmt einer!“, schrie einer der Besucher, und alle suchten mit ihren Augen den Himmel ab. Russki hörte auf zu spielen, als wäre auch er von einem heiligen Ernst ergriffen worden. Alle sahen, wie der Vogel die Flügel anzog und in einer wahnsinnigen Geschwindigkeit auf die Hofdächer zuschoss. Ein Stein, der vom Himmel fiel, im letzten Moment die Flügel ausbreitete, eine kleine Triumphschleife über den Dächern machte und abtauchte.

Vater war längst losgerannt. Er rannte, wie ich ihn nie hatte rennen sehen. Er schien wirklich um sein Leben zu laufen und vielleicht war dieser Augenblick tatsächlich sein Leben. Er stürmte an Mama vorbei, ohne einen Blick an sie zu verschwenden. Er hätte in diesem Moment alles umgerannt, was sich ihm in den Weg gestellt hätte. Und uns allen, die wir ihm nachschauten, war klar, dass er es geschafft hatte, dass er jetzt nicht mehr zu schlagen und tatsächlich *Deutscher Meister* geworden war.

„‚Neunundneunzig'!", hörten wir Onkel Ludwig unter dem Torbogen schreien. „Der ‚Neunundneunzig'! Er ist schon drin."

„Dat wiet eck, do Tünnes!", schrie Vater, als er an seinem Bruder vorbeistürmte. Seine Stimme wurde durch das Echo des Torbogens verstärkt.

Er hetzte über die Tenne, stolperte die Treppe zu den Taubenschlägen hinauf und warf in der Aufregung alle Stiefel um. Er öffnete den Schlag. Tatsächlich. Der Vogel war da. ‚Neunundneunzig' saß in seiner Zelle und sah Vater mit seinen windfeuchten Augen an. Vater stürzte auf ihn zu, schnappte sich den Vogel und hastete mit ihm zur Taubenuhr um den Gummiring zu versenken.

Augenblicke später brach für ihn die Welt zusammen.

Um dreizehn Minuten nach zwei war ‚Neunundneunzig' von Sankt Pölten nach Hause gekommen und niemand zweifelte daran, dass Vater jetzt *Deutscher Meister* war. Wir warteten auf ihn, während Russki erneut zu spielen begonnen hatte, leise, aber unüberhörbar. Wir warteten und warteten, um mit Vater auf seinen Triumph anzustoßen. Mama hatte die Schnapsflasche geöffnet und bereits allen eingeschüttet, auch mir. Russki lachte, ein Glas in der Hand. Wir standen im Kreis und warteten auf Vater. Aber der Triumphator kam nicht. Je länger wir warteten, umso sicherer waren wir, dass etwas passiert sein musste. Vielleicht hatte Vater vor Freude einen Herzinfarkt erlitten oder war die Treppe hinuntergefallen. Mama stellte die Schnapsflasche auf den Boden.

„Ich geh mal gucken, was los ist“, sagte sie und machte sich auf den Weg zu den Taubenschlägen, wo sie sich normalerweise nie blicken ließ.

Aber auch Mama kam nicht wieder.

„Vielleicht ist es eurem Vater ja zu teuer, Deutscher Meister geworden zu sein!“, scherzte jemand.

Ich ging Mama nach, durchschritt den Torbogen, wo Patenonkel Ludwig saß. Er hatte den Stuhl wie stets verkehrt herum hingestellt, damit er seine Arme auf der Lehne abstützen konnte.

„.Wo ist Vater?“

„Neunundneunzig“, sagte der Onkel. „Ich hab gesehen, wie er reingegangen ist. Viertel nach zwei war er drin!“

„Und Vater?“

„Weiß ich nicht. Mit dem kann man nicht reden. Der ist noch immer da oben und macht keinen Mucks.“

Ich ging über die Tenne. Es war ruhig. Die Kühe waren auf der Wiese, fraßen Gras oder lagen irgendwo herum und käuten wider. Trotzdem waren sie da, denn ihr Geruch tränkte die Luft. Eine Katze, die es sich auf einem Heuballen gemütlich gemacht hatte, sprang auf und rannte davon, als hätte sie Angst, dass ich sie im Vorbeigehen packte und gegen die Wand schleuderte. Am Fuß der Treppe lagen unsere Gummistiefel auf einem Haufen. Langsam stieg ich die Treppe hinauf, Stufe für Stufe. Dann öffnete ich die Tür. Es herrschte dieselbe Stille wie unten im Kuhstall. Ich hörte keine Stimmen, nur das Gurren der Tauben, ihr Flügelschlagen und das Kratzen ihrer Fußkrallen auf den Höckerchen.

Und dann sah ich Vater. Er saß neben dem Tisch mit der Uhr auf einem alten, verstaubten Stuhl. Die dunkelblaue Taubenkappe lag vor ihm auf dem Boden. Seine Glatze glitzerte schweißig und das Resthaar klebte wirr an seinem Schädel. Er hatte sich vorgebeugt und sah aus wie ein Soldat, der eine furchtbare Schlacht verloren hat und in seinen verbeulten Helm weint.

Mama stand hinter ihm. Sie hatte ihre Arme um seinen Oberkörper geschlungen und wiegte den Körper meines Vaters, wie sie es mit der ferkelnden Sau getan hatte. Nur ging es diesmal nicht ums Gebären, sondern ums Sterben. Vater war ein geschlagener Mann, jedenfalls wirkte er so. Endlich hob er den Kopf und schaute zu mir herüber. Sein Blick war leer und nichtssagend. Er schien mich nicht zu erkennen oder durch mich hindurch zu schauen, bis er den Kopf nicht mehr halten konnte und das Kinn erneut auf seine Brust fiel.

„Besser, du gehst wieder nach unten und lässt uns allein", sagte Mama und schaute mich dabei an, als würde sie mich anflehen, den traurigen Anblick meines Vaters zu vergessen.

„Was ist denn los?"

Mama schloss die Augen, ihr Mund näherte sich der Glatze meines Vaters und sie bewegte die Lippen, als wollte sie seinen Kopf mit ihren magischen Worten füllen. Da ging ein Ruck durch die zusammen gesunkene Gestalt meines Vaters. Er straffte sich und bäumte sich auf, als wollte er gegen den Anblick rebellieren, den er mir bot.

„Dä hät kenne Räng aan", sagte er. „Der hatte einfach keinen Gummiring mehr am Fuß."

„Wie kann denn das sein?"

„Unterwegs verloren oder jemand hat ihn abgestreift, was weiß ich? Ich konnte ihn nicht drehen. Er hatte keinen Ring am Fuß! Trotzdem ist er da. Sag den Leuten unten, dass sie nach Hause fahren sollen. Ich will nicht, dass sie nachher noch da sind."

Ich stieg die knarrende Treppe hinab. Unten stellte ich die Stiefel an ihren Platz zurück, obwohl es nutzlos war, Ordnung schaffen zu wollen. Etwas war gründlich schief gegangen und ließ sich so schnell nicht wieder gerade rücken.

Als ich Patenonkel Ludwig von dem fehlenden Gummiring erzählte, wollte er es nicht glauben. Ich ließ ihm seinen Unglauben und ging weiter zu den Taubenfreunden, die verloren auf dem Zufahrtsweg herumstanden. Auch ihnen teilte ich mit, was geschehen war und bat sie in Vaters Namen, wieder nach Hause zu fahren. Sie verzogen sich augenblicklich, als fürchteten sie, von Vaters Unglück angesteckt zu werden. Nur Onkel Ludwig blieb auf seinem Stuhl unter dem Torbogen sitzen und schüttelte immer wieder den Kopf.

„Dat gewät doch ni!“, sagte er.

„Doch. So etwas gibt es.“

Ich hatte keine Lust zu reden und war froh, als auch Onkel Ludwig endlich wegfuhr und wir unter uns waren. Ich gab Russki die halbvolle Schnapsflasche und er machte sich mit dem Fusel und seinem Akkordeon auf den Weg ins Sandloch. Dann schnappte ich mir den Bierkasten und sammelte die Flaschen ein, die überall herumstanden. Die meisten waren noch zur Hälfte gefüllt und ich brachte sie zum Hühnerstall. Ich schüttete das Restbier den Hühnern in die Tränke – in der Hoffnung, dass sie das Zeug soffen und torkelnd durch den Stall liefen. Aber die blöden Viecher zeigten keinerlei Interesse an Alkohol.

Ich brachte den Kasten ins Haus und begann, den Hof und die Einfahrt zu fegen. Es war eigentlich nicht nötig, da alles sauber war. Dennoch machte ich es gründlicher als sonst und nahm den schmalen Besen mit den drahtigen Borsten, die den Dreck zwischen den Pflastersteinen aufwühlten. Ich pflückte die aufsprießenden Halme aus den Ritzen und starrte auf die nackten, glänzenden Steinköpfe.

Auch meine Brüder hatten sich in die Arbeit geflüchtet, wobei wir uns tunlichst aus dem Weg gingen, um nicht miteinander reden zu müssen. In stiller Solidarität verrichteten wir unsere Aufgaben. Eine Trauergemeinschaft, die sich nichts zu sagen hatte, weil jedes Wort zu viel gewesen wäre. Auf dem Hof herrschte eine Stimmung, als wäre jemand von uns gestorben und in der guten Stube aufgebahrt worden.

Vater war mit Mama ins Haus gegangen und ließ sich lange nicht blicken. Wir wussten nicht, was er da drinnen machte und hatten nur eine dunkle Ahnung davon, was mit ihm los war. Einer von uns trieb die Kühe von der Weide in den Stall, als es Zeit wurde, und ich half, sie anzuketten. Die Kühe standen nebeneinander, wedelten mit ihren Schwänzen, fraßen, pissten und schissen wie immer. Manchmal muhte eine von ihnen, wegen der Schmerzen in ihrem prall gefüllten Euter.

Wir legten die Heuballen und das Stroh vor den Stalltüren bereit. Wir warfen die Rübenmühle an, fütterten die Rinder und Kühe und wussten nicht, was wir noch tun sollten. Keiner von uns wagte sich ins Haus. Endlich ging die Tür auf und Vater erschien. Er stützte sich mit einer Hand an der Wand ab, während er die Gummistiefel anzog. Dann nahm er die dunkelblaue Taubenkappe vom Kopf und ersetzte sie durch seine speckige Melkermütze. Er ging ins Milchzimmer, holte die Maschinen und machte sich mit den klappernden Eimern an die Arbeit.

Etwa eine Stunde später kreuzte der dicke Maihart auf, der sich nach dem Rausschmiss von Mama nicht mehr hatte blicken lassen. Mir war nicht klar, ob es Zufall war oder er von Vaters Missgeschick gehört hatte und deshalb gekommen war. Natürlich liefen ihm immer noch die Katzen nach, obwohl die jüngeren ihn gar nicht kennen konnten. Es musste an seinem Geruch liegen, dass alle Katzen so verrückt nach ihm waren.

Seit dem Zwischenfall mit Mama erledigte ein anderer Lohnunternehmer für uns das Mähen, das Pressen der Strohballen und die Rübenernte. Der dicke Maihart hatte sich kurz nach dem Radrennen gründlich verspekuliert und Bankrott gemacht. Die Maschinen, die er auf Pump gekauft hatte, waren gepfändet worden. Nur ein paar verrostete Ungetüme waren übrig geblieben und niemand wusste, wie er sich durchs Leben schlug. Angeblich machte er immer noch krumme Geschäfte und sein halbstarker Sohn half ihm dabei.

Der dicke Maihart hatte seinen Sohn all die Jahre mit keinem Wort erwähnt und Mama behauptete, das wäre unter Garantie nicht sein leiblicher Sohn, da lege sie die Hand für ins Feuer. Einen Nachfolger zu zeugen, das würde der Maihart nicht zustande bringen.

„Dä kann et ni!“, sagte sie. „Der kann nur krumme Dinger.“

Ihrer Meinung nach hatte er die Heime für Schwersterziehbare in der Umgegend abgeklappert und einfach den Kerl mitgenommen, der ihm am ähnlichsten sah.

Der dicke Maihart war noch dünner geworden, seit ich ihn im Café gesehen hatte, furchtbar abgemagert. Es machte ihm Mühe, aus der Schrottkiste zu steigen, mit der er gekommen war. Er trug auch keine Cowboystiefel mehr, sondern Filzpantoffeln. Sein Gesicht war blass und eingefallen. Er ging tatsächlich am Stock und hatte Mühe, die Kuhstalltür zu öffnen. Die Krankheit hatte ihn ausgehöhlt, ihn wesenlos und zu einem gebrochenen Mann gemacht. Er hatte sich einen Strick um die Hüften gebunden, damit seine ausgebeulte Hose nicht herunterrutschte. Sein Körper schien in Auflösung begriffen und seine Beine waren dünn wie die eines Rehs. Er beachtete die Katzen nicht, die ihm nachliefen.

Sein angeblicher Sohn begleitete ihn. Es war der Bursche, der ihm im Café die Limonade ins Gesicht geschüttet hatte. Ein drahtiger Kerl mit feuerrotem Haar, Sommersprossen und dem ersten Bartflaum im Gesicht. Er sah dem Dicken auffallend ähnlich, trug einen Ohrring und hatte Tätowierungen am Arm.

Er kam sich ziemlich wichtig vor, das merkte ich gleich. Er hatte einen wiegenden Gang, den er sich sicher bei den Westernhelden im Fernsehen abgeguckt hatte. Er blieb nicht bei seinem Vater auf dem Mistgang, sondern ging weiter, ohne zu grüßen, spuckte den Kühen im Vorbeigehen an die Euter und spazierte wie ein Kontrolleur auf der Tenne herum, die Hände in den Hosentaschen und ein besserwisserisches Grinsen im Gesicht.

„Hallo", sagte ich.

Er gab keine Antwort, zog die Hände aus den Hosentaschen und fing an, die Rübenmühle zu untersuchen, als wäre er ein Fachmann.

„Das Ding ist Scheiße", sagte er. „Da gibt es viel bessere Maschinen."

„Hast du Ahnung von Maschinen?"

„Ich hab von allem Ahnung, vor allem von Frauen! Und du? Hast du schon mal gepimpert mit deinem Bauernpimmel oder bist du noch Jungfrau?"

Er grinste. Ich schätzte ihn auf höchstens sechszehn. Wenn das stimmte, war er nur ein Jahr älter als ich. Trotzdem hatte er einen Vorsprung, den ich nie aufholen würde. Er schaltete die Maschine an, packte eine Rübe, warf sie hinein und schaute grinsend zu, wie die Messer ihre Arbeit verrichteten. Dann schaltete er die Maschine wieder aus.

„So ist das Leben", sagte er. „Erst ist es rund und schön wie eine Rübe und dann wird es in Stücke gehackt. Haste ‚Die Nacht der lebenden Toten' gesehen?"

Ich hatte keinen Schimmer, wovon er sprach.

„Gehst du nie ins Kino?"

„Manchmal."

Ich hätte ihm gern vom Kinoerlebnis mit Griet erzählt, aber ich fürchtete, dass er es als Angeberei abtun könnte.

„Wie hältst du das denn aus?"

„Was denn?"

„Das alles hier."

„Na ja. So schlimm ist auch wieder nicht"

„Das ist doch nicht zum Aushalten!"

„Und du? Wie hältst du dein Leben aus?"

„Ich halte gar nichts aus. Aushalten ist nicht meine Sache. Wer etwas aushält, der hat zu spät reagiert. Man muss sich rechtzeitig wehren, dann ist Aushalten nicht nötig."

Ich sagte nichts.

„Schon davon gehört, dass die Bauern allmählich aussterben? Wenn ihr euch nicht bald spezialisiert, mindestens hundert Kühe oder tausend Schweine habt, dann werdet ihr vom Markt gefressen. Dann könnt ihr einpacken!"

„Wir leben aber noch."

„Und wie lange?"

„Einen Bankrott, wie dein Vater, den kriegen wir allemal hin."

„Er ist nicht mein Vater."

Ich schwieg.

„Habt ihr junge Stiere? Stiere, die richtig geil sind und aufeinander losgehen?"

„Haben wir nicht!"

„Aber Schweine", sagte er. „Schweine habt ihr. Das rieche ich. Los! Zeig mir die Schweine. Schweine interessieren mich irgendwie. Ich weiß auch nicht warum, aber Schweine find ich total geil."

„Wie heißt du eigentlich?"

„Urs", sagte er. „Das kommt von Ursus. Soll Latein sein und heißt Bär."

Er bleckte die Zähne, als wollte er seinem Namen alle Ehre machen.

„Und du?"

„Jakob."

„Dann bist du wohl der Köbes hier."

Ich ging mit ihm in den Schweinestall. Die Tiere waren noch nicht gefüttert worden und als ich die Stalltür öffnete, glaubten sie wohl, es wäre so weit. Sie sprangen auf, stürmten an die Tröge und begannen zu schreien. Sie brüllten wie am Spieß und stimmten dabei einen hohen Quietschton an, der die Trommelfelle zu zerhacken drohte.

Sie schrien nach Futter und gleichzeitig nach dem Messer des Metzgers. Sie brüllten sich vor jeder Fütterung ein Stückchen weiter dem Ende ihres Lebens entgegen, ohne es zu ahnen.

„Sind das Sauen?", fragte Urs, nachdem ich die Futterklappen aufgerissen hatte und gefräßige Stille herrschte.

„Blödsinn. Das sind Mastschweine, die haben kein Geschlecht. Sind kastriert, damit sie nicht auf dumme Gedanken kommen und schneller fett werden."

„Kastriert?"

„Ja. Denen werden die Eier entfernt, wenn sie jung sind."

„Und die Weiber?"

„Keine Ahnung."

„Zeig mir die Sauen", sagte Urs. „Oder habt ihr keine mehr?"

Ich wusste nicht, ob ich das tun sollte. Ich musste an Mama denken und das, was ich vor Jahren mit ihr erlebt hatte. Aber Urs ließ nicht locker. Er war wie besessen und ich führte ihn tatsächlich zu den Sauen. Diejenigen, die frisch geferkelt hatten, lagen in Boxen, die der Schmied aus ausgedienten Wasserrohren zusammengeschweißt hatte. So konnten sie die Nachkommenschaft nicht erdrücken oder auffressen.

Eine der Sauen hatte vor zwei Tagen geferkelt. Sie lag auf der Seite und ihre Nachkommen stritten sich um die besten Plätze an den Zitzen.

„Ne ganze Menge Titten", sagte Urs anerkennend. „Außerdem riecht es hier gar nicht so übel. Irgendwie süßlich, als würde man in einer riesigen Fotze stehen."

Eine ganze Weile stand er nur da und glotzte.

„Ihr habt doch bestimmt auch einen Eber, der die Sauen fickt. Wo ist der denn?"

„Wir haben keinen Eber mehr. Das ist altmodisch. Die Sauen werden besamt. Vom Tierarzt."

„Mein Gott, die armen Schweine. Werden nicht mehr gefickt. Und du?"

„Was ich?"

„Hast du schon mal Eber gespielt und eine Sau gepimpert?"

Ich sah ihn an, als hätte er gerade wider den Heiligen Geist gesündigt.

„Im Ernst", sagte er. „Schweine sind Menschen ziemlich ähnlich. Außerdem sind Sauen doch bestimmt ziemlich versaut. Das sagt ja schon der Name. Und einen Eber haben sie ja auch nicht. Warum soll man sie da nicht ficken? Ist doch besser, als ein Mädchen zu vergewaltigen, oder?"

Damit hatte er irgendwie recht. Seine Logik war glasklar und unwiderlegbar. Wenn man keine Moral kannte, keine Erbsünde und kein schlechtes Gewissen, hinderte einen eigentlich nichts daran, mit einem Schwein zu pimpern.

„Na ja", sagte Urs, ohne das Thema zu vertiefen. „ Insgesamt eine ganz schöne Sauerei, das muss ich schon zugeben. Alles, was recht ist!"

Er lehnte sich weit über die Futterklappe und tätschelte einer frei laufenden Sau genüsslich die borstigen Arschbacken. Für Augenblicke fürchtete ich, er könnte in den Stall klettern und an der Sau rummachen. Aber er ersparte mir den Anblick, ging zu den Mehltrögen, versenkte seine Hände bis zu den Ellenbogen in dem weißen Zeug und sah mich an.

„Du findest mich scheiße, was?"

„Du bist komisch. Jedenfalls irgendwie anders, als alle, die ich kenne."

„Soll ich dir sagen, was anders an mir ist?", fragte er lauernd.

„Nur, wenn du willst."

„Logisch will ich das. Mach ich doch immer."

Er lachte erneut aus vollem Hals. Dann zog er seine Hände aus dem Mehl und strich sich das weiße Zeug ins Gesicht. Er sah unheimlich aus, als würde er eine Totenmaske tragen.

„Ich habe keine Angst", sagte er. „Ich kenne diese verschissene, hundemäßige Angst überhaupt nicht. Ich kneife nie den Schwanz ein, wenn du weißt, was ich meine. Ich habe vor nichts und niemandem Angst. Zehn Jahre musste ich in Heimen leben, total verschissenen Kinderheimen, wo es keine Sau aushält und die viel schlimmer sind als die Tierheime, über die sich die Leute immer aufregen. Ich hab das Schlimmste hinter mir, so schlimm wie KZ, verstehst du? Ich bin ein Aussätziger, deshalb kann mir nichts mehr passieren. Für mich kann alles nur besser werden. Ist doch logisch, oder? Was soll mir denn passieren nach all dem? Wovor sollte ich Angst haben? Ich bin da raus. Und ich geh da nie wieder rein."

Urs leckte sich das Mehl von den Lippen und kaute eine Weile darauf herum.

„Der Alte hat mich da rausgeholt. Ich weiß nicht, warum, aber ich bin ihm dankbar deswegen. Allerdings wäre ich da sowieso raus gekommen, früher oder später. Man kann mich nicht einsperren oder an die Kette legen wie einen Köter. Deshalb hat der Alte letztendlich nichts zu kamellen. Er denkt, er wäre mein Befreier, aber befreien kann man sich nur selbst. Und noch eins: Weißt du, dass ich noch nie so viele Sätze aneinander gereiht habe wie jetzt gerade?"

„Du bist ein richtiger Sprachkünstler", sagte ich.

„Und du bist ein Sauhund", antwortete er grinsend.

Er ging zum Wasserhahn und hielt seinen Kopf unter den Strahl. Er schüttelte sich wie ein Hund und ich hatte das Gefühl, dass er mehr vom Leben wusste, als gut für ihn war. Und dass er das, was er wusste, nicht gehört oder gelesen, sondern tatsächlich am eigenen Leib erfahren hatte. Er hatte bereits hinter sich, was vor mir lag.

Ich ging mit ihm zu dem Schlupfwinkel, in dem ich vor Jahren mit Mück gesessen hatte. Er setzte sich und schwieg. Ich hätte nie gedacht, dass einer wie er so lange die Klappe halten konnte. Irgendwie genoss ich es, neben ihm zu sitzen. Ich wusste zwar, dass wir nie richtige Freunde sein würden und doch waren wir es in diesem Augenblick. Vielleicht würde es im Internat ganz ähnlich sein.

Irgendwann nahm er einen Stein vom Boden auf und warf ihn gegen den Pfahl neben der Tränke, den Mück damals dreimal hintereinander getroffen hatte.

„Machen die Studenten auch", sagte er.

„Was machen die?"

„Steine werfen und so. Find ich super. Die spielen einfach nicht mehr mit. Haben die Schnauze gestrichen voll. Die heißen Aussteiger. Halten mitten auf der Autobahn an, steigen aus der Karre, lassen sie stehen und gehen einfach weg. Find ich klasse. Und vögeln tun die auch, wen die wollen. Love and Peace, verstehste?"

„Dig my heart", sagte ich.

„Was soll das denn heißen?"

„‚Grab mein Herz um' oder so!"

„Sag das noch mal."

„Dig my heart!", wiederholte ich, wobei ich die Worte mit Absicht falsch betonte. Urs kapierte sofort. Er verzog das Gesicht, wedelte mit den Armen, als wären es Flügel. Dann brach er in Lachen aus. Er lachte, wie ich noch nie einen Mensch lachen gehört hatte. Er war vollkommen außer sich und konnte nicht aufhören, bis die Autohupe dazwischen kam.

„Das ist mein Alter", sagte Urs lachend. „Dig my heart! Er ist am Arsch, todkrank, aber er meint immer noch, alle müssten ihm gehorchen."

Wir gingen auf den Hof zurück. Ein wenig imitierte ich seinen Gang. Als wir auf dem Hofplatz ankamen, stand der dicke Maihart neben seiner Schrottkarre. Er hatte seinen Stock durch das offene Seitenfenster geschoben und drückte damit auf die Hupe. Dann sah er uns, richtete sich auf und kam auf mich zu. Er gab mir die Hand. Sein Händedruck war labberig.

„Jakob", sagte er. „Schön dich zu sehen. Du bist groß geworden. Ein richtiger Mann bist du geworden."

Ich sagte nichts.

„Erinnerst du dich an das Radrennen?"

Ich nickte.

„Ich war damals verliebt in euch Jungs, vor allem in dich. Hast du das gewusst?"

Er sah mich an und seine Augen schimmerten.

„Hast du da irgendetwas von gemerkt?"

Ich wusste nicht, was ich sagen sollte.

„Hab ich dir damals was Unrechtes getan? Ich mein: Bin ich dir zu nah getreten? Hab ich dich bedrängt, innerlich verletzt oder so?“

Ich schüttelte den Kopf.

„Ich sterbe nämlich bald“, sagte der dicke Maihart, als wäre es das Einfachste auf der Welt, so etwas zu sagen. „Und deshalb wollte ich ein paar Sachen in Ordnung bringen, bevor ich abtrete und die Weltbühne verlasse.“

Er griff in seine Hosentasche und reichte mir einen Zehn-Mark-Schein. Er sah ziemlich abgegriffen aus und ich hatte das seltsame Gefühl, dass es genau der Schein war, den Mama ihm damals vor die Füße geworfen hatte.

„Du hast ihn dir redlich verdient“, sagte der dicke Maihart.

Er wollte sich umdrehen und zum Auto gehen, aber dann überlegte er es sich anders. Er trat auf mich zu und umarmte mich. Er hielt mich richtig fest in seinen Armen, als wollte er mich oder sich vor irgendetwas in Schutz nehmen. Ich sah, wie Urs grinste und spürte gleichzeitig, wie sein Vater am ganzen Körper zitterte.

Plötzlich wurde die Kuhstalltür aufgerissen und Vater stürmte auf den Hofplatz. Er war außer sich und verstand natürlich alles falsch. Vielleicht lag es an der Enttäuschung, dass er nicht Deutscher Meister geworden war, obwohl seine Taube die schnellste gewesen war.

„Do verdammte schwule Fott!“, schrie er den dicken Maihart an, der einmal dick gewesen war, den Namen aber nicht mehr los wurde. „Lot dinne schmärige Fenger van dä Jong.“

Der abgemagerte Maihart starrte meinen Vater an und ich fürchtete, es würde zu einer Prügelei kommen. Aber der Maihart packte nur den Stock, der immer noch aus dem Seitenfenster ragte, schleuderte ihn im hohen Bogen hinter sich und warf sich hinter das Steuer.

„Denk an die Sauen!“, rief Urs mir zu, bevor er auf den Beifahrersitz schlüpfte.

Mehr konnte er nicht sagen, denn sein vermeintlicher Vater startete das Auto und gab Gas. Der Motor heulte auf wie ein geprügelter Hund. Der Maihart setzte ruckartig zurück und rammte dabei das Scheunentor. Dann schoss seine Schrottkarre nach vorn und schlitterte durch die Toreinfahrt.

Der magere Maihart hatte mit seiner Kiste die Kurve erreicht, die beim Radrennen das erste Hindernis gewesen war. Die Reifen quietschten und die Seitentür wurde aufgerissen. Es ging sehr schnell. Ich sah, wie Urs sich aus dem Auto warf, ein paar Purzelbäume schlug und reglos liegen blieb.

Vater lief durch den Torbogen auf Urs zu und winkte gleichzeitig dem Auto nach. Urs rappelte sich auf und der sterbende Maihart bretterte mit einem Affenzahn hupend die Dorfstraße entlang. Lange konnte das nicht gut gehen.

Urs achtete nicht auf Vater. Er schüttelte sich und ging einfach los, querfeldein, Gott weiß wohin. Trotzdem drehte Vater nicht ab. Er lief weiter, dem Auto hinterher, obwohl er nicht die geringste Chance hatte, es einzuholen. Er rannte an meinen Sonnenblumen vorbei, seine Schritte wurden immer kleiner, bis er in einen seltsamen Stolpergang verfiel. Aber er gab nicht auf. Den Kopf gesenkt kämpfte er sich weiter, immer weiter die Dorfstraße entlang.

Die Kuhstalltür stand offen, und als ich sie zumachen wollte, hörte ich das verräterische Zischen der Melkmaschinen. Die Kühe hatten sie abgeworfen, die Stutzen lagen im Stroh und saugten nur noch Luft und Dreck an. Ich schaltete die Maschinen aus, trug die Melkeimer auf den Mistgang, stellte meine Stiefel auf die Treppe zu den Taubenschlägen und ging ins Haus. Der zittrige Maihart hatte es nicht verdient, dass er sich totfahren musste, aber vielleicht war das immer noch besser als ein langsames, qualvolles Sterben.

Ich musste mit Mama reden. Sie war nicht in der Küche. Ich schlich die Treppe hinauf und hörte leise Musik im Bügelzimmer. Es war sehr ungewöhnlich, dass Mama sich um diese Zeit um die Wäsche kümmerte. Vielleicht hatte sie den dicken Maihart kommen hören oder sie wollte ihre Ruhe haben, nach der Aufregung mit Vater.

Vorsichtig öffnete ich die Tür. Mama stand am Bügeltisch, ganz in sich versunken. Ich setzte mich neben die monströse Bügelmaschine, die sie zu Weihnachten geschenkt bekommen hatte und über der ein weißes Betttuch hing. Mama bügelte Küchenhandtücher, wobei sie den Stoff mit Wasser aus einer durchsichtigen Sprühflasche besprenkelte. Es sah so aus, als würde sie die Wäsche segnen. Ich hörte die Musik, die aus dem Radio kam. Klaviermusik, ein bisschen traurig und anders als das, was ich vom zarten Mo kannte.

„Mareike ist tot", sagte Mama leise. „Russki hat sie im Sandloch gefunden. Das arme Mädchen hat sich die Pulsadern aufgeschnitten und ist verblutet. Sie hatte ja niemanden. Stell dir vor, sie hatte eine Sonnenblume im Arm."

Sie ist zurückgekommen, dachte ich. Sie wollte wissen, ob ich auch in diesem Jahr Gelbe Wunder ausgesät hätte. Mit ihrem rostigen Küchenmesser hat sie sich die Pulsadern aufgeschnitten, weil sie nicht mehr weinen konnte. Sie ist gekommen, damit sie in meiner Erinnerung weiter lebt. Wenn ich in der Erinnerung vom Fahrrad falle, ist es jedes Mal ein anderer Schmerz. Und wenn ich daran denke, wie ich Sonnenblumenkerne in die Erde gedrückt habe oder Mareike mir ihr rostiges Küchenmesser gezeigt hat, fühlt es sich immer wieder anders an. Die Vergangenheit ist nicht vergangen. Sie verändert sich mit der Gegenwart. Und deshalb wird Mareike für mich immer wieder eine andere sein. Und so lange das so ist, ist sie nicht tot.

Jetzt bearbeitete Mama das große Badetuch. Sie hatte ein Schild mit meinem Namen an den Rand genäht, wie es vom Internat verlangt wurde. Es war das bunte Frotteetuch mit den Booten, die aufs Meer hinausfuhren. Die Boote hatten große, weiße Segel und das Bügeleisen kreuzte zwischen ihnen wie ein Dampfer.

Mama weinte, und ihre Tränen fielen in das große blaue Meer des Handtuchs, aber sie versickerten nicht, weil Mama sie gleich wieder wegbügelte, sodass sie aufstiegen und sich in Dampf verwandelten, der durch das Bügelzimmer waberte. Alles verschwamm in meinen Augen und ich konnte nichts mehr erkennen.

GEV (Grenz-Echo Verlag) – Marktplatz 8
(B) 4700 Eupen
Ruf: 087/59 13 03 – Fax: 087/74 38 20
guido.bertemes@grenzecho.be
www.gev.be